无夜边境

The Most Brutal Border

CNS PUBLISHING & MEDIA
湖南文艺出版社 HUNAN LITERATURE AND ART PUBLISHING HOUSE
博集天卷 CS-BOOKY

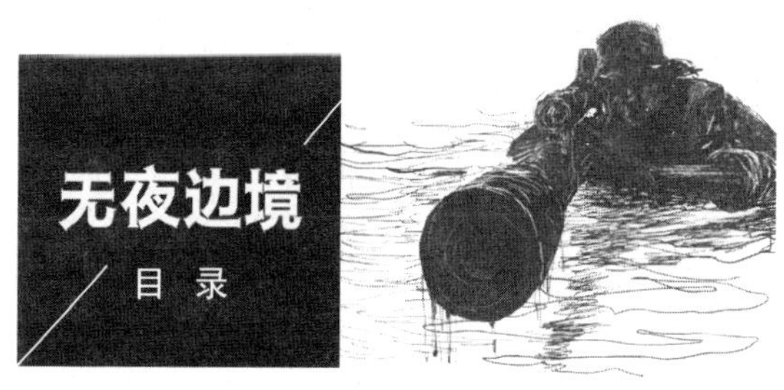
无夜边境
目 录

无夜边境
目 录

古惑仔乔飞的奇异遭遇

那天我们的训练因为乔飞而中止，而乔飞的训练则永久终止了。……一直到他服役期满，我也再没有见过他。

我所知道的乔飞往事

我是在怒江峡谷受训的时候认识乔飞的，那时候，丁卓还是个教官。我们都很年轻。

乔飞给我留下印象是因为有一次我们训练定向越野，他负责准备一张地图。等我们进到山里让他拿出地图定位的时候，他说无法定位，因为他带的是张世界地图。

怒江峡谷的训练结束后，我们一起去下一个训练基地，至今我也只知道那是个半沙漠地区。

有一天傍晚，进行力量训练的时候，我们每人扛一个四十公斤的木箱单独作业，要把它搬到一座三百多米高的山上。大部分人还不满二十岁，听到一声令下，就像一群疯牛一样往山上冲，一点儿也不像现在这样爱惜体力。

乔飞表现得很好，很快就跑到了队伍的最前方。我、芒果、石头、赵向宁，我们相熟的几个人在队伍中间的位置。才爬了一小半，前面就有人喊“出事了”。山上光秃秃的，到处都是石头，“出事了”的潜台词就是“事不小”。

我们把肩膀上的箱子扔到地上，往出事的地方跑去，几分钟后，我们捂着胸口冲到现场。在高海拔地区的陡峭山路上冲刺，是对心脏泵血能力和肺活量的终极考验。

已经有人比我们先到了，他们围成一个小圈，乔飞坐在中间。我这才知道，乔飞因为跑得太快，肩上的箱子滑下来，他用手去抓，木箱落地的时候，他的小拇指正好在木箱和一块石头中间。木箱被搬开的时候，乔飞的小拇指已经扁了。

我们把乔飞扶下山去，嘴上安慰他说没事，但我觉得他的右手小拇指很难保住了。这里方圆几十里都是空旷的无人区，除了我们的军医，几乎没有其他医院。由于我们经常转场，随队军医一般只能处理两种情况，一种是具有传染性的常见病，比如感冒；一种是危及生命的重大情况，比如剧烈运动导致的心脏骤停、心肌缺血等。但乔飞现在两种特征都不具备，军医只能做一些简单的处理。

那天我们的训练因为乔飞而中止，而乔飞的训练则永久终止了。他的手指没能保住，伤愈后在武警云南边防部队做出入境管理工作，一直到他服役期满，我也再没有见过他。偶尔有士兵调动，会有零星的消息传来，但都是些小事。后来我听说他退役了，从那时开始，他在我的脑海里就被搁置了，没人提起我就不会想起。部队就是这样，年轻的面孔像被火车掠过的景色般来去匆匆，任凭你睁大眼睛，也不能将所有景色都记在心里。

再见到乔飞是两年以后的事情。而我从云南护送他回家，则是四年以后了。在回家的火车上，他一路都在喝酒，火车上的白酒都卖完了，他还没喝够，又要来啤酒接着喝。我对酒没有兴趣，不喜欢这种使人失去理性的东西。但我还是端起了酒杯，好让他不觉得扫兴。

他一路都在和我说话，每天大概只睡四个小时，而且时常惊醒，醒来后总是面色冷峻地把我叫起来。我每次醒来他都买好了酒，说是要把酒言欢，其实话里全都透着一股悲凉。这种抑郁的情况是会传染的，听着他说，我一路都在叹气。

他好像看出了我精神恍惚，在喝了一大口酒之后，开始说我们在怒江峡谷集训的事情。我听得乏味，但又不得不听，只好把脸转向窗外。他知道我对这些陈年旧事没什么兴趣，摇头晃脑地告诉我，他知道自己啰唆，集训选拔对通过的人来说，只是一个过程，但对没通过的人来说，那段时间的集训是跟特勤大队唯一有过关系的事情。乔飞长叹一口气，说："那些被你们随便抛之脑后的东西，我一点儿都舍不得忘记。"

听了他这些话，我心里也觉得有点儿难过，集训选拔的那段时间确实是珍贵的记忆，那很可能是我们一生中运动量最大的一个时期。可是，选拔结束后，特勤大队繁重的缉毒任务使我们没时间回忆过去。而能勾起人们回忆的，往往是那些失败了的事。

特勤大队的选拔就像一座山，翻过去的人觉得景色不过如此，还有其他更重要的事要做，很快也就放下了。那些翻到一半、没能登顶的人，反而对山念念不忘。

说到后面，乔飞也不再强求我去听，他自顾自地像梦呓一般叙述着这些年的经历。我看着窗外，火车这时正穿越桂林，车窗外的山像是天上掉下来的锥子，笔直地插入地面，组成一片片鬼斧神工的石林。乔飞的声音像是给这些奇观伴奏一样在我耳边响起：

➡ 乔飞自述：命运分岔的小径

我们这一代人小时候，大多是把“古惑仔”当偶像的。我不知道你看过没有，反正我小时候觉得雷锋土，陈浩南和山鸡才是英雄。长大以后我才发现，街头的混混儿完全不是电影里那样的，我被骗了。

我很快就忘了香港电影里的古惑仔，但骨子里要做个英雄的念头还在。拜我的父母所赐，他们总说读书好，说的多了我就腻了，所以就去了部队。而部队又分很多种，大的分类就是常规部队与特字号部队。怀揣英雄梦的我，自然更想去特勤大队。

后来你是知道的，我训练到一半，少了一根手指，所以退出选拔，住院疗伤。

我伤好以后在做出入境管理，两年后退役。我的老家本来是城市近郊，我回去之后才发现那里变成城市了，要不是我弟弟去车站接我，我都找不到家在哪里。到家以后，我用退伍费买了几件衣服。以前的衣服都变小了，哦，不，是我变大了。到民政局、派出所跑了几趟，我在春节前把落户的一切手续都办齐了。

家里也有钱了。我爸说，家里这些年的积蓄加上拆迁款有八十万块钱，还有三套房子，让我和弟弟每人拿三十万块钱，再分走一套房子，但我没要。我是穷着长大的，突然有钱了，觉得不真实。刚从部队回来，很多情况没摸清，我也害怕这钱拿到手很快就赔了。房子也无所谓，那些不动产在我爸名下，早晚都是我和弟弟的，不急这一时半会儿的。

我爸最后还是给了我十万块钱，让我先去找点儿事情做。他不想让我去打工，那样他会觉得没面子。我从部队回来时只有两千多块钱的退伍费，我们退伍时从部队回家的路费要自己出，所以只剩一千多块钱，倒是够我去地摊上买两套衣服。

林彩军是和我一起看着“古惑仔”长大的，他个头不高。我服役的这两年，他一直把自己当成古惑仔，总是尽可能地另类，他把自己的整条舌头文成金黄色，如果看得不太清楚，会误以为他的嘴里有什么异物。不管怎样，他是和我一起长大的那拨儿人里，唯一现在还能经常看到的活人。

林彩军的家里也有两套回迁房，他独自住着一套两室一厅、没有装修也没有家具的房子，只有一张床和一个马桶，还有满地的烟头。有一间屋子里堆满了街头斗殴的各种武器：裹着布的钢管、长短不一的砍刀、匕首、铁链、双节棍、九节鞭，还有一些健身的小玩意儿：臂力器、哑铃等。臂力器上布满了灰尘，被扔在门后。两只哑铃中间搭了块木板当凳子，也不算浪费。

我问他这些东西的用途，他眉飞色舞地跟我说了最近两年他的英雄事迹。比如用哪把刀把哪个人送进了哪家医院，带着哪把刀去外省把人砍得血肉模糊，还带了一根手指回来。我坐在哑铃上抽着烟，想到了自己的手指头。林彩军说了两个多小时，其实我不喜欢听这些事情。街头混混儿的事，谁也不会当真。

但我还是听着，一直抽完最后一支烟才站起来打断他。我想让他陪我去买台电脑。

我们到电脑城时已经是下午四点了。那时候笔记本电脑还挺稀罕，但我还是很快选定了一台。回去的时候，公交车上特别挤，我站在后门位置高举着电脑，怕被挤坏了。

公交车开动不到五分钟，前面突然有人吵架。我只能隐约看到一个背着棕色背包的白衣姑娘紧紧地抓住一个男孩的手，喊“司机停车”。

公交车停了下来，车门打开，车上的人陆续下车。最后除了我和林彩军，还有另外两个年轻人坐着没动。公交车司机站起来问：“怎么回事？”

前面的姑娘紧紧地抓着男孩的手说：“他偷我的手机，你赶紧报警。”

公交车司机听完姑娘的话，走过去推了推男孩的肩膀，问他有没有偷。

司机这一推，我才看清楚那个男孩的脸，估计只有十五六岁，穿着一件明显大很多的运动外套。

司机又推了他一下，开始骂出声来。

这时，我身后的两个年轻人站了起来，从我身旁经过。我看了那两人一眼，他们身高和我差不多，一米七五到一米八之间。

那两人走到司机面前也没说话，一个人迎面就给了司机一拳，另一个人从女孩手中把偷手机的男孩抢了过来。那女孩的胆子很大，硬是冲了上去，结果被一脚踹到地上，她躺在下面哇哇地哭。公交车司机冲上来和他们打。刚才是一对一，那姑娘倒地之后，司机一人对付三个，很快被逼到风挡玻璃那儿靠着，拳头和脚已经分不清是谁的了，总之是不停地打在他身上。

我想把手里的电脑交给林彩军，回头一看才发现，林彩军已经不知道去哪儿了。公交车司机完全招架不住，他伸头往车外看了一下，车外有一大群看热闹的人，司机喊车外的人报警。

三个贼看车外的人越来越多，想赶快抽身。他们把司机打倒在地后，转身就要下车。司机也是个倔脾气，趴在地上抱住一个人的腿，死都不松手。

被抱住腿的蟊贼挣了两下没有挣脱，另外一个人突然从怀里抽出一把大螺丝刀，直接就往司机背后扎。

开始还是一点儿小争执，等警察来处理就好了。但这一螺丝刀要是扎进肺里，是要出人命的。我距离司机大概两米远，也来不及跑过去救司机，只好把我刚买的电脑扔了过去。两米的距离，电脑很容易就把拿刀的人砸倒在地上。另一个贼从怀里掏出一把弹簧匕首朝我扑过来，他的匕首被我一脚踢飞，然后我抓住他的头发，随手一扔。他太瘦了，估计一百斤都不到，扔的时候我觉得他像个气球。他被我扔到一边，头正好撞上车窗。公交车的玻璃很结实，人都晕了，玻璃还完好无损。

刚才拿螺丝刀的蟊贼也从地上爬了起来，他举着手里的螺丝刀朝我扑过来。我伸手格开螺丝刀，转到他身后锁喉。他的螺丝刀从右边往后扎，我只能把他往前推，然后我从后面照着他的肩膀一脚前蹬，他就从后门飞下去了。他也是倒霉，下去时是头先着地的，地上很快就积了一摊血。看热闹的人把他围了起来，但没人动。

最后一个贼被司机抱住，他后来只是象征性地挣扎，也不敢打司机了。我伸手把地上的姑娘拉了起来，她哭的声音太大了，让我心烦。我走到最后一个蟊贼面前，他估计是怕我，连挣扎都放弃了，双手抱头蹲在地上。我把他的运动鞋鞋带解下一根，让他靠在公交车后门旁边的柱子上。我把他的双手扭到后面，环着柱子，用鞋带把他的双手大拇指捆在一起，打了个结。

我又把公交车司机拉起来。这时远处来了两辆警车，车速不快，也没有开警笛。

我这才看清那姑娘的长相，只看了一眼就不敢看了。那姑娘太好看了，我的眼睛一看到就挪不开了，她的那张脸像是被一把大锤捶进我的胸口一样，让我扎实地记住了。当时毕竟刚刚做了件好事，怎么能像个色鬼一样盯着人家姑娘看?

我从车上下来，看到林彩军倚在公交车旁边。他面色苍白，一手扶着车，一手扶着头在大口喘气，表情非常痛苦。我以为他不舒服，走过去问他怎么了。他的头没动，腾出一只手朝后面指了指不远处地上的一大摊血迹。我这才想起来，他从小就晕血，一见到血，整个人就晕菜了。

警车上下来四个警察，简单问了下情况，拍了几张照片，然后叫救护车把受伤的人送去医院。一个老警察把被我绑在柱子上的那个人解了下来，他抬头问:“部队回来的?”

我点点头。

警察得意地笑笑说:“看这结我就知道。”

除了受伤的人之外，其他人被带到派出所做笔录，做完后在笔录上签字捺手印，然后回家等通知。出了派出所大门，我才想起我的笔记本电脑。

我又折回去，但警察不愿给我，说这是物证，结案之后才能返还。我要求看一眼电脑，警察同意了。我看到电脑整个屏幕都碎完了，就算拿回去也用不了，我也无所谓了。

出了派出所，我在路上边走边等出租车，出租车连影儿都没有。在城市打出租车是很烦的一件事，有些人开到旁边把头伸出来问你去哪儿，你说了之后他们就把头缩进去，什么都不说，直接开车就走了。

我走着走着，看到了那个姑娘。我一瞬间不知道往哪儿走了。我得感谢全市的出租车司机。

姑娘站在路灯下不知道给谁打电话，她倒是大方，看到我走过去就挂了电话，走到我面前伸出手，微笑着和我握手，说很感谢我。

我能感觉到自己的脸部肌肉在抽动，也不知道怎么回事，机械地回应。

客套之后她说要回家了，我站在后面看着她，也没想起过去要个电话，当时觉得这样做是轻薄了人家姑娘。

她走了一会儿，突然回头，看到我站着不动，好像很惊讶。不过，她很快就恢复了正常，笑着又走回来，问我有没有吃饭。我摇头，她说可以一起去吃晚饭。

吃饭、互留电话、再吃饭、电话联系，一切都很顺利。她叫谭清晓，本市人，她的父亲是个老警察，已经退休了。她的哥哥也是警察，就在本市工作。

过了几天，派出所打来电话，让我去一趟。

在派出所里，民警告诉我，被打伤的两个蟊贼颅骨骨折，其中一个颅内出血，都被鉴定为重伤。依法我要负刑事责任，考虑到我是见义勇为，可以不起诉。但我要赔偿一部分医药费，具体多少，双方可以协商解决。

这件事情来来回回处理了两个月，最后的结果是我、公交公司还有谭清晓共同承担赔偿。我和公交公司各出八万块钱，谭清晓出四万块钱。

虽然心里觉得委屈，但好在我刚从部队回来，对钱没太多的概念，我觉得我还能挣回来，也没过于纠结这件事。我有时甚至还会窃喜，这件事情让我认识了谭清晓，案件还没结束，我们就确立了恋爱关系。

但我的父母不能理解，他们觉得我是多管闲事导致平白无故损失了八万块钱，加上林彩军的父母经常在我的父母面前阴阳怪气地说林彩军胆小没志气，不如乔飞仗义，这让我的父母更加难过。我每天听他们唠叨也觉得烦，在和父亲吵了一架之后，我说自己要搬出去住。

父亲一边夹菜一边说：“你租好房子了吗？”

我特别惊讶，家里的三套房子应该是分给我一套的。他这么问，明显是不想给我了。我在气头上，就无所谓地说：“下午就去租。”

事实证明，我高估了自己赚钱能力的同时，也低估了房地产的提价能力。

吃完饭后，我在另外一个小区里随便找了个招租的牛皮癣广告，照着电话号码打过去。接电话的是房东，他说房子是两室一厅的回迁房，简单装修，现在就能看房，房租押一付三。

我说不用看房了，现在就搬，搬过去就付房租。

我回家把东西搬出来，东西不多，几套新衣服、一包军装，还有一台破碎的电脑。所有的东西连那个巨大的密码箱都没有装满。母亲倒是舍不得我走，一直在家念叨。我没理她，拎着东西就出门了。

搬到新地方后，付了房租，我已经没多少钱了，每天还要吃饭，又不好意思回去找父母要。谭清晓倒是经常来看我，我自己租房子方便了很多。那段时间她知道我没钱，就尽量替我省，有时甚至会请我吃饭。

我在外面住了两个多月，春节都是谭清晓陪我过的。我出去找过工作，可是技术和学历我都没有，只能四处碰壁。最后我去了一个小区当保安。上班第一天，保安队长竟然要求我向业主敬礼，我觉得恶心，当场就不干了。

住在外面快三个月的时候，要付下一季的房租，我没钱了，也不知道该怎么办。与此同时，我反而觉得应该把自己弄得惨一点儿，折磨自己似乎成了对父母的报复。我打算过几天露宿街头，唯一头疼的是谭清晓会怎么看我。

不过，这个计划最终没有实现。季度快要结束时，父母带着弟弟来看我。进门以后，他们三个人眼睛里全是惊讶，这里的条件比家里差太多了。父亲问："怎么住得这么差？"

我心里还在生气，而且坚持认为自己是正确的："嫌这里破你就出去。"

父亲气得脸都紫了，但他没有说什么，自己跑到阳台上蹲着抽烟，侧脸对着我。他的反常表现让我有点儿不适应。我看到他鬓角的白发，突然觉得有点儿后悔。那白发以前我也看到过，但没有放在心上，再次注意到的时候，我突然意识到他老了。他老了就意味着我和他的角色可能互换了，无论是打还是骂，他都不再是我的对手了。我从一个被压迫者突然变成了压迫者，抗争的荣誉感变成了压迫别人的罪恶感。现在，他才是弱势的一方。我想去把他搀扶起来，犹豫了很久，还是没能迈动步子。

这时，母亲拽了一下我的衣角，我看到她的眼泪都下来了。她小声地跟我说："求你了，跟我们回去吧。"

我叹了口气，点点头。

回到家里，晚上我和父亲喝了一顿酒，喝醉之后一合计，无非是一些面子上的事情。喝醉酒的父亲说，上次公交车上的事情，虽然赔了钱让他很难过，但心里是很佩服我的，这让我很高兴。当天晚上，父亲又给了我五万块钱。我没有拒绝，和谭清晓正谈着恋爱，总是要花些钱的。至于他第二天酒醒之后有没有后悔，我就不知道了。

接下来一直到夏天，我都没有工作。谭清晓已经去外省上班了，她想做警察，但她的父兄强烈反对，她一生气就去了外省工作。林彩军整天混迹街头，和那些老板娘都很熟。我和他一起玩的时间越来越少，这样一来，我一个人更觉得无聊。屋里那台看上去特别闹心的笔记本电脑也不能用。这段时间，除了偶尔去网吧打网络游戏之外，就只能在家看书。网络游戏其实挺好玩的，特别是在一个人无所事事的时候。我那时候最喜欢开宝箱，一个宝箱大概五块钱，运气好的话开出来的装备能卖几千块钱。

后来待久了，我想去看看谭清晓。第二天我就收拾了两套衣服，家里只有那个特大的密码箱，还是我从部队带回来的，把衣服放到箱子里，衣服还没箱子重。我到火车站买了车票，然后去了一趟火车站的洗手间。

火车站的卫生间是隔断式的，我提着密码箱找了一间，进去后刚想关门，一个瘦小的男人突然推门进来。他的身高在一米六以下，三四十岁，瘦骨嶙峋的。看到他进来我一愣，第一反应是觉得这人精神上有问题，我想出去换一间。

结果那人进来后马上就把门关上了，我全神戒备的时候，他又对我做了一个噤声的手势，稳住我说："有人在追我，要杀我，求求你，救救我。"

这让我突然想到上次公交车上的事情，觉得左右为难。但再怎么样也就是损失点儿钱而已，毕竟人命关天。厕所隔间里的空间太小了，就一个装卫生纸的垃圾桶，他能藏到哪儿呢?

只有我的箱子了，那个密码箱特别大，里面只有两套夏天的衣服。我把密码箱拉开，他倒聪明，很有经验似的，嗖的一下就钻了进去。

但那毕竟是个人，密码箱只能拉上上面的三分之一，勉强能伪装，但愿能骗过去，不然今天八成又得惹事。我蹲在厕所里点了支烟。

没过多久就有人敲门，我把门打开一条缝。外面站着一个男人，稍微有点胖。他也没理我，推开门往里面扫了一眼，估计他也觉得这么小的空间里藏不下两个人，所以只看了一眼就走了。

我在厕所里又待了二十分钟，反正不怕箱子里的人闷死。一直到火车快要开了，我才把他放出来，我说我要走了。那人说他没钱了，让我借钱给他坐火车。

帮助别人这种事，一旦帮了，就不好再拒绝了，所谓送佛到西天。当时我身上有三千多块钱，给了他一千，一千块钱坐火车可以穿越大半个中国了。

他把钱装进口袋，拉着我的手说："兄弟，你是我的救命恩人，我给你留个电话，你要是去云南，记得打我的电话，说不定遇到什么麻烦我能帮上忙呢。"

他把我的手机拿了过去，在我的手机里输了个座机号码，然后把手机还给我，手机里他的名字叫王一。他走出去之后没多久，我也出去了。

他说的云南让我觉得有点儿亲切，不过短期内我没有去云南的计划。我坐了五个小时的火车，谭清晓去火车站接我。我在那里待了三天，原来是计划住一个星期的，结果身上的钱给了王一。我把事情告诉了谭清晓，她笑着说我上辈子一定是个英雄，又说没钱没关系，她有。但我怎么能花她的钱呢？可我又实在舍不得走，结果一直磨到第六天才坐火车回家。

到家以后，我开始想着怎么能赚钱，想了很久也不知道做什么。父母现在虽然住在不错的小区里，看上去像个城市人了，可五公里外还有几亩田呢，他们只会种田，也帮不了我什么。

最后我觉得回云南应该不错，我对那里很熟悉，东南亚有很多东西可以贩运回来卖，比如水果。

我去附近的几个水果批发市场看了看，外地运来的西瓜刚停车就被当地的小贩们抢光了，这生意能做。

父亲之前说给我三十万块钱。我已经花了十五万，还有最后的十五万我想给拿出来，作为去云南贩水果的本钱。父亲听我说完，简单问了几句就把钱给我了。他的想法很简单，反正我和弟弟每人三十万块钱，只要不拿去犯罪，怎么花他都不管。

拿到钱之后，我和谭清晓说了一声，又和林彩军到街边小饭店吃了顿饭。我嘱咐他，如果我的家人和谭清晓有什么麻烦，希望他能帮一下忙。我倒不是真的相信林彩军能帮什么忙，说这些话更像是自我安慰。安排完这些，我就带着钱奔云南去了。

我的目的地是云南的瑞丽。瑞丽虽然是个小城市，但那里聚集着全国各地的商人。有玉石、药材、农产品、木材，总之多得数不过来。我在瑞丽找到落脚的宾馆，想先了解一下市场。

在瑞丽街头，有很多卖石头的，那是玉石的原石。我偶尔会买几块玉石毛料回来，到宾馆切开，这叫赌石。要是运气好，几十块钱买来的石头也许能值几千万块钱；要是运气不好，几千万块钱买来的石头几十块钱都没人要。这里到处都有关于石头的传闻，经常能听到有人几千万的家产，当场就一贫如洗了，把几千万块钱倒上汽油烧了都没这快。当然，人们更喜欢传播的是一夜暴富的故事。总之，这里街头巷尾聊石头的人，不上几千万的消息，你都不好意思说出口。

我在瑞丽待了一个多星期，原来计划的去看看水果也没去，一直在玩石头，很快就迷上了这东西。原石从几十块到几千块的都有，可我运气不好，这十多天赔了两万多块钱。

那天傍晚，我出门的时候决定再玩最后一次，因为钱不能这么败。

在路边吃了点儿小吃，我去了之前经常去的那个石头摊点。老板是个高大的东北男人，每天挎着个挎包站在小货车旁边，面前摆满了大大小小的石头。那些石头在我的眼里就像游戏里的宝箱。

那男人见我来了，递给我一支烟，问我今天看上哪块了。

其实我懂得不多，但还是要精挑细选，不想让摊主看出我啥都不懂。最后我选了一块比盘子略大一点儿的椭圆形石头。那石头的一角被磕掉了一点点，用光一照，里面是绿色的。

买这块石头我花了六千块钱，这是我这几天买得最贵的原石了，反正是最后一次玩。不过我身上的现金不够，就先给了摊主两千块钱。他要求我不能把石头拿走，必须在现场切。

我借来工具，把那原石切开一角，打算看看里面的成色，切的时候我的手都是抖的。切开之后，我看到里面是绿色的，这是我盼望的颜色。我抱着石头拿水冲了一下切口，拿手一摸，切割面的石肉特别细，感觉皮很薄，用手电一照，透光性也很好，里面就像一汪绿水。

旁边有人伸过头来，说这块石头至少值三十万块钱。人越来越多，大多是像我一样来赌石的，听说我碰到块值钱的，都想过来看看。

我转身对摊主说我去取钱，那摊主说可以，但要把石头留下。他的担心是可以理解的。我把石头递给他，刚想去取钱，这时候，旁边有一个穿着夹克的中年男人说，他愿意出二十万块钱买这块石头。

那人穿得光鲜，但手很粗糙，这是经常玩石头的特征。这块石头就算值一千万块钱，赌石对我来说也不是长久之计。黄金有价玉无价，说不定过一晚上突然发现这块石头不值钱了。想来想去二十万就二十万吧，反正我还赚呢。

我转身想找摊主把石头要回来，也就不用去取钱了。

那人站在自己的小货车旁边，瞪眼看着我说："什么石头？"

我当时就愣了，过了一会儿我才明白过来，他是后悔了，想赖账。

我就和他讲理，吵了半天，旁边围观的人越来越多。我急得一把抓住摊主的领子，没想到不远处突然冲过来一帮人，估计有二三十人，这些人把我扯开，让我快点儿滚蛋。其中一个人把我拉到旁边，要把我的两千块退给我，这事就完了，要是再闹下去，我连两千块钱都拿不到。

遇到这种事，我是很着急的，脑子里想了一遍在这里认识的人，最后发现我只认识部队的战友，但军人哪能出面管我这事？报警我也说不清，毕竟六千块钱的石头，我只给了两千块钱，而且这两千块钱也没有收据，摊主完全可以不承认。而且经过了上次公交车的事情，我就更不想麻烦警察了。动手的话，他们人多，还可能因此惹上麻烦。如果像上次一样，打出一个重伤，可能就要被起诉，弄不好是会坐牢的。我不想坐牢，一定还有其他办法，可我实在想不出一个可以帮我的人。

我把手机拿出来，翻通讯录，里面有一大串名字，我一个一个地看，看看有没有人能帮我。一直往后翻，一直往后翻……翻到最后，我都快绝望了，在我想放下手机的时候，王一的名字出现了。我想到了在火车站的事，如果不是他的名字，我可能都忘记他了。可他㞞成那样，能帮得了我吗？

没时间考虑了，我打了王一留下的电话，接电话的是个年轻人，我说找王一，她一愣，说：“哪个王一？”

我觉得奇怪，难道他给我留了个假电话？不过，当时看他劫后余生的样子，不像在骗人，我试着说：“我叫乔飞，上次在内地救过他，现在我遇到点儿麻烦，想看看他能不能帮忙。”

对方明显愣了一下，我觉得可能没戏了，对着电话问：“那边真没叫王一的人？那就算了，可能他把号码留错了，对不起。”

我正想挂电话，那边的女声说：“你等一下。”

我觉得有了希望，可电话突然嘟的一声挂断了。我一头雾水，心想，这他妈的算什么事?

我站在那儿没动，卖石头的摊主已经把地上的石头往车上搬了。他们把我买的那块石头用泡泡纸小心地包了起来。过了大约五分钟，我的手机突然响了起来，来电的是一个陌生号码。

电话刚接通，就传来一个男声："大恩人，是你啊?"

我这才反应过来，那边的声音可能就是我上次在火车站遇到的那个人，我实在记不清他的声音了，但他的声音比上次有底气得多。

我说："是。"

他说："谢谢你上次给我的一千块钱。听说你来云南了? 现在在哪儿? 遇到什么麻烦了?"

我简单地说了一下过程。他在电话那头笑着说："一块石头而已，有时间我让人带你去原石产地，你好好挑，想要哪个要哪个。你要钱也行，那块石头不是值三十万块钱吗? 我买了，石头不要了，送给他算了。"

我觉得他只是不想帮忙："那就不麻烦你了，石头我自己要。"

我想挂掉电话的时候，他在电话里吼道："你是想要钱还是想出气呢?"

我说："我想要钱，也想出气。"

如果这人真把我的石头劫了，我肯定得跟着他。这里是边境，我摸到他住的地方，早晚我得弄他一顿，这口气实在咽不下去。但现在我是不会冲上去和他打的，这样不但要不回石头，还可能惹上麻烦。

没想到我这话一说，电话那头说："好，我欠你一条命，这事我马上喊人去帮你办了。"

我没想到他答应得这么干脆，有些不知道说什么好。我觉得他的话有点儿悬，城市这么大，哪能说到就到?

但我还是把地址告诉他了，他又说了一句让我不敢相信的话：“我派的人五分钟就到。”现在就是打 110，警察也不敢保证五分钟就到啊。

眼看摊主的石头已经全部收拾到车上了，我已经准备好跟他的车了。如果石头要不回来，我不会就这么算了的。

他的小货车发动了，我也找好了出租车。

这时我的手机又响了，是个陌生号码。接通后，电话里一个男人报了个车牌号，问是不是这辆车，我说是的。

我站在出租车的车门旁边，看到三个穿着警服的人来到小货车的车门前，不知道对驾驶员说了什么，只看到那个驾驶员从驾驶室下来了，之前摊主叫来的那帮人也围上来了。

看样子是想动手，不知道那三个警察说了什么，反正那一大帮人很快就散了。驾驶员被警察带到一边，说了一会儿话。那个驾驶员连连点头，最后回到车上，从驾驶室把那块石头搬了下来，走到我面前，把石头递给我，又向我赔礼道歉。

我的目的达到了，也不想和这种无赖多说废话。我接过石头跟他说：“你在这儿等着我，我把四千块钱还给你。”

他马上说：“刚才的那三个人已经付了四千块钱。”我想起来要向那三个人道谢，这才抬头找人，哪知道早就找不到人影了。

没办法，我回到了住的地方。我实在没想到，王一竟然是个警察，看样子可能还是个领导。可警察怎么会在火车站被人追成那样？也许是被人报复吧。

我又打了王一留给我的电话，接电话的还是那个女人，她又改口说没有王一这个人了。我觉得更加奇怪，我告诉她：“不管你认不认识，我就是说一声谢谢。”

那就不管这些了，当务之急是快点把石头脱手。我在石头市场逛了两三天，也带过几个人回宾馆看石头，但价钱都没谈好。我换了两家宾馆，毕竟那么多人看过石头，我有点儿不放心，后来我就背着石头出门了。

我每天都要出去寻找买家，二十万块钱我不太想卖，但这几天最高有人出到十七万块钱。我越来越没耐心，最后找了个人，讨价还价，十五万块钱给卖了。他给我的是现金，背着十五万的现金我不太放心，如果被人跟踪，是非常不安全的。越担心被跟踪，就越觉得被人跟踪了。

我得赶紧排除一下被跟踪的可能性。我在小巷里连续转了四个直角弯，很轻易地就筛选出了两个跟踪者。为了确定他们真的是在跟踪我，我又连续拐了两个弯，他们还跟着我。

我想了想，觉得这么下去也不是个事，他们要是一直跟我跟到酒店就太麻烦了，对方只有两个人，一般我还能对付得过来。我继续走，越走越偏，巷道也越来越窄，我确定了只有他们两个人。

在拐了一个弯之后，看到一个垃圾桶，我把装钱的包丢到垃圾桶里，然后回到拐角处，等了几秒钟，那两个人的脚步声正好到我旁边。他们刚拐过来就看到我了，满脸都是错愕。

他们的眼神让我觉得他们没有恶意，我问他们为什么跟着我。

没想到他们也没有否认，只是一脸尴尬地笑笑说："你这么快就发现我们了啊？"

我问："你们跟我多久了？"

对面两人说："没多久，大概四五天时间。"

我感到很震惊，被跟踪了四五天我都没发现，太大意了。我又问他们："你们跟着我是想干吗？"

那两人说："其实没什么事，领导说怕你在这儿不安全，让我们保护你。另外，如果你愿意的话，他想见见你。”

我问：“是谁？”

他们就不说话了，我觉得除了部队的战友，最有可能的就是那个王一了。部队的战友不可能这么无聊地派人跟踪我，唯一的可能就是王一了。那天傍晚，他展示了他的力量，派来三个警察很轻松地就摆平了这件事。我原先以为警察处理这样的事情也很麻烦的，毕竟很难找到证据。

但我不想和这个王一走得太近，即使他是警察，这么派人跟着我也让我很生气。我有些后悔找他帮忙了，有些事情能不沾就最好不要沾上，沾上就甩不掉了。

我告诉他们，我并不想去。他们也很为难，最后他们没办法，只好告诉我，他们确实是王一派来的。

虽然他很可能是警察，但我还是觉得他像一头有千钧之力的猛兽。如果仅有力量并不可怕，可怕的是这力量可能一直隐匿在黑暗中。

我想了想，决定还是过去吧。看他们的样子，我不去的话就不用在云南待着了，我不想这么快就回老家去。所以我答应他们，明天去见王一。

回到酒店，先前跟踪我的两个人也在这里订了房间。他们轮流在楼道里站岗，被我发现之后，他们倒是毫无顾忌地跟踪我了。

第二天一大早，我感觉很不好，去见王一之前，我给谭清晓打了个电话，像交代后事一样说了很多话。我越来越想她了，恨不得把我所有的时间用来和她相处。如果没有她，我的时间就是虚度。打完电话之后，我也没管谭清晓说什么，直接挂了电话，然后关机了。我怕她刨根问底，因为这件事解释起来很麻烦。

跟着那两个人走出酒店，一辆被黑胶带遮住车牌的越野车等在门口。我们上了车，车子往东开去，还没开出市区，他们就给我戴上了头套和耳机。头套是一直戴着的，耳机只响过两次，都是声音特别大的电子音乐。我特别不喜欢这种音乐，比噪音还要难听。

除了这些，两个多小时的路程中，他们对我倒是很客气，这让我心里的紧张缓解了一些。

头套摘下来的时候，强光刺得我睁不开眼。旁边的西服男递过来一副墨镜，像是提前就准备好的。这些人看来经常给人戴头套。

这是一个大院子，面积有大半个足球场那么大，院墙很高，底下有几排小瓦房，不时有中年男女往来，互相之间也不说话。中间有一栋三层的建筑，应该是主楼。我发现在楼顶上有两架望远镜，但没有看到操作的人。

这里看上去大体像个工厂，四周的瓦房是厂房，中间是办公楼。可王一如果是警察的话，不是应该请我去公安局吗?

我跟着他们绕过主楼，后院有一个水池和一个小亭，看上去有一种文人笔下的江南的感觉。

我被带到那个亭子里，在那里看到了王一。他还是那么瘦小，坐在亭子里，左手夹着烟，身上穿着横纹的T恤衫。这样子不像坏人，但也不像警察，倒像个常年劳作的工人，忙里偷闲在这里休息。

他朝我招招手，然后拉着我坐下说:“兄弟，你可来了，我想不出什么好办法，只知道派人去请，还怕你不来。”

“谢谢你帮我处理那件事，我只是客人，还麻烦你费那么大劲儿派人跑去接我。”

“那些都是应该的。我该谢谢你，没有你，我可能就回不来了。”

“那天你因为什么事情被那些人追?”我问。

王一愣了一下，朝旁边的手下挥挥手，等周围的人都走完之后，他才对我说："人家找我买一批货，订金都没收，我就给送去了。因为路况、天气不好，晚了几天，他们就在货款上跟我扯皮，矛盾越来越大，就成那样了。"

听到他说送货，我吓了一跳，怎么这么快就对我和盘托出了？一时间我愣在那里，不知道说什么好。

王一看出我的疑惑，哈哈大笑说："老弟，你一定猜到我是做什么的了，不要说出去。在这些人眼里，我是个做工艺品的，最近几年附近到处都在伐木，我就低价把一些大树根弄来请师傅雕刻。有些树根是没人要的，我就免费得了，做出来我当然要卖出去。你别看这里卖白粉的多，我这个利润不比白粉低。"

我点点头，我知道他是在告诉我自己是个警察，只是现在对所有人都隐瞒了身份。我很奇怪他为什么会告诉我这些，可能是他把我当作救命恩人了吧。那天我们聊了很久，他带我看了院子里那些正在加工的根雕，每间都有几个年轻人，每人面前都有一个大树根。我以前经常见到根雕，但没想到真的全是手工制作的。

看完这些，还有面前笑容可掬的王一，我有点儿恍惚，想起了香港电影《无间道》，没想到这些人就站在我的眼前。我上一次想起《无间道》，是我参加特勤大队选拔的时候。

午饭之后，他又带我看了他住的地方，只是所有小房间中的一间，里面打扫得很干净，一面墙上摆满了各种书籍。那天下午，我一直在那个院子里逛，王一有意让我多走走，我几乎逛遍了所有地方。

临走之前，我告诉王一，我以前在云南边防部队服役。他对我服役的事情很感兴趣，军警是一家嘛，我也没有多想。他说自己以前也想去部队，但是体检没过，就去读了警校。这让我又想起了《无间道》里梁朝伟扮演的陈永仁，那个孤独而又悲壮的身影。我好像看到了王一在警校时，领导派遣他去做一些秘密任务的场景。王一确实适合做卧底，身材和样貌都让人完全无法联想到警察。

我要返回酒店的时候，王一跟我说："要不你来我这里，帮我做些事吧？"

我觉得他提出这件事来，可能是因为我跟他说我以前是做出入境管理的，让他觉得能帮他做些事情。我坦率地告诉他，我帮不了他什么忙。我现在仍然觉得《无间道》好看，但已经能够感受到那些残忍了，我有谭清晓，我不想过那种生活。

我拒绝了之后，王一哈哈大笑，他说："兄弟，你想到哪里去了，我并不是要利用你做什么事情。你救过我，我觉得你是个有正义感的人，你这种人现在不多了，所以你要是愿意，我可以带你做根雕生意。"

我摇摇头，拒绝了王一的好意。他的警察身份让我感到和他有一些距离，不管他是好人还是坏人，他的身上总有一股危险的气息。

王一也不勉强，只是说让我常来玩。我转身上车，他的手下又想给我戴上头套，我有点儿生气地问王一："这是什么意思？"

王一只是笑着说自己的身份和工作特殊，不得不小心，并希望我能理解。

王一的潜台词是除了自己人之外，其他人都必须戴头套，而我显然还不是"自己人"。

我戴着头套和耳机乘车出了王一的基地。回到酒店之后，送我出来的两个人加一个司机就坐在酒店下面的大堂里。他们自称一个叫葛伟，另一个叫文勤，司机叫郑旭。他们把我送回来之后就没走，一直在这酒店住着。

我回到酒店房间立即拿出手机，给谭清晓打了个电话，电话刚接通就听到她的哭声。她被我早上那个电话吓得不轻，以为我出什么大事了。我也很后悔，那个电话打得太冒失了，我也搞不明白为什么要打那个电话。我向她道歉，然后告诉她没事了。她把我骂了一通，然后告诉了我一件令我感动的事情：由于不放心我，她当天就辞了工作，准备来云南找我。

她辞职我倒是无所谓的，本来她就是因为和父兄怄气才去外省工作的，辞了一点儿也不可惜。我对她来云南在理性上有点儿顾忌，可我还是同意了，因为我特别想她。我不放心她一个人上路，就让林彩军陪着她来。以林彩军的性格，有机会到云南来玩一趟，自然是特别愿意的。

他们四天后才到瑞丽，我去接他们。在车站我最先看到谭清晓，车站人太多了，我都没好意思抱她一下。林彩军在后面拎着两个包和一个密码箱，累得张嘴喘气，嘴里那条熠熠生辉的舌头时不时地吐出来见见阳光。

在去酒店的路上，我告诉了他们这里最近发生的事情。关于王一的前半部分，他们都知道。我主要说了我来云南之后买石头以及王一帮我的事情，但没有告诉他们王一是警察。林彩军和谭清晓跟我说了老家的一些事，其实都是些琐事。

谭清晓最感兴趣的是王一的工艺品，刚来的那几天，她总是缠着我想去王一那里看看。我不想和王一走得太近，所以也警告过她。她好像总是听不进去，有时还会和酒店下面的葛伟、文勤聊天，那些人乐意和谭清晓说话。对此我也只是有时说她两句，想来她也只是好奇，不会惹出什么大乱子。

林彩军倒是对工艺品没什么兴趣，刚来那天我给他开了一间房，他最感兴趣的是赌石，只用了三天时间就把自己带来的钱花光了。我给了他一万块钱，可没几天又被他玩光了。他这次送谭清晓过来算是帮了我的忙，他要钱我也不好意思不给，前前后后我一共给了他四万多块钱。

林彩军最后一次找我要钱的时候，我拒绝了。他开始时只买一块石头回酒店切，后来直接就坐在石头摊上切了。依他的性子，多少钱都不够他这么玩。

没钱的林彩军老实了许多，每天最多也就是找我或者下楼去和葛伟、文勤聊聊天。无数次的警告之后，我也烦了，不想再说他们。其实不要说他们，我自己对王一的态度也是摇摆不定的。

不知不觉中，葛伟与文勤渐渐和我们熟了起来。林彩军甚至和人家称兄道弟了，有时候还会出去买点儿菜，喊那三个人和我们一起吃饭。他们坚称王一的目的是保护我，如果我有什么需要帮助的，就直接告诉他们。

渐渐地，我对王一产生了怀疑，一个警察不干正事派人跟着我做什么?

我有时出去看水果，从这里把水果运到内地，是十分讲究经验的。比如买的水果从树上摘下来要几分熟。如果多熟一分，还没运到地方就腐烂了。如果少熟一分倒还好，运到地方可以等几天，可这样一来就得多付给驾驶员运费，还要降价，因为摘得过早的水果味道不好，也不够新鲜。另外还要承担很多风险，比如上千公里的路程中遇到其他事故。

在我看水果的时候，林彩军不知道什么时候开始又去赌石了。我不知道他从哪里来的钱。自从我不给他钱之后，他心里就有些不太愉快，所以现在我也没问太多，只是侧面敲打他，告诉他王一可能不是什么好人，让他和下面的葛伟等人保持一点儿距离。他每次总是若有若无地点点头。

在我犹豫着要不要买两车水果回去的时候，王一又打电话来邀请我过去坐坐。我没有拒绝，我想去向他咨询一下关于水果的事情。他在这里的时间长，应该很熟。我能得到的信息太少了，这种信息上的贫乏让我不敢轻易买货。谭清晓也特别想去，我在很多事情上都无法拒绝她。

和上次一样，坐上王一派来的车。上了车没多久，我们三个都戴上了头套。谭清晓最先戴的，她倒没有一点儿抵触，反而一脸兴奋，她可能觉得这像电影一样刺激。很多人就喜欢追求这种戏剧化的体验。

到了之后，王一看到谭清晓和林彩军倒是露出一副惊讶的样子。他指了指林彩军的舌头，说他一定是含着金钥匙出生的。林彩军顿时有了一种被关注的兴奋，以至多次吐出自己的金钥匙。

那天，王一跟我说了很多关于贩运水果的事情。他是个高手，介绍完水果贩运行业的风险和黑幕之后，我彻底打消了做这行的念头。

谭清晓跟着王一手下的刘姐去看根雕了。林彩军平时像个混世魔王，在王一面前却出奇地老实。

傍晚，快要回去的时候，我打电话给谭清晓，她却告诉我今天不想回去了，说刘姐让她明天一起去看看这里的白塔。我听了很生气，就在电话里冲她发火，让她立即回来。

谭清晓很快就回来了。回去的路上，本来大家都应该很高兴的，但因为我发火，搞得大家兴致全无。晚上在酒店，我们大吵了一架。我觉得她可能是这段时间在酒店里憋坏了，就带着她在瑞丽城中四处走走。三天之后，她告诉我刘姐打电话喊她去玩，我一听又特别生气。她只告诉我一声，就自顾自地走了出去。我乘另一部电梯追下去的时候，已经找不到人了，电话也打不通。

我打电话给王一，王一说他不知道这件事。我让王一立即把谭清晓送回来，王一说帮我找找。我气得直接把电话挂了。

我回到房间，独自待了三四个小时，才想起找林彩军来说说话。用座机打过去，响了很久也没人接电话。

下午，谭清晓给我打了电话，说晚上不回来了。我也不知道王一在那里跟她说了什么，不过有一点可以确定，这件事肯定是王一从中作梗了。这让我又觉得有点儿害怕，谭清晓的变化太大了，而王一的所作所为也越来越不像正经的警察。

我一个人生气生到半夜，又想找林彩军，但电话还是联系不上。我就去敲他的门，敲了半天也没人应。我心里感到越来越不安，林彩军要么出去鬼混了，要么……我不敢再想下去。

谭清晓和林彩军消失了三天才回来。

我打开房间门的时候，林彩军嚼着口香糖，微笑着准备进门，被我一脚踹了出去。

谭清晓像个犯了错的小姑娘，站在门口，也不敢去扶倒地的林彩军。要不是实在下不了手，我真恨不得连她一块儿打了。

谭清晓要进屋，我想把她推出去，不想再让她进我的房间。最后我还是让她进来了，进来之后我关上了房门。

我们一夜都没有说话，我也不知道她在想什么。第二天我下去找林彩军，才知道他把房卡放在前台，失踪了。我把这件事告诉谭清晓的时候，她一副无所谓的样子说："他一个大男人，去哪儿都没事的。"

我有点担心他去找王一，但我没有打电话过去。我知道王一可以随便跟我说一个结果，反正我又没办法验证。

我把我的担忧告诉谭清晓，这时候我已经顾不上生气了。我跟谭清晓说了之前没有告诉她的关于王一的一些事情，比如他自称警察，在从事秘密工作。还有我自己的担忧，我担心他不是警察，甚至是个罪犯。

没想到，谭清晓瞪着我，问我有什么证据。

我没有证据，只能无可奈何地站在那里。王一看上去确实不像个罪犯。他对人和善，也很仗义，一点儿也不像罪犯。谭清晓不相信我的话也不奇怪。

第二天，谭清晓又要去王一那里，她说要去看看林彩军在不在那里。这一次我决定和她一起去，一来去看看林彩军，二来我想再探探王一的虚实，最好能找到他是个罪犯的证据。

谭清晓知道我要去之后，白了我一眼说："你去干吗？"

"你能去，我为什么不能去？"

我打电话给王一，说我要过去。王一停顿一下说："好，我派车去接你。"

之前王一派来的那三个人是有车的，怎么还要派车？我下楼看了一下，果然只有葛伟一个人在。我问："另外两个人呢？"葛伟说他们有事，前天就走了。

我也不方便问是什么事，只好在大厅里和葛伟聊天。大约过了十五分钟，一辆黑色商务车停在酒店门前，车里的人向我们招手。车上除了驾驶员之外，还有另外一个男人，说是代替文勤和郑旭的。

一见到王一，我就问："林彩军在不在这里？"

他笑着说："你们兄弟俩闹矛盾了？他前天给我打电话说要过来住几天，看在你的面子上，我让他来了。他又不是小孩子，你就别操心了。我还挺喜欢这小兄弟的。我不知道你们俩有什么矛盾，不过都是大人了，你也管不了他。"

知道林彩军在这里，对我来说没什么意义，这完全符合我的猜测。

只是我没想到，王一开口就堵住了我的嘴，我后面想要人都不知道怎么说了。

晚上回去的时候，谭清晓又说要留下来和刘姐一起玩。我觉得有点儿无力，强行让她回去也是怄气。王一说的对，大家都是成年人，谁也管不了谁。

我独自回到酒店，晚饭也没吃，一夜都没睡，也不知道是气的还是饿的。早上天还没亮，我下楼去买吃的。经过酒店大堂的时候，王一派来的人不在了，估计是想不到我会这个时候下楼。

这时候，街上只有一些往来的小贩，路边开着灯的铺子大多数是卖早点的。我饿极了，直接挑了最近的早点摊坐下。我问什么做得最快，老板说烧饼和米线，我就点了这两样。

刚点完，从外面又走进来一个人。天还没亮，他带着顶鸭舌帽，我看不清他的脸，还以为是王一的人跟来了呢。等到他走到我面前，看到他的脸的时候，我差点儿没敢认他，我还以为自己是在做梦。走到我面前的人是包图。

他轻轻地对我做了一个噤声的手势，但我还是不受控制地笑了出来。他的表情一下子严肃起来，好像在责怪我。我赶紧闭嘴，他什么也没说，只是给了我一张字条，然后他转身就走了。

他走了之后，我的早餐还没上来。我趁着四下无人，将字条打开，字条上写着："吃完之后，我在外面等你。"

这些冰冷的字把我见到包图的兴奋全部抹杀了。我搞不清我到底有什么问题，如果有的话，那一定是王一的问题。我边吃边在脑袋里梳理最近的事情，等吃完早点，除了一些关键问题，事情的框架我已经大概搞清楚了。

走出早点铺，我看到包图远远地向我招手，我跟着走了过去。不能不过去，你知道的，我记得那次你在我的右后方。

无法离开的深渊

乔飞坐在卧铺车厢里，说完这些，他喝了一口酒，似笑非笑地看着我。他不再说话，我也在想那天的事情。那是乔飞退出选拔集训后第一次和我们见面。乔飞在我的记忆里是个精干的军人，我没想到再见到他时，他变得这么颓废。凌乱的头发，满脸的胡楂儿，布满血丝的眼睛，让他整个人都失去了生气。

乔飞被我们带到附近最嘈杂的菜市场。小贩们凌晨三点多就开始往菜市场运蔬菜，三轮车横七竖八地停在道路中间，像太阳一样的巨大灯泡下全是黑压压的小贩。他们弯着腰整理自己的摊位。在这里，我们对乔飞进行了彻底的搜身与探测，确保谈话不被窃听。做完这一切之后，我们穿过菜市场，坐到车里。

我们去了三个人——丁卓、包图和我。丁卓那时刚刚从北美洲的维和部队回来，联合国维持和平勋章为他的履历增色不少。那时他已经准备接任特勤大队大队长一职了，当时他是副大队长，在等那任大队长高升。

我们与乔飞在车里进行了一次交谈，没有叙旧和寒暄，一切交谈都是为了一个目的。

“你们是怎么知道我在这里的？”乔飞首先问。

丁卓皱着眉头：“你知道我们是干什么的，找你是为了打听你和王一的关系。”

乔飞把他和王一从相识到现在的一切都给我们说了一遍，然后叹了口气，说他现在只想带着女朋友和林彩军回老家去，不想再来云南了。

丁卓沉默了半天，才憋出一句话：“从现在的情况看，是王一牵着你的鼻子走。你的朋友和女朋友都偏向他了，除非你抛弃他们两个，自己回老家去。不然你只有和他合作，没有其他选择。”

乔飞好像突然想到了什么重大的事情，抬头问道：“王一到底是做什么的？”

丁卓拍拍乔飞的肩膀，盯着他说：“一个做工艺品的商人，怎么能被我们盯上？特勤大队的主要任务是缉毒，又不是税务。他是个老毒贩了，之前一直从境外往境内贩毒。前几个月我们得到消息，他在境外的罂粟种植地被一个有军阀背景的人夺去了，他回到境内待过一段时间。那段时间我们一直在找他，但没有任何消息。等到他再次出现的时候，已经在境外了。”

乔飞心里之前的一切疑问都被丁卓这一句话解开了，他像是明知故问：“我和王一没什么关系，他之前暗示我说他是个警察，在执行秘密任务，表面上是个做工艺品的，其他一概不知。你们找我做什么？”

丁卓听到这里，脸上露出蒙娜丽莎一样的微笑：“他是警察？我维和回来之后就一直盯着他，他都快被国家中心局发红色通缉令通缉了，还是警察？”丁卓收起笑容继续说，“我知道你和王一没什么关系，但也知道王一对你很感兴趣。目前王一是我们的主要目标，他很狡猾，人好抓，但证据难找。我们需要你。”丁卓下意识地朝乔飞的右手看了一眼。

乔飞那只少了一根手指的手有点颤抖：“我现在是个废人，不穿军装也很久了，你看看你们，再看看我，我帮不了你们。”

丁卓说：“你差点儿就成为我们中的一员了，现在我们需要你。”

乔飞说：“那是因为我的无能，那次机会我自己放弃了，不会再有机会了。”

我们有点儿不明白乔飞的话，那次事故让他失去了一根手指，终究是个意外。丁卓拍拍乔飞的肩膀说：“那是意外，你也没得选，但这一次你可以自己选择。”

乔飞沉默着，车里一瞬间安静了下来，不知道乔飞在想什么，我们不敢打扰他。乔飞像是睡着了，闭着眼睛躺在座位上，过了大约半个小时，天都大亮了，他才睁开眼睛，他的目光挨个儿扫过我们每个人。我看到他的眼里好像有泪水。他用颤抖的声音说：“两年前，我右手小拇指没了，因伤退出选拔，和特勤大队、和在座的你们分道扬镳，你们都知道吧？那次事故是我故意的，只是我没控制好力度，原本我只想骨折，没想到整个小拇指都没了。”

车里的呼吸声都停下来了，虽然当年的训练确实苦，但完全可以正常退出，没有必要弄成这样啊！我本能地问：“那时候不想继续训练，完全可以自愿退出，为什么要这样？”

乔飞自嘲似的苦笑，把右手缺了手指的位置朝我比画了一下说：“无能和虚荣啊，那时候我在武警医院里躺着，身体不再感到劳累，可心里的石头压得我喘不过气来。我没有后悔的权利，这一切都是我咎由自取，我将背负着这一切生活一辈子。在我住院的时候，我就不想再和你们联系了，我害怕想起你们。因为你们的选择是正确的，你们的正确衬托着我的错误。”

丁卓长叹了一口气，双手不停地搓脸：“选拔的陈年旧事不要提了，那些不能改变的事情趁早忘记吧，眼下的事情才是最重要的。我们要是做不好，让王一这种人继续逍遥法外，那就说明了当年他们这些通过了选拔的人无能。况且现在抓捕王一的事，我们这么多人绑在一起也没你的作用大。无能的不一定是你。”

乔飞低头想了很久，说：“我只希望把谭清晓和林彩军带出来，他们还不知道王一是做什么的，我不能让他们陷进去。”

丁卓说：“你怎么知道他们不知道王一的身份？”

乔飞难以置信地看着丁卓，半天才憋出一句话：“他们认识王一的时间还没有我长，怎么可能知道？”

“你知道王一请你参观的工艺品厂在哪里吗？”

“不知道。我每次去都蒙着眼睛，戴着耳机。”

“那就对了，他们屏蔽了你的视觉和听觉，是要把你带去境外。你不知道这些，但你的女友和那个朋友，他们知道。他们比你了解王一。”

乔飞又愣住了，他的嘴唇开始颤抖，话都说不利索了：“那也不能证明他们也是毒贩吧。”

丁卓说：“王一的案子总有水落石出的一天，他们的是非功过自有法庭裁决。黑道白道要看他们自己的选择。”

乔飞的大脑好像停止工作了，每句话都要拼凑半天：“我总不能看着他们一步步陷进去吧？”

丁卓说：“现在只是对王一的侦查阶段，可以说王一有嫌疑，但他们是无罪的，所以没有陷进去一说。我再说一遍，黑道白道都是他们自己的选择。”

乔飞抛下一句“等我消息吧”，就打开车门想走。

丁卓一把拉住乔飞说：“如果你现在去警告你的女友和朋友，万一他们已经和王一勾结在一起的话，王一就知道你和我们接头了，他不会放过你的，这是为你的安全考虑。另外，我们这辈子可能都抓不到王一了。这件事情牵涉很广，可能会影响整个东南亚的禁毒形势。金三角产出毒品最多的时候，达到全世界毒品的百分之八十。即使现在，产出量也仅次于金星月。你自己想想这意味着什么？王一的重要性是你现在还不能想象的，甚至我都无法想象。当年的谭晓林也是中国人，到了境外之后，专门向中国输入毒品，一度占了全国一半的市场份额。谭晓林被捕以后，整个云南边境毒品入境数量骤减。如果现在不能在他最弱小的时候打掉他，那他就是未来的谭晓林，甚至比谭晓林的危害更大。”

乔飞听完丁卓的话，迟疑了一下说：“我要问你们想听真话还是假话，你们一定说想听真话，但……”

丁卓说：“那你先说假话。”

乔飞说：“我不想和你们合作。”

丁卓问：“真话呢？”

乔飞说：“还是不想和你们合作。”

气氛一下僵住了。我们来的时候准备了两个方案，方案一：乔飞答应配合我们，皆大欢喜。方案二：乔飞拒绝合作。如果这样，我们必须第一时间将乔飞与王一彻底隔离。否则时间一长，以王一的手段，再加上谭清晓和林彩军推波助澜，谁也难以保证乔飞会永远保持中立立场。退一步说，即使乔飞永远中立，王一也不会放过他的。

乔飞将打开的车门重新关上，把头埋到膝盖上长叹一口气。或许是他真的只想认真生活，或许是谭清晓和林彩军使他左右为难，这种选择本身就是一种折磨。

丁卓拍拍乔飞的肩膀说：“你想过正常的生活我们完全理解，我们做这个是因为工作，你完全没必要帮助我们，这不是你的责任。你真不想做，我们不会为难你，但你绝不能再跟王一这么耗下去了，他早晚会把你拉下水，你懂我的意思吗？”

乔飞的双手从额头一直抄到后脑勺，抬起头说："你们是怎么知道我在这里的？"

丁卓说："文勤和郑旭你还记得吧，他们被我们抓了，自然就知道了你的一切。"

乔飞最后也没确定到底愿不愿意与我们合作，临走的时候只是说再考虑考虑，我们的两个方案都失效了。

乔飞回到酒店后，整个上午都在思考谭清晓和林彩军的事情，这确实非常棘手。

下午，乔飞给王一打了电话，说是要去见见谭清晓。王一痛快地答应了，和以往一样，派车把他接到工艺品厂里。

王一还是笑脸相迎，乔飞一下车就要见谭清晓。王一也没绕，很快就把谭清晓找来，她身边还跟着那个"刘姐"。乔飞对王一说："让我和她单独谈谈吧。"

王一点点头，带着刘姐走开了。

乔飞看着谭清晓，一字一顿地说："我们现在回老家去，你看现在这些乱七八糟的东西，我真没想到，你和林彩军能把我晾起来出去玩。"

谭清晓不置可否地说："我为了你连工作都辞了，现在我回去做什么？"

乔飞说："我养你。"

谭清晓说："得了吧，你那点儿钱够吃几顿饭？我自己能挣钱，要回你回，我觉得这里挺好的。"

乔飞看着谭清晓的眼睛，以谭清晓的性格是不会轻易说出这种话的。正是因为不轻易，所以一旦说出来，一切就很难挽回了："你不愿回去的话，那我们就分开吧。"

谭清晓的眼眶很快就红了。乔飞不敢看她，自顾自地点燃一支烟。谭清晓努力平复着自己的声音说：“行，这也是我想跟你说的，分了你好上路，你回去做你的生意吧，咱们俩以后就当不认识。但分手总是要说清楚的，就算是把这个仪式进行完，我也得问问你为什么要分手。”

乔飞的心里感到的是震惊，他没想到谭清晓竟然这么痛快地答应了分手。他转过身去，不想让谭清晓看到自己的表情，乔飞努力让自己平静，顺着谭清晓的话说：“我们其实没什么感情了，分手之后你也赶快回去吧，这里不适合你。”

“你别打岔，我只想知道为什么会没有感情了？”

“我无法强迫自己爱上任何人或者任何东西，感情从心里长出来，又在心里死去，像日升日落，我控制不了。所以只能分了。”

“没有感情就一定要分手？”

“你不也答应得很痛快吗？两个人在一起就是为了快乐，没有感情就不会快乐。”

“你和我在一起，只是为了快乐？”

“人来到这个世界上就是追求快乐的。有人享受爱情的快乐，有人追求知识的快乐，甚至有人帮助别人也能在道德上获得自我满足的快乐。人们在追求各种各样的快乐，所有的痛苦都源于追求快乐。”

谭清晓好像没有听懂乔飞的话，她反问：“我为你付出了那么多，你这么跟我分手不觉得很不道德吗？”

乔飞手里的烟嘴一直在手指间滚动，烟嘴越来越细，他用力将烟头扔到远处，下定了决心：“爱情里，不快乐就是最大的不道德。”

谭清晓愣在那里，她看着乔飞。乔飞也迎着她的目光看过去，两人像是在用眼神交战。在感情的游戏里，这样的交战注定了双方都是失败者。不知道过了多久，谭清晓走到乔飞面前，对着乔飞的脸抽了一巴掌。那巴掌很轻，如果有第三者在场，一定以为谭清晓是在抚摸乔飞。但乔飞知道，这一巴掌饱含着谭清晓所有的怨气，她一定觉得用多大力气都不足以报复乔飞。

谭清晓转身走了，脚步很坚决，哭泣声伴随着她的背影消失了。乔飞冲着她纤细的背影喊了一句："你马上给我滚回去！"谭清晓慢慢地回头，看着乔飞说："是你要分手的，该滚回去的也是你。"

模糊中乔飞看到一块石头，他走过去，蹲下抱着石头，他用尽所有力气想要流出眼泪，但最终还是流不出来。这不是为了渲染自己的悲情，而是一种无法言说的苦闷。所有的灾难都不过是一瞬间的事情，难熬的是灾难过后的时间。

乔飞那天没有走，他和王一一起喝醉了。第二天醒来，乔飞第一件事就是跑去问王一："谭清晓和林彩军呢？"

王一坐在亭子里，手里抓着一把鱼食，一边喂鱼一边说："昨晚吃饭时我让人去找就没看到他们，今天也没看到，难道是走了？"

王一的回答并没有让乔飞松口气，反而觉得里面有鬼。自从知道王一的真实身份，乔飞就不再相信他的任何话了。谭清晓和林彩军如果真的回去了，他不可能不知道，也不会像现在这样应付一下。在这里，没有王一的允许和帮助，谭清晓和林彩军很难回到境内。

王一将手里的鱼食全部撒进池塘，把手上残留的鱼食抖尽，转过身看着乔飞哈哈一笑，说："谈恋爱就是这样，多谈几次就好了。昨天我听人说，你非要带谭姑娘回去，怎么了，不喜欢这里吗？"

乔飞只听清了最后的问题。王一绝不像他表现出的那样大大咧咧，反而是一个心思缜密的人。不过，乔飞既然敢在王一的地方公然提出要带谭清晓回去，自然是早就想好了对策。乔飞说："我们来之前，谭清晓是我的女朋友，林彩军是我的朋友，这才到这儿几天，谭清晓都快成林彩军的女朋友了，你说我怎么再待下去？"

王一又是一阵哈哈大笑，说了一番不痛不痒的话，无非就是以过来人的身份给乔飞上励志课，他说了足足一个小时。乔飞一个字也没有记住，也不敢再问谭清晓的下落。王一一旦察觉到乔飞知道他是贩毒的，乔飞想走可就难了。

中午，王一准备了一桌菜，在饭桌上，王一一如既往地游说乔飞。一阵推辞之后，乔飞只好点了点头，因为谭清晓下落不明，他不能独自回去，他有点儿后悔提出分手了，本来只想用分手让谭清晓回去，没想到适得其反。

王一见乔飞答应留下来了，非常高兴。当天下午，他就带乔飞了解了整个生产销售的流程。同时，乔飞也从王一嘴里验证了丁卓之前透露的消息：工厂不在中国境内。

乔飞在这里住了下来，一天天地熟悉着这里的一切，这期间他经常打电话回去询问谭清晓的消息，但他的家人也不知道谭清晓有没有回去。林彩军也没有回家。乔飞心里捉摸不定，也不敢问王一太多。总之，谭清晓和林彩军没有回去，乔飞是绝不能回去的。但乔飞又担心这么下去，自己会不知不觉间下了水。虽然以前在部队不是做缉毒的，但缉毒的事情他听说过不少，这样稀里糊涂下水的人不在少数。

转眼一个月过去了，乔飞熟悉了这里的一切。他走遍了这个院子里的所有角落，除了王一的办公室，那是一楼的一间不起眼的房子，没有窗户，但从墙上的痕迹来看，以前应该是有窗户的，只是被堵了起来。王一很少进去，但一进去就会把那扇厚重的门反锁起来，连续几个小时都不出来。除此之外，乔飞没有发现关于王一犯罪的任何证据。王一也没有指派任何任务给乔飞，只是让他先熟悉熟悉。乔飞没有表现得太积极，不然是会被怀疑的。

后来王一让乔飞准备一下，说要押送一批根雕去昆明，这让乔飞寝食难安。乔飞想过拒绝，但他没有拒绝的理由。真正的理由是乔飞知道王一是个毒贩，不想下水，但这个理由又不能说，如果说了，真可能被王一灭口。乔飞只能接下这单活儿。他辗转反侧，整整一夜没睡。为了不引起王一怀疑，摆在面前的只有一条路。

王一告诉乔飞，驾驶员和货车都不用他操心，只要保证货安全到达指定地点，然后履行好交接手续就行。他强调这货是完全合法的。可他越是强调，乔飞心里就越打鼓。

第二天，乔飞准时到达瑞丽。载着根雕的货车开了半个小时，路过一个加油站时，乔飞去上洗手间。这期间他借了别人的手机，给丁卓打了个电话。这是乔飞证明自己清白的唯一方法。

丁卓此时恰好在会议室和我们讨论王一的案子，鉴于乔飞之前的态度，我们对他做了两手准备。如果他不配合我们，又坚持陪在王一身边的话，那么他也会成为我们的调查对象。我们都觉得这个决定过于冰冷，毕竟乔飞是我们的老战友了，但现实中哪有那么多和煦的阳光。

丁卓接通电话后才知道是乔飞打来的。乔飞说了货车的情况，丁卓跟乔飞确定了一下车上只有驾驶员和他两人。丁卓说：“你按王一说的办。以后你在我们这里的代号叫‘蜘蛛’。同时知道你真名和代号的，只有备案领导和侦查组人员。除此之外，不会有更多的人知道。”

乔飞挂断电话前的最后一句说：“我不叫‘蜘蛛’，我叫乔飞。”这句话说明，乔飞再一次拒绝了和我们合作。

乔飞回到货车上，继续上路。我们判断，这批货很可能是用来试探乔飞的。依乔飞现在的状态，王一敢让他押一批毒品入境的话，那王一也活不到今天。

一切都要谨慎，乔飞打完电话一个多小时后，那辆货车就被我们跟上了。凌晨两点左右，货车通过一段颠簸的路段。因为根雕易碎，所以货车的速度很慢。这说明货车司机的注意力在根雕上，如果注意力在毒品上，驾驶员只会想着尽快交货，不会在乎根雕的完整性。

昆明的交货地点在一个工艺品批发市场旁边的一间仓库里。乔飞按照之前王一的嘱咐办理了交接，之后去往车站，乘坐长途客车返回。乔飞是在我们的注视下离开的，只是他自己不知道。那批根雕三天后流入工艺品市场，这样一来，检查起来就方便了很多，我们只要扮作客人就能查清。

没过多久，我们又接到乔飞的电话。乔飞问那批根雕的情况，想知道里面有没有海洛因。丁卓说这是纪律，不能说。这是为了乔飞好，他陪在王一身边，最好只知道一个结果，而这个结果只能是王一提供的。如果出现两个结果，难保他什么时候会说漏嘴。

丁卓提出要和乔飞建立稳定的通信，中国的通信公司信号覆盖面很广，甚至境外一定范围也被覆盖了。乔飞虽然身在境外，但一样可以使用中国电信运营商提供的网络。虽然信号不好，但足够传递必要的消息了。

乔飞拒绝了丁卓联系的要求，他保证只要自己运货，一定通知我们。这个态度说明他还在摇摆，既不想得罪王一，也不想和我们断绝联系。乔飞不会放弃谭清晓和林彩军，代价是不能离开王一。不能离开王一的结果就是不能和我们断绝联系，否则他就成了王一的同伙。

随着时间的推移，乔飞和王一逐渐熟悉，乃至称兄道弟。

一天上午，王一用车把乔飞带到外面的一座山上，他盯着乔飞看了一会儿，露出少有的严肃表情，问："我能相信你吗？"

乔飞不动声色地说："当然。"

王一又问："那你相信我吗？"

乔飞说："当然。"

王一的面色越来越凝重："我是做什么的？"

乔飞用手指比画了一下四周说："我猜你是个警察，但你说你是做工艺品的。不过，你是做什么的我都无所谓。"

王一说："你信吗？"

"信啊，为什么不信？"

"就不怕我是个毒贩？"

"我刚脱了军装不到半年，哪个贩毒的会放心拉我入伙。"

"假如我真是贩毒的呢？"

乔飞待在那里一动不动。王一也看着他，这是勇士决斗前的凝视，也是智力的比拼，更是伪装水平的较量。乔飞接下来的回答短期看决定着自己的去留，长期看决定着他们俩其中一个的生死。

乔飞没有回答王一的问题，但对王一来说，这是最好的回答。乔飞现在无论是愿意贩毒还是拒绝贩毒，都会引起怀疑。一旦拒绝，王一可能会失去耐心，继而杀人灭口。但如果很快答应，又会和他之前的态度形成巨大的反差。乔飞像一个悬在半空的人，缺一个着陆的阶梯，但他并不担心，王一肯定会替他搭好这个阶梯。

贩毒是一个高危行业，人员折损率高得吓人，所以王一缺人。手下跑腿的马仔倒是好说，但像乔飞这样，有出入境管理经验、熟悉边境，又刀枪棍棒都能使的人，可就不多见了。至于乔飞的背景，他一点儿也不担心。乔飞只是自己在内地火车站无意间相逢的一个人，这个人不可能是警方安排的。如果真的那么不幸，是警方安排的，那王一上次绝对出不了车站。

王一见乔飞不说话，嬉笑着说："老弟啊，我什么事情都不会瞒着你的。我告诉你，我就是卖粉的。"王一说到这里停了下来，看着乔飞的反应。

乔飞盯着王一看了一会儿，嬉笑着摇头回应说："不像，不像。毒贩都是五大三粗、怒目圆睁的，你看你哪里像毒贩？"

"哈哈，有志不在身高嘛。我真的是个毒贩。"王一对乔飞的调侃毫不在意。

乔飞的表情变得严肃起来："我救过你一命，你就这样对我？"

"对我来说，带你入行就是对你好。不然我为什么自己会做？因为我觉得好，也想让你做。"王一这段话说得深情款款，乍听上去以为他是搞传销的。

"我刚来云南时买石头遇到麻烦，那些帮我的警察你是怎么找来的？"

"我有警服，有警官证，甚至还有他们的章。这些东西伪造起来太容易了，你想要，我可以给你弄一副。只要知道它长什么样子，想要任何证件都可以。"

"今天我要是不入伙，这里就是我的坟墓，或者说你压根儿就没打算给我准备坟墓，是不是？"

一切都如乔飞所料，他需要的着陆梯子很快就被王一搭好了。王一为自己的创意沾沾自喜，他说："我也想放你走，可你没办法走了。你为我送了那么多货，中国那么多禁毒部门，说不定早就有你的名字和照片了，你现在走到哪里，都是货真价实的毒贩。”

乔飞像泄了气的皮球一般，慢慢地蹲下，双手抱头。王一走上来拍拍他的肩膀说：“没关系，这里的生活更适合你。马上回去吃午饭，午饭后我带你见一个人。”

乔飞没理他，貌似万念俱灰地蹲在那里，其实是在思考下一步的计划。

午饭的时候，乔飞仍然无精打采。王一问他：“你想什么呢？”

乔飞没说话。

王一说：“我带你见一下老朋友。”

乔飞的心里咯噔一下，听王一的口气，要见的不是谭清晓就是林彩军。

看到谭清晓和林彩军站到饭桌边的时候，乔飞的愤怒几乎无法控制。他为了让谭清晓和林彩军脱离这个注定要被毁灭的毒窝，忍痛和谭清晓分手，没想到最后绕了一圈，他们还在这里。

乔飞颤抖的手不敢离开桌面，肌肉的抽动让他的脸色看起来十分不自然：“他们怎么还在这里？”

王一笑着说：“你以后也在这里了，这么大的地方，不缺这两双筷子。他们比你能干，现在帮我稳定了两个收购点的货源。以后他们负责进货，你负责往外卖，我会给你找路子的。”

乔飞看着王一，咬着牙说：“我脏了就算了，你放过他们，他们俩只是来看看我，是无辜的。谭清晓、林彩军，你们看好了，他是个毒贩，你们现在走还来得及。”

“不但王老板是个毒贩，我们都是毒贩。你想让我们去哪里？”谭清晓几乎要笑出声来。以往无论她说什么，乔飞都觉得特别动听，但今天他感到了刺骨的寒意。

“你们替他收鸦片？”乔飞盯着林彩军，难以置信地说。

林彩军此时也已经变了一副模样，说：“王老板人手不够，我们帮帮忙没什么关系吧？”

乔飞转向王一：“人手不够？”

王一说：“是，人手不够。你们三个都很厉害，只要好好做，我赚够钱以后立即退休，这里的东西都是你们的。”

乔飞疑惑地道：“我们也没有三头六臂，这么看重我们？”

王一说：“我以前做过加工，把罂粟做成海洛因容易，但做高纯度货就难了。那时候，我手里有将近二十个收购点专收鸦片，然后集中到一个工厂里加工，我的工厂里有一流的制毒师。但一夜间，这些都没了，我的人死的死、跑的跑，我几乎成了光杆司令。在遇到你之前，我甚至亲自去送货，要是有可靠的人，我也不至于这样。不过要不是我亲去自送货，也不会遇到你。”王一说到这里，脸上露出得意的笑。

乔飞想到自己那次竟然救了王一，越想越气，直到怒不可遏。他突然站起来勾起一拳从下巴把王一打得躺在地上。乔飞的袭击非常突然，连他自己也没有想到。打完一拳之后，他站在那里没动。在场的所有人都掏出了手枪，六七个枪口对着乔飞的头。乔飞看着面前这些黑洞洞的枪口，其中的两个让他印象深刻，也使他万念俱灰，因为持枪的人是谭清晓和林彩军。

林彩军把躺在地上的王一扶起来，又叫人去喊医生。忙完一切后，林彩军对乔飞说：“以后你要再敢这样，我就毙了你。”

林彩军，从小和乔飞一起长大，他们的感情胜似亲兄弟。亲兄弟有时因为年龄的差距，更像父子。中国传统的家庭关系有一种宗教色彩，即使是聊天，亲兄弟之间也有很多顾忌。从这个角度说，他和林彩军的关系要自由得多。谭清晓，几乎算是乔飞的初恋情人，乔飞不顾一切地救过她。乔飞穷困潦倒的时候，她也不离不弃，乔飞远在千里之外，她不顾一切地过来。这两个人对乔飞都非常重要，可这两个人现在都拿枪对着他。

乔飞不知道这一切是为什么，他只能在众人的枪口之下，走回自己的房间，用被子蒙住头，一直到第二天下午，他才把被子掀开。打开房间门的时候，门口有两个人，他们是王一的手下，乔飞早就见过了。

看见乔飞醒来，两人说要带乔飞去见王一，还特地解释了王一让他们在门口等，不要叫醒他。

王一一见到乔飞，就哈哈大笑地走过来拥抱了他一下，说："老弟，你这一拳可真实在，我的下巴都让你打脱臼了。"

乔飞没有说话。王一拉着乔飞坐到椅子上，接着说："老弟，我这个人直，你就说你怎么想的吧。愿意做的话，以后就跟我做，不愿意我也不难为你。我的事，你知道得不少，希望你回去不要乱说。"

乔飞看了他一眼说："我现在如果不愿意，就算你能容得下我，我回去也得被抓吧？"

王一斜着眼瞟了一下乔飞，说："愿意留下来？"

"咱们得先说好，赚够了这辈子需要的钱，我就从这里消失，到时候你不能拦我。"

王一入行多年，乔飞这套说辞他见得多了。很多人在贩毒前都会犹豫，毕竟这是拿命来赌，但他们经常都是用这个理由来说服自己。一旦开始贩毒，多少钱才算得上"赚够了"？很多人入行前都不富裕，一百万块钱对他们来说是天文数字，而入行之后，一百万块钱可能只够去赌场热身。钱是永远赚不够的，所以大家永远都在赚。王一当然清楚，一旦下了水，就不会再上岸了。一想到这里，他就感到一阵得意。对王一来说，拉人下水有点儿像年轻时追姑娘，越是追不到，就越是念念不忘。现在王一已经不用追姑娘了，但拉乔飞下水，还是让他很有成就感。

王一拿出手机，装上一张手机卡。他每打一次电话就要用掉一张 SIM 卡（用户身份识别卡），这些卡是在瑞丽的报亭里五十块钱一张买来的。王一是当着乔飞的面打的电话，以示信任，通话的内容乔飞大致也听明白了。

电话打完之后，王一又给乔飞解释了一遍通话内容。王一并非多此一举，因为这些内容跟乔飞有关：现在有一批货要入境，要把在境外加工好的根雕运往中国境内。这些根雕内部大多填充了海洛因，很容易被 X 光机查出来，最好的办法是偷越国境。这将成为乔飞下水后的第一个任务。

王一交给乔飞的任务是，用骡马将预先填充过海洛因的根雕运到境内指定地点，再装车运往昆明。至于骡马的路线等一系列问题，王一都已经安排妥当了。乔飞只要执行就好，其他一概不用过问。对王一来说，这次任务是乔飞的投名状，虽然说乔飞前几次也运送了毒品，但那只是拉乔飞下水的把戏，这次很有可能是玩真的。

当天晚上，乔飞犹豫了很久之后，将这个情报传给了我们。乔飞的心里也很矛盾，王一是一头老虎，但乔飞知道他是一头已经被瞄准了的老虎。乔飞身在虎口之下，前后左右都没有退路。他到现在都没有下定决心与我们合作。我们也没有办法要求乔飞做什么，因为我们无法主动联系上他，只能等他的电话。

他还是打电话给我们说了这次任务。

按照乔飞给的消息，第二天夜里，王一会从边境的一条小路将货运往境内。据王一说，根雕里有海洛因，但乔飞没有亲眼见到装填。到时候乔飞会亲自押货。

进退两难

收到情报时，我们不敢断定王一的真伪。丁卓让乔飞想办法看看根雕里是不是确定有海洛因，被乔飞严词拒绝了。丁卓无可奈何，乔飞不是我们正式的特情人员，也就不存在从属关系。如果再这么拖下去，强行扣留乔飞将是我们唯一的选择。他现在的处境很危险，这条线很可能断掉。乔飞的结局要么是死，要么是成为毒贩，最后被我们逮捕。这两个结果我们都不愿看到。

我们掌握了王一在境内的所有银行账户，这些账户的流水我们随时可以拿到。王一最近并没有大额的进出账，这对我们的判断起到了决定性作用。这一次走的货可能还是假的。

乔飞说的那条小路是两座山中间的一个山垭。边境线就在西南侧的山脚，入境翻过山头，到达东北角就是一个寨子，这个寨子有一条单车道的沙石路，王一的货车就在这个寨子里装货。

我们到达那个寨子，把车藏在山脚，没有惊动当地的人。第二天，我们穿便衣分两路进寨子查看。我和赵向宁一路，罗 K 和老狗熊一路，包图和丁卓、陈海待在车里。

这些寨子大多有狗，一进来生人，狗吠声马上就传遍整个寨子，狗狗相传，无穷无尽。惊动寨子里的人总不是好事，王一很可能在这里布置了眼线。

寨子里低矮的木质房屋摇摇欲坠，三三两两的孩子穿着满是补丁的衣服在寨子里晃悠。我和赵向宁快速地走过那些孩子身边，他们好奇地盯着我们看，赵向宁盯着他们低声训斥了一句：“看什么看！”

那些孩子也不怕人，嘴里哇哇地说着什么我们也听不懂。我拉着赵向宁快步走了。很快，我们在村子里发现一条车辙，看上去像是轿车的。这寨子里不应该出现轿车，我和赵向宁顺着车辙很快找到了停在一个草垛后面的越野车，有两辆。这里出现越野车属于意外的情况，我们迅速返回。

罗K和老狗熊那一路回来得比我们早，他们没发现什么可疑情况。大家都觉得我们发现的越野车很可疑。

两辆车停得很隐蔽，我们在四周找了很多制高点，都没有办法用望远镜看清。我和赵向宁只好再去一趟，这一次近距离的观察，我们发现那两辆车的车牌都是刚装上去的，车牌上有很多摩擦的痕迹，是旧车牌，固定车牌的螺丝被磨损得非常严重，看样子经常换车牌。

我们打电话回去让内勤在公安网查，但是没有发现这两个车牌号的登记信息。这与我们的判断完全吻合，这是两个假牌照。但车到底是谁的？我们没有再去村子里。如果是王一派来探路的，情况将会更复杂。

丁卓又要了两个机动班的人过来待命。三个小时后，机动班的人就到了指定位置。我们也终于找到了观察点，现在所有的注意力都在那两辆车上，可对方一直没有动静。

天黑以后，望远镜里的车身只有一点点微弱的反光了。赵向宁啃完压缩饼干，从我手里接过望远镜说：“行了，我来看着，你去吃东西吧。”

我到身后拿出一瓶水、一块压缩饼干，喝完、吃完后把瓶子和包装袋埋到地下，找了个背光的地方点了支烟，这时候赵向宁朝我招招手说：“动了，动了。”

我迅速踩灭烟头，接过赵向宁手里的望远镜，看到那两辆车没开灯就开走了。

我们把这边的情况报告给丁卓，他命令罗K开车带着老狗熊和包图跟上。

十分钟后，罗K报告越野车在山脚停下，车上的人徒步上山了。

丁卓命令："罗K、老狗熊、包图跟上去，一千米范围内搞清楚他们的位置，超过一千米向我汇报。"

罗K说："对方可能也有夜视仪，我不能跟得太近了，不然很可能被发现。"

丁卓说："哪来那么多废话，必须完成任务。"

罗K说："是！"

"其他人三分钟内到第一集合点集合。"丁卓命令。

侦查组剩余的人集合完毕。我们对这件事情的判断是，王一如果只是试试乔飞，不至于提前派人来探路。目前看来，这批货很可能是真的。

"王一的胆子挺大的啊。"说完后，赵向宁拍拍地上的草皮坐了下去。

我和陈海也想坐下去，正弯着腰找地方，丁卓朝赵向宁屁股踢了一脚说："这里眼镜蛇可多，你不想要屁股了？"

赵向宁赶紧站起来，我和陈海刚弯下的腰也直了起来。陈海和丁卓一样也是副大队长了，按说是平级，但丁卓资历可比他老得多，丁卓刚当副大队长的时候，陈海还只是个中尉排长。排长大多是少尉，但特勤大队稍微特殊一点儿，就有了他这种中尉排长。据陈海说，他的前任还有过上尉排长。我们一直好奇这奇怪的部队有没有产生过少校排长，要是有，那真是奇观了。不过，听说北京有少校在部队负责内部小卖部的。总之，陈海现在升到了上尉，虽然干的还是排长的事，但职位已经是副大队长了。在副团级单位，从团往下数还有营和连，然后才能轮到排。我们这种副团级单位只有一个排的编制，陈海做排长的时候老吹牛说，自己是全军管的人最多的排长。

我和陈海刚站起来，赵向宁在拍屁股上的草叶，通话器里突然传来急促的报警声！

“是罗K他们！”就丁卓说了这么一句。我们全部卧倒在地，等着丁卓的命令。

拿出夜视仪确定了周围安全，丁卓关掉通话器后下令：“罗K可能已经被捕，现在的通信设备可能被窃听了，通话器原频道保持静默，启用备用频道。陈海和赵向宁去带机动班，五人一组成前三角队形，分组跃进。路上注意安全。”

陈海答道：“是！”

陈海带着赵向宁朝机动班预先埋伏的地方跑去，那地方距离我们不到一千米。

我和丁卓跑到罗K停车的地方，对方那两辆越野车应该也停在附近，但他们明显加了很好的伪装，我们用夜视仪一时半会儿也没有找到。现在最重要的是弄清罗K那边的情况，自从警报之后，再也没有任何声音了。

我和丁卓顺着车前的小路交替掩护上山，夜里的山上出奇地安静，这对我们的前进非常不利，脚步声被这安静放大了很多倍。以往山上妖风四起，风吹树叶，就算是跑步前进，如果不仔细听都听不出来。

我和丁卓不敢耽误，此时此地让人觉得充满杀机，脚下这片山头不知道会成为谁的埋骨之所。

到了半山腰，我们停下，丁卓小声说：“这么走太慢了，我们俩分开走。罗 K 他们三个连话都没来得及说，对方不一般。”

我点点头，和丁卓分开二十米前进，快到山顶的时候，我们放慢速度，丁卓慢慢地向我移动。到我身边后，丁卓拍拍我的肩膀，给我手势：那下面，下面有人。

我顺着丁卓的手指看过去，两三百米外的地方，隐隐约约有几个人影。我们两个慢慢地走近，才看清楚是罗 K、老狗熊、包图三个人站在那里，虽然衣衫不整，可都还举着手枪。他们被八个人包围了起来，双方都一动不动。

眼前的形势比我们预料的要好很多，我和丁卓没有动。等机动班的人来了，直接包起来打，我们在人数上的巨大优势可以轻易地拿下他们。

陈海带着机动班的人在我们后面，由于人数多，他们行进的速度更慢一些，用了二十多分钟才到达我们身边。

丁卓命令陈海带人马上在外围形成包围圈，然后下令收缩包围圈。

一切准备妥当之后，丁卓带着我和赵向宁走上去。

我们在距对方一百米左右的地方被对方发现，夜视仪里对面的人影犹如绿色幽灵般转身，将手枪对准我们。我们手里的八一杠也已经瞄准对方。

丁卓最先开口：“你们已经被包围了。”

对面的人面面相觑，可能是不相信这么轻易就被包围起来了。他们七八个人的小包围圈开始有序地收缩。

“最好都别动，你们每个人的头现在至少被三支枪瞄准，随时可以让你们的脑浆进到别人的脸上。”

里面走出一个身材魁梧的中年男人，在这个距离上，夜视仪只能看到他举着手枪，看不清五官。他说：“你才应该老实一点儿，乖乖地放下枪，跟我们回去，争取判轻一点儿。你们要是固执下去，今晚就下不了这座山了。”

丁卓惊讶地说：“你轻判我？你们挺好，我们是中国边防警察，你们已经被捕了。C6，叫我们的人都出来吧。”C6是陈海在特殊情况下的代号。

四周突然出现一整圈人影，包围圈一步步地收缩。

对方那个胖子也很疑惑，歪着头问：“你们真是边防部队的？”

丁卓非常不悦：“你马上把枪放下，我给你看我的武警警官证。”

那胖子说：“你们要真是边防部队的，那我们是一家，我们是公安的。”

原来是狗血的撞线。和公安撞在一起的事情，以前也听说过，但毕竟不是常见情况。丁卓也有点儿惊讶：“这样，都别动，我们先开灯，互相确认一下再说。”

陈海在丁卓的命令下打开了灯。丁卓和对面的胖子都放下了枪，走到一起交换证件。证件的真假还是很容易分辨出来的。

两人验证结束后，又交换了单位的电话号码，各自打电话核实，最后确定双方身份都是真实的。

双方同时把枪收了起来，罗K也瞬间获得了自由，他一脸郁闷地对对方的警察说：“把通话器还给我。”

在这种地方遇到这种稀罕事，双方自然要寒暄一番。刚才还剑拔弩张，现在成了并肩作战，这种反差使两拨人互相都很客气。

他们是刑侦支队的，也是接到了情报，过来看看。刚才上山的时候，罗K为了搞清楚他们的具体位置，所以带人跟得很近。对方都是成了精的老刑警，所以就发现被跟踪了。于是就做了个圈，罗K带人钻进去的时候，埋伏在路两边的警察一拥而上，扑上去就先摘了罗K的通话器，这导致了罗K只来得及给我们发了一个报警信号。他们抢夺通话器的时候，给了罗K他们反应的时间。双方都很快出枪，就这么对上了。罗K说了自己的身份，但他们完全不信，毕竟就连我们自己抓到毒贩的时候，很多人都喜欢大叫自己是卧底。

警察想从罗K的通话器里听点儿什么，但丁卓及时下令原频道保持静默，他们什么都没听到，接着双方继续对峙，这一耽误，丁卓带着人就到了。

两拨人是为同一批货来的，谈话间双方都没有打听对方的情报源。现在的情况有点儿奇怪，警察根据自己的情报认为今晚这批货里一定有海洛因，但我们根据情报判断这批货里没有海洛因。

双方基于不同的判断，产生了不同的行动计划。他们想要今晚动手，但如果他们动手，乔飞的身份就有暴露的危险。现在这种情况又来不及汇报，就算汇报之后双方建立情报共享，也不是一时半会儿能协调好的事情。

刚刚缓和下来的气氛，因为这个话题又变得有点儿紧张，双方都基于原则绝不让步。警察说他们是为了执法，丁卓说我们也是为了执法。

警察想给自己单位打电话，丁卓说："你打了也没用，按照约定的时间，货马上就该来了，现在打过去能怎么办呢？领导又不在现场，也出不了什么有用的主意。这件事无非就是动不动手，动手我肯定不答应，人命关天。你们肯定懂我的意思，大家都要保护自己的情报源嘛。"

刑警们说："这批货里一定有海洛因，今晚不动手，到了内地货要是丢了，我们是有责任的。这批货无论如何都得抓，就在今天晚上。"

丁卓气得喘着粗气，憋着火说："你们如果今晚要动手，就开枪把我毙了吧。"

刑警们也觉得为难，这么闹下去我们随便捣个乱他们就得扑空。双方在王一那边都有特情，总得保护自己的特情人员。可要是就这么回去，面子上过不去都是小意思，说不定还要挨处分。可丁卓的态度也很明显，刑警不到十个人，配手枪和微型冲锋枪，我们有三十多个，全副武装。当然不是说开枪，就算是只比拳脚，也是人多的占绝对优势。

最后，警察答应让这批货通过这个垭口，丁卓则答应这批货到昆明之后，任由他们去抓。条件是必须完成第一轮交货，要保证最后和乔飞毫无关系。乔飞一旦被抓，后面的麻烦就太大了。

乔飞这边，傍晚的时候他就被王一带到靠近边境线的山上，早已有人等在那里了。王一让人把树叶掀开，给乔飞展示了六个大根雕。他说，根雕里足足有三十公斤海洛因。乔飞点点头。

一共四匹骡马，三匹骡马各运两个根雕，剩一匹备用。四个马夫是从马帮雇来的，每人腰上都挂着手枪。王一也给了乔飞一把，乔飞看了看问："54式手枪？"

"这是仿制品，这里基础不行，做不出中国54式手枪的水平，将就着用吧。反正遇到警察和军队，你是跑不掉的，要么自杀，要么被抓。给你枪是让你防着点儿路上的蟊贼，好歹能壮壮胆。遇到蟊贼能用钱解决就不要用枪，我们这行杀人永远不是目的。"

乔飞点点头，他对中国的警察和部队都有一定的认识，这些王一不说他也知道。

乔飞带着骡马半夜才走到垭口。我趴在路边的树林里，用夜视仪看着骡马缓缓地前行，旁边的刑警也一动不动地看着，我估计他们馋得都要流口水了。面对可能有几十公斤海洛因的根雕，要不是提前有过判断，谁都有点儿手痒。

乔飞的骡马穿过山垭，进入境内，很快就到了寨子旁边，上了沙石路。这一切都在我们的监控之中，包括后面来的那辆皮卡。他们把根雕装上皮卡，乔飞跟着皮卡绝尘而去，剩下的四个人赶着骡马原路返回。

和警察分别的时候，他们保证会等交货完成后再动手，又说等结案后一起吃饭。我们倒不担心警察会不守信用，虽然大家的供职单位不一样，但都提着头走钢丝，一般谁也不会乱来。丁卓再三地劝说刑警："我们分析的结果很可能是对的。"

警方也觉得有些蹊跷了，几十公斤的货让这几个人来送是有些轻率，而且看样子王一很可能没有布置跟货的人。

第二天夜里，我们接到了乔飞的消息，说他已经安全返回。

第三天，丁卓收到警方的消息，说他们搜集了一些补充情报，也认为那批根雕里没货，所以只是暗中侦查，并没有真的对那几个根雕进行实际检查。

我们又进入了等待乔飞消息的阶段。他也学会了王一那一套，一张卡只打一个电话，然后立即销毁。由于他的情况并不稳定，我们没有告诉他，王一身边还有一个公安的特情。

乔飞送那六个根雕返回后，觉得自己已经陷入泥潭了。谭清晓和林彩军他是救不了了，现在王一也不会放他走了。王一对乔飞的信任越来越多，他没有再让乔飞送货，而是带着他到处走。

自从上次遭受毁灭性打击后，王一就不再生产毒品了，而是一心一意地做金三角的搬运工。他先承包一些罂粟田，收来鸦片之后，出加工费让人加工，然后运往中国。中国主要的客户在广东，再到香港，然后毒品就“冲出亚洲，走向世界”了。

王一当前有两件非常重要的事情，第一是扩大业务，现在他手里有六家收货点给他供货，谭清晓和林彩军两人平分四家。他的另一个心腹叫大钟，负责两家最大的收货点。

第二是寻找仇家。此前多年的积累一瞬间灰飞烟灭，王一永远忘不了这件事情。他一定要知道是谁干的。这并不难，他很快就找到了仇家，没有丝毫犹豫，他立即去见对方，然后跪在地上，乞求对方给条活路，只要够养家糊口就行。王一的一系列动作一气呵成，这才使他从一个生产、贩卖毒品的人，摇身一变成了一个只贩毒的商人。

在这一带，能捏死王一的人很多。但能把活儿干得这么干净利索，又顺利接手地盘的人，只有一个——陈培耀。这人是当年国民党残军的后代，坤沙时代就入行了，在这一代根扎得很深，和当地一支叫“独立军”的反政府民族武装来往密切。陈培耀以前不光贩卖毒品，还和政府官员合伙做木材、矿产等生意。近年来，政府和“独立军”的关系越来越差。陈培耀选择站在了“独立军”的一边，还挂了个“独立军副参谋长”的虚职，暗中资助“独立军”与政府军对抗。对这样一个刺儿头，政府官员自然不敢和他走得太近，这使得他的木材、矿产生意越来越难做。现在他把重心转移到毒品上，凭着和“独立军”的关系，他在这一带无所顾忌地扩张地盘，王一只是受害者之一。

陈培耀首先在地图上画了个圈，确定了哪些地盘上的毒品业务要在自己的控制下。王一不幸被陈培耀圈中。陈培耀要做的事情很简单，打散对手的武装，然后把持毒品加工厂，在自己的地盘上，不准别人将鸦片加工成海洛因，只能到他的加工厂去。这样一来，就扼住了所有人的咽喉。然后收归所有的土地，表面上是“独立军”的政治主张，就是当地农民自己的土地要农民自己做主，不允许毒枭圈地。暗地里这些土地都成了陈培耀的所有物，所有毒枭想要买鸦片，都要从陈培耀手里承包罂粟地的收购权。

王一知道是陈培耀做的，但他没有证据。有证据也没用，这事不讲法律。幻想中的江湖规矩在子弹面前荡然无存。金三角有坤沙的那些年，或许还有江湖规矩。因为在暴君的统治下，规矩会按照暴君的个人爱好形成。坤沙这棵大树倒了之后，猢狲们就只信仰子弹了。现在的陈培耀，捏死王一比吐口唾沫淹死一只蚂蚁还要容易。不管是什么规矩，你都不要妄想去跟规矩的制定者讲规矩，他们永远活在规则之外。这才是真理。

在强大的实力面前，王一连报仇的想法都不敢有。他的想法和乔飞之前说的一样，赚够了钱就离开这片是非之地。尽管乔飞这么说的时候，他在心里嘲笑乔飞。

王一现在只想尽快扩大鸦片收购点，求着陈培耀多承包点儿地，买到更多的鸦片，迅速积累财富。

在王一的恳求下，陈培耀又承包给他两个收购点。现在是八家收购点了，他收了这些鸦片之后再运到陈培耀的制毒工厂里加工成海洛因。这八家收购点有七家以前是在王一控制下的，但今时不同往日。

王一要把这两家收购点交给乔飞经营，他带乔飞去见了大钟。大钟一看就是个精明的胖子，按体积算，王一可能只有他的三分之一大。因为太胖，大钟的整个脸是圆的，皮肤白里透红，像要渗出血来，乍看上去像一种病态。他吃饭的时候老是擦汗，一顿饭吃完，面前的桌子上堆满了面巾纸。大钟是广东人，早些年王一还是小贩的时候，去广东送货认识的，后来王一做大了就把他带到金三角来了。

大钟对乔飞很客气。吃完午饭后，王一让他们俩闲聊，他要先去办事。大钟和乔飞把王一送出门，临上车的时候，大钟开玩笑地问王一是不是去找女人。王一笑着推了大钟一下，大钟太胖了，王一根本推不动。大钟说："我身板结实，等着吧，我们很快就能恢复成以前那样，丢掉的地盘我全替你拿回来。他们欠我们的血债，我替你讨。"

大钟这句话使王一立即收起了笑容，眯起眼睛，只留一条缝，看着大钟说："跟你说过多少次了，以前的事情是我们倒霉，人家背后是军队！军队你懂吗？"

大钟像是被王一突如其来的怒火吓傻了，站在那里，一副不知所措的样子。王一也察觉到自己的失态，抬起手，整了整衣服以掩盖尴尬："不要再跟我提报仇的事情，我不想再听到这两个字。现在很好，没了工厂，也不用养那么多手下。比起以前，我们少挣了三成，但也省了六成的开支。知足吧，听我的，省下来的时间多享受，你连个孩子都没有，挣那么多钱，连个继承遗产的人都找不到，赶紧想办法生一个。没事别老琢磨着报仇。"

王一拍了拍大钟的胸脯，上车走了。乔飞和大钟两人回到院子里，大钟擦着汗随便问了乔飞的一些基本情况。除了和边防部队有联系的事情，乔飞一切都如实回答。即使他不说，林彩军和谭清晓恐怕也已经说了。

大钟和王一的打闹向乔飞展示了他们的关系，虽然名义上乔飞和大钟没什么区别，但论和王一的交情，乔飞还差得远。另外，他们在报仇这件事情上好像有很大的分歧，这引起了乔飞的注意。

王一给乔飞安排的住处离大钟大约三十公里，这里到处都是山和树林，树叶腐败的气味与嫩芽散发的清香混合在一起，形成了东南亚热带雨林气候独有的味道。树林里一条宽敞的泥土路是这里唯一的主干道。

乔飞的住所是一个院子，里面有两层小楼，有一个会说云南话的中年妇女负责乔飞的日常起居。大钟叫她花姨，乔飞也就跟着这么叫了。

晚上，躺在二楼的床上，听着窗外的风呜呜地响，乔飞怎么也睡不着。房间的窗子上是钉了纱窗的，可不知道从哪里进来一只大虫子，在房间里呜呜地飞着，那声音像一架直升机，一会儿在房顶飞，一会儿又超低空飞行，在乔飞的头顶旋转。

花姨不可能只是照顾自己的饮食起居，监视自己才是她的主要职责。不过也无所谓，反正现在他只想保护谭清晓，无论她是贩毒还是干什么，在乔飞心里她都只是个美丽的姑娘。除此之外，乔飞并不想和边防部队的人有太多来往。想到这里，乔飞突然被自己吓得从床上坐了起来。毒品是一个深渊，他对着面前的深渊抬起了一只脚，如果不及时收回来，就会毫无疑问地粉身碎骨，而踏进深渊只需要一步。

天快亮的时候，乔飞才闭上眼睛，刚犯迷糊的时候就听到有人敲门。乔飞听到大钟和花姨在外面说话，瞌睡劲儿一下就没了。乔飞起床后，花姨做好了早点，他和大钟吃了早饭就匆匆上路了。

这是昨天就约定好的，今天大钟带乔飞去熟悉一下业务。毒品加工的门槛不算高，但要想做出精品却不容易。小到提纯环节的温度，多一摄氏度少一摄氏度都会对成品质量产生很大的影响。类似的细节数不胜数。运货的时候，路上还会有设卡收费的，想过去就得给钱，或者留下点白粉、鸦片。这些人乔飞都要熟悉，免得人家见乔飞是生面孔就想宰上一刀。

大钟首先带乔飞去的地方是距离乔飞住处不远的一个土匪窝。土匪头子叫张大毛，华裔，出生在当地，手下有一百多人，当了几十年自由自在的土匪。陈培耀来了之后，张大毛不得已归顺了陈。不过，陈培耀作为“独立军副参谋长”，自然不能和土匪走得太近，所以也没怎么管他们，只要求他们老实些就行了。张大毛和王一、大钟都算是老相识了，以前张大毛不敢吃王一的货，但现在不同了，王一需要经常给张大毛一些金银或者毒品。张大毛也并不白吃，王一缺人手的时候，只要不是去打陈培耀，张大毛都会给人。当然，是要收钱的。大钟也找他借过几次人，他的人素质虽然不高，但收收鸦片也够用了。

大钟和乔飞走进张大毛的院子，院子里，一个四十多岁的男人穿着麻布衣服靠在走廊的躺椅上抽水烟，见到大钟过来，张大毛放下水烟袋，招呼大钟坐下，说："钟队长今天过来有什么事吗？"

大钟指了指乔飞说："我们新来了一个队长，叫乔飞，带来给张大哥认识一下，别哪天自己人掐起来了。"

张大毛斜着眼看了看乔飞，说："看着还算精干，你上次带来的那两个，一个是娘儿们，枪栓都拉不动，我看哪，她做你们老板的小媳妇还不错，做生意她不行。还有那个姓林的，一个毛头小子，像个小混混儿，我从山头上随便拉出来一个都不比他差。你们王老板弄这些三教九流的过来，能成事吗？"

乔飞听他提到谭清晓口气轻浮，指着他说："你他妈说什么呢？"

乔飞话还没落，张大毛身边的两个枪手就抬起了枪。乔飞看枪抬起来了，马上身体下蹲，右腿斜着朝右边枪手的小腿踹过去，那枪手狠狠地一头朝前栽了过去。乔飞一把接住滑下来的步枪，拉开枪栓，左边的枪手瞄准乔飞的时候，乔飞也瞄准了张大毛。

张大毛把刚放下的水烟袋又拿了起来，斜眼看了一下乔飞，说："小子，来我这儿要猴呢？"他又瞟了一眼自己的手下，对手下说："滚开，枪里又没有子弹，耍什么威风。"

乔飞仔细一看，才发现自己手中的步枪里也没有子弹，觉得很尴尬，放下枪也不是，不放也不是。张大毛摇头晃脑地说："都没有子弹，你们还举着枪干吗？等着狙击手来给你们拍照啊？"

大钟走过来拍拍乔飞的肩膀，接过乔飞的枪，还给了那个手下。张大毛笑着说："你姓乔对吧？好，我记住了，真是印象深刻。你放心，我这个人不记仇，生意归生意，以后有什么事需要帮忙的，过来说一声就行了。不过是要收钱的。"

乔飞说："虽然我们老板现在没以前风光，但你也不能因为这样就小瞧他吧？这么多年大家都是一起走过来的，我看张大哥也不是不念旧情的人。"

乔飞没想到这几句话让大钟和张大毛都很受用。张大毛笑着对大钟说："你们王老板可以啊，乔队长对王老板忠心，身手也不错。在这里啊，忠心最重要。好了，大家和气生财，乔队长这人我认识了，以后有什么需要就跟我说。但有一点，不要再拿枪指着我了，我是会涨价的。"

大钟谢过张大毛，就带着乔飞出来了。大钟不但没有因为乔飞的冒失而生气，反而一路都在笑。他笑着说："张大毛就是一个瘪三，以前看到我们都得低着头走路。现在我们不行了，他又靠上了陈培耀，突然就不知道自己是个能被吹多大的气球了。反正你以后会知道的，这种人不要放在心上。需要他的时候，给钱就行了。这里像他这样的地头蛇多得很，都是些三教九流的，成不了事。你把枪指到他头上，这要是陈培耀，早就把我们俩碎尸万段了。"

大钟一路都没有提谭清晓和林彩军的事，这证明了大钟知道乔飞和另外两人的关系。他不提，乔飞也只好装作不知道。乔飞一路上都在问陈培耀的事情。

"都快一年了，这个人确实不好惹，他打我们的时候，我们没有任何准备。那一季罂粟的收成好，我们囤了两百多公斤四号，正在找渠道出。那天我在和人谈出货的时候，出的事。几十个收购点加上制毒工厂，几乎同时被攻击。我的弟弟小钟就死在了那件事中，尸体都没找到。小钟死了之后，那些手下带着武器和毒品一窝蜂全跑了。我带着手里仅剩的四十公斤海洛因，像条狗一样跑回国内。老板当时也是一个人藏在瑞丽。我和老板靠着我带回去的四十公斤白粉重新起家。当时就我们两个人，所有的线都断了，送货和交易都是我们亲自上阵。后来在瑞丽找了几个打工仔帮忙，但这些人靠不住，有些报警了，有些带着货直接消失了。我和老板也没本事去追回来。干这行想找个信得过的人很难，不然老板怎么会这么急着想让你们入行？以前我们的人遇到打劫的只要报老板的名字就没事了，可现在走到哪儿都要交钱。他妈的这些浑蛋，早晚把他们全都弄死。”

“这个陈培耀，不好对付啊。”乔飞叹了口气，好像在安慰大钟。

大钟越想越难过，最后气得直拍方向盘：“是不好对付，他后面有‘独立军’撑腰，政府军都不能把他怎么样，我们就更不值一提了。但是……”大钟说到一半停了下来，扭头看了看乔飞，继续专心开车了。

乔飞马上换了个话题，说：“我们怎么会这么缺人，这里招点儿人不难吧？”

大钟点点头说：“不难，找群扛枪的简单，还便宜。但这里现在是陈培耀的地盘，很难保证找来的不是陈培耀的人。就算不是他的人，他也能轻而易举地把本地人变成他的眼线。找人手还是去中国，中国人多少都有点儿见识，不至于连个便笺都看不懂。可你去中国说要带人家来贩毒，人家要么认为你是神经病，要么转身就把你给举报了。所以，你们来得非常及时。”

乔飞笑着摇摇头说："原来还有这么多讲究。"

大钟也跟着笑了笑说："讲究多着呢。既然话赶话说到这儿了，趁现在没事，你就给我说说你和他们俩的事情。不然我云里雾里的，不知道哪天又犯了你们的忌讳。"

乔飞笑着边摇头边指了指大钟，然后把他和谭清晓从认识到分手的事情告诉了大钟，不过，分手原因他说成了谭清晓和林彩军关系暧昧。

大钟听完后，说了些不痛不痒的话安慰乔飞。这场谈话像两个蒙着眼睛的人在捉迷藏，都在互相试探。乔飞倒是没感到奇怪。王一和大钟本来在当地也算是一方霸主了，但无缘无故被陈培耀这个土匪一顿胖揍，现在还惊魂未定。王一应该是信任乔飞的，而大钟有点儿戒心也是理所当然的。

接下来的几天，大钟带乔飞跑遍了各个山头去看罂粟，还带乔飞去看了仓库和附近的几个地方。仓库离大钟的住处不远，就是一座大房子，有五六个人长期驻守在那里，看守不算严格。这仓库是用来装各种材料的，大多是些普通材料，比如橡胶、木材……总之，可以是任何东西，只要能在运输过程中藏匿海洛因就行。现在这座仓库还是空的，大钟说最近有批海洛因要出货，马上要运些材料过来。王一所有的海洛因都是大钟管着，所以这个仓库也在大钟手里。

大钟最后带乔飞去的地方是小佛崖，小佛崖其实是一座山。确切地说，是半座山。很久以前有人在这里采矿，整座山的南侧全部被采空了，只剩下北侧的半座，这样就形成了一个人工悬崖。山的北面几公里处有一座香火旺盛的小乘佛教建筑——白塔，所以这里被称作小佛崖。虽然白塔处每天都是人来人往，但小佛崖倒是清静。现在政府军和"独立军"关系紧张，政府不会过来采矿了，而"独立军"一时半会儿也找不到销路。北侧虽然有上山的路，但当地人大多没车，没什么事也不愿上来。

大钟带着乔飞来这里是因为这是附近唯一具有观赏性的地方，以前有客人来，大钟都会把人带到这里游玩。大钟已经很久没有接待过客人了。

小佛崖上，乔飞站在悬崖边，可以隐约看到悬崖下的石头。大钟站在乔飞身后，这让乔飞感到后背发凉，赶紧后退一步，和大钟并排站着。崖顶的风很大，两人没待多久就回去了。

后面的几天，乔飞和大钟越来越熟，只是每当大钟站在他身后时，乔飞都会像那天在小佛崖上一样，感到后背发凉。渐渐地，大钟来得少了，乔飞负责的两个收购点暂时还没有开始运作。王一给乔飞配了一辆吉普车，这辆车和大钟的车一模一样，只是比大钟的新一点儿。开始乔飞推辞，但大钟说，他们四个人每人都有一辆，再推辞就虚伪了。

乔飞的住处离谭清晓不远，中间还有一个镇，在镇上可以买一些日用品。有了车之后，乔飞没事会去镇上转转。这里极闭塞，来来往往的都是马车、骡车，极少见到机动车。几天后，乔飞在镇上轻易地看到了谭清晓的车，这种车在镇上非常扎眼。看到她的时候，乔飞把自己的车藏了起来，然后远远地跟着谭清晓，倒是没什么目的，只是想多看她几眼。

谭清晓和一个老妈子一起买了一些菜。她们买过东西的每一家店铺，乔飞都装模作样地走过去问问里面的商品价格。他也不知道为什么要这么做。没过多久，乔飞看到那个老妈子提着菜回到车上，谭清晓自己去了一家首饰店。等谭清晓走出首饰店，开车回去之后，乔飞走进了那家首饰店，看到里面卖的是一些银饰和一些非常老旧的玉器。店里有一个中年妇女和一个年轻的伙计，乔飞试着和那个女人说话，但她迷茫的眼神告诉乔飞，她不会说中文。倒是那个小伙子，中文说得很好，他告诉乔飞，他是这家店里的伙计。乔飞和伙计聊了会儿天，又问了几样玉器的价格，看着倒是不错，可他什么也没买，买来干吗呢?

乔飞返回车上又想起谭清晓，想到只能远远地看一眼，觉得很失落。接着，他开车去了大钟那里，想让大钟帮忙弄一台望远镜。到大钟家门口时，看到那里坐着一个人。那人见乔飞过来，站了起来，他是大钟的警卫。乔飞进门不需要通报，他直接走了进去。经过警卫身旁的时候，他开玩笑说："有时间让你们钟队长给你配支枪。"

乔飞也不管警卫能不能听懂自己的话。他敲开了大钟的屋门，进去之后意外地看到王一也在，乔飞说："王老板也在，我是不是来的时间不对? 要不你们聊? "

大钟笑着拉住乔飞说："来得正好，你不来我正准备去请你呢。"

王一也笑着招呼乔飞坐下。他们正在商量最近出货的问题，王一有一百多公斤白粉要出。这是王一倾家荡产之后最大的一批货，几乎是这几个月全部的积蓄。

这跟乔飞没什么关系，这么大的一批货，只能是大钟亲自操办。王一和大钟谈话的时候，他就坐在哪里听，很少插嘴。最后讨论到谁负责的时候，大钟看向了乔飞说："乔飞刚来，又很稳重，这批货就让乔飞负责吧。"

听大钟这么说，乔飞的心马上提了起来，在脑子里飞快地盘算着大钟到底是什么意思。但乔飞现在还只是个木偶，在这么重大的事情上，他毫无发言权。

王一干瘦的脸上，两只黑色的眼珠迅速滚动着，半晌才冒出两个字："行吗? "

他说这句话的时候，眼睛是看着乔飞的，所以就是问乔飞的。乔飞想都没想，直接摇头说："不行。和钟队长相比，不管是资历还是实力，我差的都太多了。还是钟队长负责最合适。"

王一那张布满阴霾的脸上突然布满皱纹，笑容使他脸上所有的肉都挤到一起："你现在一口一个钟队长，你也是乔队长了。大钟跟我的时间长，所以现在他多负责一些事情，手下有几十个人，那是我的全部家当了。你们三个现在都是光杆司令。但你放心，瑞丽那边的朋友从赌场和夜场里给我找了几十个人，过几天就来了，到时候你手下就有人了。我跟你说，这次全是中国人，见过世面，脑袋聪明，下手狠，比大钟的手下素质高。"

乔飞知道王一误解了自己的意思，他是真的不想负责这批货。王一却以为他在诉苦，乔飞赶紧接上王一的话说："我真的还不太熟悉这里的事情，现在也不急着要那么多手下。况且你就是给我人，我一时半会儿也做不了这么大的事。这批货对我们一定很重要，没人比钟队长更合适了。"

王一听乔飞这么说，又看向大钟。大钟说："好吧，既然乔队长这么谦虚，那我来做吧。不过我把话说清楚，我负责的话，所有的事情只有王老板能知道。其他人不允许过问。我很相信你们，但这是规矩，你们可不能多想。"

乔飞连忙点头："一定，一定。"

正事说完，乔飞说想要一台望远镜。他说最近常有人偷偷到罂粟田里割浆，虽然说这些罂粟是陈培耀的，但每一个收购点下面的罂粟田都是以承包的形式卖给王一的，所以王一必须监管。

大钟正好有两台德式变倍率望远镜，当场就送给乔飞一台。

乔飞从大钟家出来，开车载着望远镜和三脚架返家。这几天一直下着小雨，热带雨林气候使这里非常沉闷。乔飞开车行驶在那条泥土路上，刚才的问题困扰着他，这批货到底是怎么回事？如果是用来试探自己的，很明显王一也参与其中了，这说明王一并没有彻底相信自己。如果是真有其事呢？那说明大钟也相信自己了，至少王一说服了大钟。如果是这样，到底要不要打探一下这批货的下落？作为曾经的军人，眼看着这种事情发生，如果不管，多少都会有一些负罪感。事到如今早已没了退路，他只能前进。而前进的路有两条，他不知道该选哪条，因为两边的风景都不太好。

精心设计的试探

乔飞很快回到家里，他没有下车，因为回家也没什么可做的。从院子外看向自己的房间，里面有一个人影，他知道肯定是花姨。乔飞并不感到惊讶，也没有感到生气。监视自己是花姨的责任，对于这件事，乔飞早有心理准备。有机会要警告一下她，不要太过分就行了。

为了不打扰花姨，乔飞又驱车向前。他也不知道去哪里，可能是想独处一会儿，也可能是喜欢掌握自己的方向盘。但他也知道，方向盘早就不在自己手里了。

又开了一会儿，不知不觉到了谭清晓住的地方，他没有勇气停车。继续向前，又到林彩军的门前，又觉得没有停车的必要。只能继续向前，然后掉头回家。

乔飞住在二楼，走进院子的时候，花姨正在做晚饭，乔飞笑着和她打了个招呼。乔飞回到自己的房间立即找了块木板，写上“闲人免进”四个字，挂在一楼通往二楼的楼梯口。

第二天，乔飞无事，开车去了谭清晓房子对面的一座山上。这里距离谭清晓的住处大约一千多米，找好位置后，乔飞搬出望远镜，用望远镜找了一圈，发现谭清晓家里只有那天在街上看到的那个老妈子。车也不在院子里。

谭清晓能去哪里呢?

乔飞把望远镜收起来，然后开车去镇上。这次有准备，他把车停在镇子外面，然后步行去镇上。他很快就在镇子里发现了谭清晓的车，接着又在街上看到了穿黑色长裙的谭清晓。这身装扮倒一点儿也不像女毒枭。

乔飞远远地跟着谭清晓，和上次一样，没什么目的，只是下意识地想看看她。他跟着谭清晓在街上转了几圈，路线和上次一样，最后去了那家首饰店。谭清晓从首饰店走出来的时候，乔飞也想进去看看，但街上来来往往的人群中金光一闪，让他停住了脚步。

林彩军那条舌头他是怎么也不会忘记的。他还在犹豫要不要上去和林彩军打招呼，突然看到林彩军也进了那家首饰店。在里面待了大约十分钟，林彩军朝镇子外面走去。他也将车子停在镇子外面的一间竹屋后面。

乔飞意识到，林彩军是在跟踪谭清晓。

乔飞开车朝谭清晓的住处驶去，不管怎样，他都要让谭清晓知道，林彩军正在跟踪她。车开到了院子门口，乔飞的手放在车钥匙上，突然不知道该不该熄火。正在他犹豫的时候，谭清晓的大门开了，她出现在门口，看着乔飞。

说点什么吧，可说什么呢？说林彩军跟踪她？他突然意识到自己也在跟踪她。

乔飞什么也没有说，放在钥匙上的手移到了汽车的挡杆上，然后一踩油门，驱车离去。

乔飞回到家的时候，又看到花姨在自己的房间里。那块“闲人免进”的牌子对花姨毫无约束力。乔飞坐在车里抽烟，一直等到花姨下来，他才下车回到二楼自己的房间。他把“闲人免进”那块牌子上的“闲”字擦掉，希望以此来约束花姨。

乔飞在此后的很长一段时间都无所事事，他照样每天出去，有时去大钟那里看看。他不想让王一和大钟觉得自己无法控制，大钟那里经常站岗的还是那天那个没有带枪的青年，后来乔飞去得多了，和他也就熟了起来。他也是中国人，云南的，叫字强。

乔飞去得最多的地方是谭清晓对面那座山的山顶上。只要天晴，没有雾，他的望远镜就可以看到谭清晓的家里，也可以看到镇子上。在那里，他可以大张旗鼓地看着自己曾经的女朋友。谭清晓每天都会出门，有时去罂粟地，有时去大钟家。每隔三天，她都会去一次镇上，她每次都去那家首饰店。姑娘家喜欢首饰也没什么奇怪的。

花姨已经收敛很多了，至少不会每次回家都看到她在楼上翻箱倒柜。一天早上，吃完早饭后，花姨去了镇上买菜。乔飞找了一截铁丝，轻而易举地就把花姨门上的挂锁打开了。屋子里的陈设很简单，一张床，一套桌椅。桌子的抽屉也是锁上的，依然是挂锁。乔飞两年前参加选拔集训的时候就学过开这种锁。抽屉里放着一个笔记本，里面的内容倒是把乔飞惊到了。

本子里几乎记录了乔飞所有的行为，当然，都是花姨看到的他的行为。这些乔飞倒不害怕，毕竟他还没做过什么出格的事情。他比较关心的是最近几天花姨是怎么记录的，这几天他经常去看谭清晓，甚至还发现了林彩军。

他很快找到了最近的记录，倒是没发现什么问题，只记录了几点出门，几点回来。细节记录倒是很全面，包括他在楼梯口挂的那块“闲人免进”的牌子，以及后来的改进版“人免进”，都一一记录了。甚至他每天回来后车轮上的泥土颜色都标记采样了。总的来说，都是些鸡毛蒜皮，乔飞连继续翻找样本的念头都打消了。

把一切复原之后，乔飞回到自己的房间里抽烟，一支烟还没抽完，王一派的人就到了。他说王一给乔飞弄到一把手枪，让乔飞去看看。乔飞到的时候，王一正在和大钟，还有一个三十岁左右的男人坐在大厅里。王一笑着招呼乔飞坐下，然后给乔飞介绍：“这是陈培耀副参谋长手下最得力的兄弟，刘昌刘参谋。”说完又指着乔飞给刘昌介绍：“这是我兄弟，叫乔飞，现在帮我打理收购上的一些事，以后多走动走动。”

乔飞打量了一下这个刘参谋，近看整个头像个巨大的筛子，面部连点数都标出来了。但稍远一点看，他又像个繁体字，方方正正的，下巴几乎和颧骨一样宽。乔飞笑着和他握手，大钟坐在旁边一言不发。

王一打开桌子上的箱子，里面是四把手枪，他指着枪告诉乔飞，这些是刘参谋弄来的，让乔飞先挑一把。

乔飞拿起来看了看，这些枪大多是仿制中国的，两把像“54式手枪”，另外两把像“64 式手枪”。从性能上说，“54 式手枪”是非常不错的防身武器，而“64 式手枪”是军中著名的玩具手枪，威力太小，不知道这些仿得怎么样。乔飞对这些武器没多少兴趣。不过是王一给的东西，刘参谋又在场，这些枪可以不用，但不能不要。他毫不犹豫地选了仿制版的“54 式手枪”，并露出非常喜欢的神情。

王一并没有让乔飞待太长时间，他说收购点范围内的罂粟田已经准备割浆了，让乔飞多做准备，人不够就找张大毛雇一些。乔飞说没问题。王一让乔飞先回去。乔飞知道，谭清晓和林彩军待会儿肯定也会过来拿枪。

乔飞开车返回，行至一半，前面意外地开来一辆货车。

之所以说意外，是因为在这里极少见到吉普车之外的一切机动车。和货车的距离越来越近，乔飞很快就看到坐在副驾驶位置上的字强，就是前几天一直给大钟当警卫的人。字强也看到了乔飞，

货车和吉普车同时停车，字强下车走到乔飞面前，乔飞坐在车里没有下车，问："拉的什么？"

"钟队长买了一车橡胶，我要给他运到仓库去。"

"好东西啊。以前打仗的时候，这可是战略物资。以前总是听说，我还没见过这东西。"

"要不我打开给你看看？"

乔飞狐疑地问："能看吗？"

"能！这东西看看又不会少一块。"

字强和驾驶员打了个招呼，把货车后门打开。乔飞在里面闻到一股浓浓的生胶的味道。橡胶都被做成了方块，个头比微波炉大一点儿，但要比微波炉薄一点儿，每一块都用蛇皮袋装着。

乔飞打开一袋橡胶看了看就下来了，他只是想开开眼界。下来的时候，乔飞问："怎么没拉满啊？"

字强说："这车太大了，马上要换小一点儿的车，那样就能装满了。"

乔飞从口袋里掏出烟，递给字强，发现没带火，找字强要，他也没带。乔飞走到货车驾驶员车门外，递给驾驶员一支烟，说："师傅，给个火用一下。"

驾驶员回头找打火机的时候，他身后的布帘突然晃动了一下，货车

驾驶室后面还有不少空间，足够一个人睡觉的。现在里面没有人，乔飞看到里面堆满了橡胶，和车厢里的包装一模一样。

点着烟之后，乔飞拉着字强走到车后，似笑非笑地看着他说："你这么来回奔波也挺辛苦，能赚不少吧？"

字强手里夹着的烟刚送到嘴边，抽也不是，不抽也不是，眼里有一点难以掩饰的慌张，这让乔飞觉得自己的判断是对的，他接着说："你做这个也够辛苦的，赚点儿也是应该的。"

乔飞说完后就不再说话，但一直似笑非笑地看着字强，就像一只猫调戏刚抓到的老鼠一样。

字强只顾低头抽烟，抽完也不抬头，气氛越来越奇怪，这么下去也不是事。乔飞从口袋里掏出王一刚才给的"54 式手枪"，一边在手里把玩一边问："你这次运了多少包橡胶？"

手枪成了压倒字强的最后一根稻草，面对乔飞的微笑，字强勉强地回答："三百包。"

乔飞还是盯着他看，就是不说话，只是手里的枪口有意无意地瞄准字强。最后字强终于坚持不住了，说自己在路上卸掉了二十包，在驾驶室里偷偷放了十二包。

乔飞拍拍他的肩膀，一副恨铁不成钢的表情："我说你什么好啊，咱们从中国跑到这个鸟不拉屎的地方就是为了儿包橡胶？我们是来赚大钱的。王老板的脾气你不是不知道，你今天贪污点儿橡胶，明天会不会贪污白粉？你这样怎么去做大事？"

在这片森林里，贩毒这种事情是非常考验手下忠诚度的。每一个毒贩都将忠诚度看得无比重要，一个不老实的手下，能够把一个毒枭送上不归路。因为他们有太多机会去偷，到处都是树林，没人能够监管他们。

因此，老板们极度痛恨那些不老实的手下，一经发现，对这些手下来说，很可能就会万劫不复。

字强很害怕，他恨不得给乔飞跪下。乔飞把手搭在他的肩膀上，等着他说出那句自己想听的话。

字强没有辜负乔飞的期待，很快便向乔飞保证："自从跟了老板，我顶多偷点儿其他的材料，绝对没有动过白粉。"

乔飞说："你怎么证明？"

字强说："车里只有橡胶，根本就没有白粉啊！这橡胶是在大深工厂加工的，那是正规的加工厂，不会装白粉的。一般装白粉的橡胶都是在迈高工厂加工的。况且真有白粉的话，怎么能就让我一个人押货呢？"

"我知道这车里没有白粉。"乔飞停顿了一下，继续追问，"那以前呢？你怎么保证你以前没有偷过？"

字强无言以对。

"收敛点儿。"乔飞叹了口气，"我们都是从中国过来的，齐心协力出一批货，能拿到那么多钱呢，不要在这些小事上栽跟头。你走吧，这次我什么都没看到，你也没见到我。要是钟队长知道我们见过面，主动问我，我可就不能骗他了。"

字强赶紧接话说："我知道，乔队长放心，我没看到过任何人。"

乔飞点点头，看着货车开走。等货车在拐弯处消失，乔飞才开车返回。

三天后，乔飞一早就去了大钟家，他要和大钟商量收鸦片膏的问题。乔飞渐渐地认命了，他觉得这么生活下去似乎也不错，做几年洗手不干，大不了不再回中国，反正父母也能衣食无忧，自己回去可能反而是个累赘。

他到的时候，大钟不在，字强坐在门口，看到乔飞时，他的眼神有点儿躲闪。乔飞大方地问字强有没有吃饭，不等字强回答，乔飞就走进了院子。

大钟不在家，临走留下话让乔飞等他。乔飞每隔三天就来一趟，渐渐成了规矩。他被领到大厅里看电视，一直到中午大钟才回来，他们就一起吃了午饭。

饭桌上，他们在说割浆的事情。鸦片膏是以“拽”为单位收购的，所有东西都有流程，乔飞只要监督就行。除了这些，大钟还透露了前一阵子说的那一百多公斤白粉准备出货了，乔飞对这些货并没有表现出强烈的兴趣，仍然继续问大钟关于鸦片膏的事情。

吃完饭后，大钟支走下人，拿出自己的手提包，从里面拿出一张纸说：“老弟，我想请你帮个忙，你看行不行？”

乔飞狐疑地问他是什么事情：“我们俩还提什么帮忙不帮忙的。”

大钟说：“那一百多公斤白粉，我考虑了很久，决定从腾冲入境。现在货已经装到橡胶里了，后天出货，只是这条路我不熟，想问问你对这一带有没有了解？”

乔飞赶紧摆手说：“这忙我帮不了，说好了绝对保密的，我不掺和。”

“保密是说给老板听的，我还能对你保密吗？”大钟把手里的纸铺开。那路线乔飞一眼就能认出来，而且少有边防人员会去巡逻。大钟一边介绍整个计划，一边在图上给乔飞指出具体位置。

乔飞很佩服大钟的策划能力，至少看上去，这是个无懈可击的计划。把货运到边境之后，先走一队真正的橡胶，如果被边防部队发现，前队就丢下橡胶逃跑，引开边防部队，后队迅速前进，穿过边防巡逻区。即使前队的人被抓，最多也就是偷越国境走私橡胶，花点儿钱就能把人弄出来。花出去的那些钱，在这一百多公斤白粉面前，完全不值一提。

乔飞顺着大钟说的计划，随便挑了几个无关紧要的问题指出来，然后修正。做完这一切之后，乔飞向大钟告辞。

开车回家的路上，乔飞一直在暗暗地骂大钟。在此之前，他可以装作不知道这一百多公斤货的存在，这样一来，就不用考虑要不要给边防部队报信了。而现在不同，自己已经知道了这批货，而且还知道得这么详细，如果再装作不知道，那就是同谋。

把车开到自己院子门口的时候，乔飞还在犹豫，直到他看到自己门前的泥土路上的轮胎花纹。

这花纹不属于已知的四辆吉普车。乔飞没有把车开进院子，而是继续前行。车速不快，他顺着花纹往前走，只走出去三百多米，这车就开上了一条岔路，岔路是草坪，印记逐渐消失。

乔飞的判断很简单，这车一定是来监视自己的。

他没有再追下去，而是直接掉头回家。回到房间之后，乔飞在屋里架起望远镜，从窗帘的缝隙里伸出一个镜片，从这镜片里，把房前的整座山搜了个遍。他在山上找到三个拿着望远镜的人。

这些人是大钟派来的，也许是不相信自己，也许是怕自己和谭清晓、林彩军见面会泄露行动计划。大钟是仅次于王一的二号人物，自己能把他怎么样呢？乔飞根本就没有办法和边防部队建立联系，这里没有无线信号，打电话得去镇上。如果去镇上，很可能就会被大钟发现。

转眼到了出货的时候，一大早，大钟就派人来把乔飞接了过去，他见到乔飞的第一句话是："乔老弟，辛苦你了。我让你来熟悉一下出货，以后你要办大事，不能连这点儿事都不知道。"

乔飞笑着应承，这时宇强开了一辆货车过来。大钟说："走，我们去仓库，现在装货，到边境正好是晚上，夜里入境安全。”

仓库离大钟的住处不远，他们很快就到了。

货车开到仓库前，大钟的手下开始装货。大钟在一旁谈笑风生，乔飞有一句没一句地陪他说着话，心里却在想另一件重要的事情。

装货用了半个小时左右。货装完后，乔飞往仓库里看了一眼，发现里面还堆着一些地板条和根雕，橡胶已经全部装上车了。

根据前几天字强说的数字，大钟准备了三百包橡胶，字强贪污了三十二包。还剩两百六十八包，这与乔飞刚才和大钟谈话的同时数出来的数字吻合。这说明现在运出去的橡胶就是那天字强押的货，而那批货里是没有毒品的。要在橡胶里装填海洛因，得在生产的时候就装进去，已经成型的橡胶里没办法再装。

乔飞和大钟面对面站着，在将近四十摄氏度的气温里感到了阵阵寒意。大钟比王一要阴毒得多。乔飞嘴上叮嘱了大钟和负责运货的字强一些路上的细节，直到货车上路，乔飞和大钟打了声招呼之后驱车返回。

睡了一夜，天亮的时候，乔飞发现所有监视自己的人都已经撤走了。他开车去见了王一，这样即使被大钟的人跟踪了也没关系。

乔飞住的地方距离王一很远，乔飞到了之后说是来看看王一。王一也很高兴。不过乔飞当天还要返回，所以两人说话的时间并不长。在乔飞的诱导下，王一给乔飞介绍了附近工厂的情况。

附近有两家橡胶加工厂，一个叫迈高工厂，这是个地下工厂，加工橡胶的同时可以将海洛因放到大块橡胶的中间。另一家是大深工厂，只做正规的橡胶加工，不做毒品生意。白粉要在橡胶成型前放进去，还要控制好温度，技术不行也做不了。

乔飞现在几乎可以断定那批橡胶里没有毒品了，无论从哪个角度看，字强都没有欺骗自己的动机。而且那天运送橡胶的过程中确实只有字强一个人，如果那些橡胶里真的有白粉，打死大钟也不敢让字强一个人押货。

乔飞回到家的时候，花姨已经在厨房做晚饭了。他走过去问花姨做了什么吃的，并且故意说今天去了老板那里，还说老板马上会给他配一些手下，到时花姨也可以轻松一些。花姨一边做饭一边露出高兴的神情。

橡胶已经出去三天了，没有一点儿消息。乔飞要去大钟那里看看，一起床就钻到吉普车里，花姨跑过来问乔飞吃不吃早饭了，乔飞说不吃了。

花姨转身打开院子大门，乔飞把车开了出去。

出门往东开了没多久，就看到迎面过来一辆车，近了一看，是字强。他坐在皮卡的副驾驶座位上，车后站着一群拿着步枪的男人，枪支种类不统一，服装也不统一。除了副驾驶座位上的字强，其他都是生面孔，看这阵势就不是一般的事情。

乔飞早早地把吉普车停下，字强的车也被乔飞伸手拦了下来。

字强下了车，乔飞把他拉到一边问："你们拉开这阵势，是想干吗去？"

"乔队长，这事跟你没关系。"字强的表情异常严肃，"你最好不要问，不然钟队长那里不只是我一个人不好交代。"

字强的意思是连乔飞也不好交代。不过看他们的行进方向，乔飞担心这些人是针对谭清晓去的，无论冒多大的风险，这事都必须弄明白。他看着字强的脸，长叹一口气，说："看来我还只是个外人，我还以为大家都是朋友呢。既然这样，你不要说了，我也不打听了，免得我也不好和你们钟队长交代。不过你和我，在钟队长那里早就不好交代了。"

乔飞掌握着他偷窃橡胶的事情，只要大钟去查一下仓库的出货记录就一清二楚。乔飞没有告发他算是救了他一条命，乔飞最后一句说的就是这件事情。

乔飞接着说："我不想打听你们那什么秘密，关我屁事。我他妈就是觉得你们神经兮兮地干些事情，我像个外人一样看着，真他妈没劲。"

"乔队长，你想得太远了。我告诉了你，你一定要装不知道。你是老板找来的人，钟队长不敢把你怎么样，我可就完蛋了。"

"你放心吧，我要是害你，你现在早就被拖去喂狗了，说不定都变成狗屎成了肥料了。说不定我吃的蔬菜就是用你当的肥料。"

"钟队长这些人是借来的，我们中间出了叛徒。他让我去抓个人，具体抓谁我就不能说了，但肯定不是你。"

乔飞一动不动地盯着字强，他需要快速地判断出字强说的这个人是谁。无论是谭清晓还是林彩军，他都不能让这件事情发生。乔飞平静地问："这叛徒是谁？"

字强说："乔队长，我的话都说到这儿了，你自己保重吧。你就是杀了我，我也不能说是谁。来的时候，钟队长特地交代过我，万一碰到你，让我千万别告诉你我们是去干吗的。"

乔飞没办法，只能旁敲侧击："前两天我们走的货被抓了？"

字强说："没有被抓，如果橡胶被中国警察抓了，这次抓的就是你了。"

乔飞突然想到那天仓库里除了橡胶之外，还有地板条和根雕，是不是橡胶之后又出了地板条和根雕？问题很可能出在这里。

字强正想走，被乔飞一把抓住，问道："别急，我上次看到仓库里有地板条和根雕，我现在要用那些东西，那些东西现在还在吗？"

字强急着走，他像在暗示乔飞一样地说道："地板条和根雕在橡胶运走的第二天也运走了。”说完挣脱乔飞的手，钻进皮卡里走了。

乔飞一个人立在原地，他想明白了一个大问题。那个仓库本来是空的，后来突然多了三批货——橡胶、地板条和根雕。如果橡胶是大钟为乔飞准备的，那地板条和根雕就很有可能是为谭清晓和林彩军准备的。

大钟为他们三个人精心策划了三次试探，现在肯定有一批货在中国被拦截了。所以，三个人当中有一个人被怀疑是卧底了。大钟凭着一批货被抓，就认定三人中的一个泄了密。也就是说，这三批货中的每一批货都只有一个人认为里面藏的是毒品。比如橡胶，在大钟的设定里，就只有乔飞一个人认为橡胶里有毒品。假如橡胶被中国缉毒部门拦截，那只能是乔飞告的密。

现在的问题是，他们要抓的到底是谭清晓还是林彩军？没有时间调查了，乔飞立即开车冲到镇上，迅速找到一个公用电话，他要打给丁卓。在他的意识里，如果这个卧底是中国缉毒部门的，丁卓就一定知道是谁。

丁卓接到乔飞电话的时候，我们正在考虑对策。十分钟前，上次在山上遭遇的公安打来电话，说他们得到一个空情报，现在他们担心特情有危险，但暂时没有营救渠道。他们知道我们在那边也有特情，问我们能不能想办法营救一下。

可我们压根儿就没办法和乔飞取得联系，事实上我们几乎放弃争取乔飞了。我们得到的情报是乔飞已经出境。如果搞清楚乔飞的犯罪事实，等他入境我们就会实施抓捕。所以，丁卓只是答应公安我们会尽最大的可能帮助营救。不过丁卓的语气也很悲观，他让公安再想想其他的办法。公安给丁卓留下了他们特情人员的代号——“螃蟹”，已经是一个小头目了。因为给丁卓打电话的人本身的权限问题，加上他们对特情是否暴露也没有确定，所以就没有再具体透露更多信息。

就在我们想办法帮助这位“螃蟹”的时候，丁卓接到了乔飞的电话。这个节骨眼儿上打来电话，双方都不用有太多的解释。丁卓直接问乔飞，现在那边是什么情况了。

乔飞说：“王一手下有一个你们的特情，现在有危险，但我不知道是谁。我想救这个人。”

丁卓郑重地说：“乔飞，我能信任你吗？”

乔飞说：“晚一秒钟，你们的特情都可能会死，你说你信不信我？”

“你之前的行为让我不得不怀疑你的目的。”

丁卓的怀疑是有道理的，谁都说不清楚乔飞现在到底站在哪边，可能连他自己都不知道。

乔飞的语气显得非常急躁：“特情很可能是我的两个朋友，我来云南之后有老家的两个朋友来找我，一个是我的前女友，一个是我的发小儿，你们不会不知道吧？”

丁卓说：“我知道。”

乔飞说：“那到底谁是特情？我真的是要去救人，王一已经开始动手了，再晚我就没有机会了。如果特情不是他们中的任何一个，你就不用告诉我了，我不想冒险去救别人。”

丁卓说：“特情代号‘螃蟹’，其他的情况可能要等几个小时，公安那边协调好之后才能告诉我。但现在没有时间了，所以，很多东西要你自己去调查。”

“你们他妈的有病啊！这么短的时间我找谁去查？怎么不提前告诉我你们在这里安插了特情？”

“你不要激动，‘螃蟹’不是我们的特情，是公安局的。”丁卓尽量用平静的语气说，“虽然我以前就知道一点儿关于‘螃蟹’的事情，但你一直不愿与我们合作，基于保密纪律，我不能告诉你这件事情。”

乔飞的语气越来越烦躁：“知道了，我会查清楚是谁，你们派人到瑞丽边境，在第一次我用驮马运根雕的那条路上接人，我会尽量让他从那里入境。”

“他可能也知道那条路，你那次运根雕的时候，公安也收到了情报。我们在现场和公安遭遇了。”

“知道了，你们准备接人吧，这边交给我了。我能活着，他就没事。”

挂了电话之后，乔飞几乎不用想就猜到这个特情可能是谭清晓。想清楚了这一点，他的焦虑中有了一些欣慰。谭清晓是警方的卧底，这就解释了谭清晓之前为什么让他离开这里，而她那么干脆地答应分手，可能和这个也有关系。

不管怎样，一定要救下谭清晓！乔飞快速跑向自己的车，在经过谭清晓经常去的那家首饰店的时候，他突然看到了林彩军。此刻，首饰店外已经有不少路人在围观，乔飞混在人群中，看到林彩军带着人出来，嘴里念叨着：“他妈的，竟然让他给跑了。”

乔飞想到了这家首饰店里的那个年轻伙计，他可能就是中国警方派给谭清晓的联络人。根据林彩军刚才说的话，那人应该是接到警方的通知，提前跑了。

林彩军一行人很快就离开了，乔飞已经坐在自己的吉普车上了。等林彩军走远，乔飞把吉普车开到首饰店门口，快速地钻了进去。他希望在这里可以找到一点儿线索，甚至谭清晓要是能藏在屋里最好。人在绝望的时候总是幻想着能出现奇迹。掀开里屋的布帘，乔飞看到了首饰店的老板娘，那个中年妇女。此时她已经躺在地上的血泊中了，乔飞上去试了试颈动脉，又看了看她的瞳孔，瞳孔出现了“猫眼”，没有任何活人的迹象了，换句话说，就是已经死透了。从尸体颈部的勒痕来看，应该是窒息死亡。

乔飞来不及谴责林彩军的残忍，谭清晓现在的情况才是他最关心的事情。开车过去已经来不及了，乔飞想到给谭清晓打电话。可他们的住址都是大钟精心挑选的，都没有信号，否则警方也不会在这个镇上给她安排一个联络人。

或许谭清晓已经逃出来了呢？只能试试了。乔飞返回之前的公用电话处，快速拨通了谭清晓以前的电话号码。乔飞蒙中了这万中无一的概率，电话接通了。乔飞紧张地看着四周，如果接电话的人不是谭清晓，那她就很有可能已经被捕或者被杀了。那么，这个电话很可能会成为自己的罪证。

谭清晓本来还在家待着。和乔飞猜测的一样，大钟让她负责运送地板条从盈江入境。可这批地板条一入境，就进入了中国公安的包围圈，所有运货人员全部落网。

大钟那边一收到地板条全队落网的消息，就派人去抓捕谭清晓。林彩军也提前得到了消息，他自发地带人去镇上抓谭清晓的联络人。但林彩军到达玉器店的时候，联络人已经跑了，剩下那个毫不知情的女人，被林彩军活活勒死。

林彩军杀死玉器店老板娘后，又马不停蹄地赶到谭清晓的住处。字强已经带人将谭清晓的院子围了起来。林彩军带着人赶到后，开始指挥人抬来一根原木，除了字强和林彩军之外，其他十几个人开始撞门。

铁皮大门并不结实，才撞了三下，就轰然打开了。但这些人还没来得及放下原木，谭清晓驾驶的吉普车就像头猛兽般冲了出来，一群抱着原木的人顿时像被炸开了一样，高高飞起又重重落下。林彩军在左侧，字强在右侧，他们立即朝谭清晓开枪。但谭清晓把头埋到最低，两人只能朝车门射击。即使这样，谭清晓的吉普车还是一路绝尘而去，林彩军和字强带着剩下还能走的人赶紧上车，开始追击。

附近的山林实在太多，没过多久，谭清晓就没了影子。

乔飞紧张地数着电话里的嘟嘟声，响到第五声的时候，谭清晓虚弱的声音出现了，乔飞紧张地问谭清晓现在情况怎么样了。

谭清晓知道是乔飞，声音马上带着哭腔说："早就叫你回去，你就是不愿意，你和我一起跑吧，在这里太危险了。"

乔飞问："你现在在哪里？他们有没有抓住你？"

"他们没有抓住我，你是高兴还是失望？"谭清晓的情绪很不稳定。

乔飞说："我想救你。"

"你少来这套，别想知道我在哪儿。"谭清晓喘了几口气，继续说，"我没想到，最后了你还会和我来这一手。王一和大钟有什么好，为了他们，你连我都不放过？"

乔飞想要解释，但又觉得太麻烦了，解释起来就得从头说起才行。他用了最快的办法："你是中国公安的卧底，代号'螃蟹'，对不对？现在我接到命令，来营救你。"

电话那头沉默了很久，谭清晓带着哭腔的声音才再次响起："我就是'螃蟹'，你也是他们的卧底？"

乔飞说："我现在还不是，但我会救你。现在告诉我，你在哪里。"

"你现在在哪里？"谭清晓反问。

乔飞说："我在镇上。"

"你顺着镇上的路往西走二十公里，有一座白塔，这里有很多人。这里最大的一尊佛像下有一个洞，我就在这洞里。”

乔飞说：“好，你在那里等我，不要乱走，我马上到。”

挂了电话，乔飞迅速跳上自己的吉普车，二十公里的路程对机动车来说并不远。此时，路上不时有生面孔的人驾驶着各种型号的机动车驶过。乔飞对王一的实力感到惊讶，这些车很可能是追捕谭清晓的，还好他们并没有注意到乔飞。也可能因为他们并不是来自同一股势力，所以误以为乔飞也是在追捕谭清晓。乔飞只用了十几分钟就找到了谭清晓说的白塔，白塔里的人确实非常多。谭清晓选择在这里藏身说明她足够聪明，这种人口密度几乎无法展开搜索。

按照谭清晓说的地方，乔飞绕到大佛背后，找到洞口。这里的人虽然多，但是大佛后面倒是非常清静。洞口有一扇小门，乔飞推开小门走进去，立刻就看到了在角落里躺着的谭清晓。

她的腿部中了枪，看上去失血有点儿多。乔飞一把抱住她，两人都不想说话，现在明显不是重温旧情的时机。

乔飞脱下衬衫，帮谭清晓把伤口包扎起来，然后让谭清晓试着站立。还好，她咬着牙还能走动。

当务之急是把谭清晓送走，可外面不时有车子往来，这让谭清晓很难逃出王一的势力范围。可是不走的话，这座白塔也不是长久的容身之所，王一迟早能找到这里。乔飞想了很久，王一是不会放过谭清晓的，现在的形势几乎到了插翅难逃的地步。搞不好，两条命都得搭进去。

乔飞问谭清晓：“你知道小佛崖吗？”

谭清晓点头：“从这里往南，那座山上去就是小佛崖，我去过。”

“你的腿现在还能开车吗？”

“一只脚都能开。”谭清晓看了看自己的左腿说。

乔飞又问："你的车呢？"

谭清晓回答："在那边的树林里藏起来了。"

乔飞说："我先出去办事，你找个机会去车上等我。看到我的车回来之后，你开车直奔小佛崖。"

"那你去哪里？"

"现在没时间解释了。你只管上小佛崖就是。"

谭清晓点点头，她和乔飞的相识过程使她对乔飞有一种天然的信任和依赖。这是乔飞第二次救她了。

告别了谭清晓，乔飞迅速返回镇上。这一切都很干净利落，他们谁也耽误不起哪怕一秒的时间。如"你先走、还是你先走、你不走我就不走、你不走我就不会走、你不走我就走不掉、你不走我走了也不幸福……"之类的都是废话。因为他们心里明白，所有试图让对方先走的努力都只能是徒劳。

乔飞冲到镇上的玉器店门口。玉器店的老板娘已经被林彩军活活勒死，不过这并没有引起人们的注意，围观的人群早已散去。之前林彩军气势汹汹地带人来闹了一通之后，附近的人一时半会儿也不敢再进这家店。

乔飞在门口看了一会儿，确定里面没人，就钻进里屋。那个死去的中年妇女此时还躺在那里。乔飞迅速找来一条床单，把她的尸体裹上丢进吉普车。乔飞的速度极快，完全没有引起路人的注意。

乔飞又开车到附近唯一一个加油站。老板正撅着屁股抬着桶在给另一辆车加油，他扭头看到是乔飞，冲着屋里喊："小唐，给乔老板加油。"加油站屋子里走出一个二十出头的青年，在乔飞的记忆中，他来这家加油站打工没多久。他每次给乔飞加油时都会搭讪几句，不过，今天乔飞实在没有心情和他闲扯，只让他提一桶汽油给自己。小唐一愣，问道：“你这不是柴油车吗？”

乔飞说：“哪来那么多问题，赶紧给我，我赶时间。”

小唐把整整一桶汽油递给乔飞，收钱的时候他伸头往车里看了一眼。乔飞也顾不上管他看到尸体没有，一踩油门就往前跑。

谭清晓的车掩盖在树木下，她在车里紧张地等着乔飞。一看到乔飞的吉普车到白塔门前向南拐去，她就发动自己的吉普车，一路往小佛崖飞驰而去。谭清晓距离乔飞只有几百米远，乔飞也已经从后视镜里看到了谭清晓，不过，他还看到谭清晓车子后面有一辆面包车。

这辆面包车肯定是发现了谭清晓追过来的。还好只是一辆面包车，在这样的路面上，面包车很难追上吉普车。三辆车都在拼命加速，面包车被越甩越远。乔飞担心的是面包车发现谭清晓之后，一定会叫来帮手。另外，面包车上的人一定也看到了乔飞的车，万一他们认识乔飞，将是一个致命的隐患。

但眼下只能前进。

吉普车冒着黑烟向山顶爬去，后面的面包车也已经到达山脚，不过爬山的速度要慢很多。

乔飞率先到达小佛崖，他把自己的车放到一旁，从车里搬出玉器店老板娘的尸体，迅速用树叶把车盖了起来。吉普车本身就是军绿色，这颜色使得在山上藏匿车子方便了许多。乔飞最后又检查了一遍手枪。

紧接着，谭清晓的车也到达了山顶，乔飞朝她招手，指挥谭清晓把车停在崖边。他一把拉开那满是弹孔的车门，把谭清晓从里面抱出来，放到玉器店老板娘的尸体旁边，也没有说话，直接扑上去脱谭清晓的衣服。

谭清晓吓了一跳："乔飞，你想干吗？"

乔飞说："别废话，人马上就来了，我在救你，你自己脱。"

乔飞没时间再做解释，一把掀开裹着玉器店老板娘尸体的床单，指着尸体说："你要和她换衣服，懂不懂？"

谭清晓当然认识玉器店老板娘，此时尸体的青色舌头像一个大拳头一样伸在嘴巴外面，瞳孔像猫眼般扩散开来，整具尸体显得极为狰狞。谭清晓哇的一声捂住自己的嘴巴，过了一会儿才回过神来问："你把她杀了？小董怎么样？"

小董就是玉器店里之前的那个年轻人。乔飞回答道："你的联络人收到公安的信号就跑了，恐怕想去通知你也没来得及。老板娘是被林彩军勒死的。"

谭清晓愣在一边说不出话来。乔飞快速地把老板娘尸体上的所有衣服脱下来。在乔飞的帮助下，谭清晓和老板娘换了衣服。乔飞说："把你的玉手镯、耳环、头饰全部取下来，给尸体戴上。"

一切办妥后，乔飞把尸体搬到谭清晓车子的驾驶位上，用谭清晓的手枪朝尸体左腿位置开了一枪，然后把枪丢进车里，打开车窗，给尸体淋上汽油，点火燃烧，大火马上覆盖了大半个车身，脂肪燃烧的气味混着汽油味弥漫在整个小佛崖顶。乔飞在车后用力一推，随着车轮的滚动，吉普车向小佛崖下摔了下去。这里的高度至少有两百米，这么摔下去，谁也认不出下面的人是谁。面对一片残骸，王一没有技术手段查清这一切。

乔飞把在一旁呆呆地看着这一切的谭清晓抱到一旁的草木中，让她先待着别动，然后回到自己的吉普车上。

他发动车子，调好车头，保持怠速，他坐在驾驶位上聚精会神地看着前面的一切，如同一头猛兽般等待自己的猎物到来。

猎物很快就来了，追上来的面包车停在谭清晓吉普车先前的位置上。面包车停下后，车上的人面面相觑，先前上来的两辆吉普车完全没了影子，空气里若有若无的汽油味让他们闻到了一丝危险的味道。他们没敢下车，也不敢熄火。

他们的预感是对的，乔飞的吉普车野兽般地从树叶里冲出，怒吼着冲向面包车。剧烈的碰撞声和谭清晓的尖叫声混成一片。面包车里的人完全僵在车里，他们还没来得及开门就被吉普车顶下了悬崖。乔飞的车子原地转了一圈，车子的后轮挂着悬崖口转了个圈开回到谭清晓身边。

把谭清晓抱上吉普车，把油桶和床单全部扔回车上，又检查了一遍现场，确定所有东西都收拾妥当后，他迅速载着谭清晓从另一条路逃跑。

谭清晓坐在副驾驶的位置上，她看着乔飞的眼神非常复杂。当初认识乔飞时，他是她心里的英雄，后来，她眼中的乔飞是一个被军队抛弃的落魄的军人，再后来，他是一个面对毒贩不知所措的懦夫。现在，乔飞又成了英雄。她觉得自己从未真正了解乔飞。

现在还不能送谭清晓去往边境，在通往边境线的路上，必定有很多王一的人，这些人说不定是陈培耀派来的。陈培耀有本事封锁这里，现在开车上路一定会引起他们的注意。现在已经是下午，把谭清晓送到边境线时可能已是深夜，很难保证谭清晓的安全。而且，在这种敏感时期，乔飞如果回去得太晚，必然会引起花姨的怀疑。

乔飞只能把谭清晓藏到山上。陈培耀再厉害，也很难在这种山林里展开地毯式搜索。王一的资本有限，用陈培耀的人是要付钱的。乔飞带着谭清晓找了一处僻静的山坳，那是一个人迹罕至的地方，地面上腐败的树叶没过膝盖，非常容易隐蔽。只是让谭清晓自己在这里待上一夜，乔飞是非常不放心的。没想到，谭清晓爽快地答应在这里过夜。乔飞也只好同意，因为一时半会儿确实很难找到合适的藏身之所。

乔飞一直不敢相信林彩军会变得这么绝情，他在临走之前问了谭清晓，林彩军这段时间有没有遇到什么事情。谭清晓告诉乔飞，一开始，林彩军找王一的手下借了些钱，后来钱越借越多，直到林彩军答应帮王一做事，这笔账才一笔勾销。另外一件事是到云南之后，林彩军对谭清晓的态度一直都有点儿暧昧，但每次都被谭清晓拒绝了。也是因为对谭清晓的好感，林彩军极力促成谭清晓帮王一做事。谭清晓开始也是拒绝的，但后来自己知道的东西越来越多，对王一来说，知道的多就是原罪。谭清晓明白自己已经下水的时候，同时也明白了王一不会白白放走自己。好在出身警察家庭，她懂得法律的底线在哪里，知道哪些事情会使人万劫不复。她毫不犹豫地向警方举报了这件事情，警方核实了这些事情之后，谭清晓正式成为警方的特情人员。

“这一次林彩军这么积极地抓你，除了想要撇清关系自保之外，恐怕还有因爱生恨的成分在里面。”乔飞边开车边嘟哝道。

小佛崖发生车祸，并且引起山火的事情很快在当地传开，正密切关注这里所有信息的大钟很快就收到了消息。他派人到现场查看，这些人给大钟带回了谭清晓已死的判断。乔飞整夜都没睡。当天夜里，王一派出的搜索队全部消失了。乔飞在半夜时就想去把谭清晓送走，但又担心花姨起疑，就一直没有动身。

第二天一早，乔飞去昨天谭清晓藏身的地方找她，但他找遍了附近所有能藏人的地方，掀开了大片的树叶，也没有看到谭清晓的影子。他在一棵树上找到了钉在树上的一张字条：

“英雄，谢谢你。一切都已经平息了，所以我决定提前走。我不想让你因为救我而涉险。不要向别人打听我去了哪里，我希望你能尽快结束这里的事情。山水有相逢，为了我们未来能够相见，请务必保全自己。”

这张字条让乔飞备受打击，本来一切都在计划之中，谭清晓却突然消失了，真是万幸中的不幸。乔飞看完字条就去了镇上，他又给丁卓打了一个电话。

丁卓接通电话后，还没来得及说话，乔飞就抢着说：“‘蜘蛛’是我以前的女友谭清晓，昨天我和她接头之后，由于王一的封锁，没能把她送出去。今天我去接她，发现她已经走了，只给我留下一张字条。你们接到她了吗？”

丁卓沉默了很久，他组织了很多语言，但全都没说出口：“我们没有接到她，她留下的字条没有说自己要去哪里吗？”

“没有。”

“你估计她会去哪里？”丁卓问。

“我知道还会问你啊？”

丁卓说：“你不要着急，你那里距离入境地点还有很远的距离，她可能还没到。我会去找公安问问她的下落。但你知道的，因为保密纪律，我可能也打听不到什么。我要是有她的消息，能告诉你的话，会告诉你的。但你不能问。”

深入虎穴

乔飞打完电话也不知道该去哪里，他开着车毫无目的地在附近的路上行驶，回到家里已经是傍晚了。他看到门口停着一辆皮卡，看上去像字强去抓捕谭清晓时乘坐的那辆，心中一惊。他坐在车里尽量让自己冷静下来，最后觉得这车不像是来抓捕自己的。他在门外按了按喇叭，花姨从里面打开大门，乔飞把车开进去停好，下了车。

花姨走上来说：“钟队长中午派了个人过来请你，你一直不在，他在屋里等你。”

乔飞一愣，问：“没说什么事吗？”

花姨摇摇头说：“没有。”

乔飞说：“人呢？”

这时，字强从房子里走了出来，走到乔飞跟前说：“乔队长，钟队长喊你过去一趟。”

乔飞问：“什么事这么重要，要你在这儿等我半天？”

字强说：“去了你就知道了。”

当着花姨的面，乔飞也不好说太多，只好示意字强上路，两人一前一后向大钟的住处开去。走半路，乔飞停下车，字强也只好停下。乔飞从口袋里掏出烟，递给字强一支，问：“到底什么事情这么急着找我？”

字强考虑了一会儿，小声地说：“你这次过去要小心点儿，姓林的也在，这人阴着呢。”

乔飞听他话里的意思，对林彩军好像很没有好感，这引起了乔飞的好奇：“你是说林队长啊？他怎么惹着你了？看把你弄得一肚子气，大家都是从中国来的，要互相照应，别弄得跟仇人似的。”

“他这个人不会做人，听说你以前就认识他，他是个什么样的人你肯定知道。”字强停下来叹了口气，接着说，“你说要互相照应，你到了就知道他是怎么互相照应的了。乔队长，我是觉得你人不错才告诉你的。这人不是什么好东西，你要小心点儿。”

“他是不是好人还敢把我怎么样！你还没告诉我今天到底有什么

事呢？”

“我也不知道，我听他们话里的意思，王老板好像从哪儿弄到一些人手，要分给你一些。应该还有其他事情，不过我没听到。”

乔飞笑着拍拍字强的肩膀，说：“好了，去了就知道了。林队长那边，你别和他闹得太僵，怎么说他在名义上和你们钟队长也是一个级别的。还有，你以后也要多小心，别栽在那点儿小便宜上。我这边人手要是多了，你有什么需要帮忙的，就来找我。”

字强点点头，返回自己车上。一路上，乔飞的心里都七上八下的。营救谭清晓的事非常突然，他没有任何前期准备，现在回想起来，确实非常冒失。所幸谭清晓应该安全了。

乔飞下车整了整衣服，走进门去。王一、大钟、林彩军都在。大钟院子里的气氛也跟以往不同，增加了七八个持枪的男人。看到林彩军时，乔飞还是假装惊讶了一下。这是乔飞到这里以来，第一次和林彩军同时到大钟家里。他们只是互相看了一眼，看对方的眼神都已不再是发小儿见面的样子。

坐下来后，乔飞发现在座的每个人脸上都透着一股严肃。王一首先说话，他看着乔飞说：“今天让你来，主要是想告诉你一个消息，谭清晓死了。”

乔飞猛的一下站起来，盯着王一，半晌才问：“出什么事了？我们没什么损失吧？”

王一摆摆手说：“你先坐下，这件事早晚要告诉你。毕竟她以前和你有过关系，我这个做老板的也要给你一个交代。事情是这样的：谭清晓是中国警方的特情，这件事情本来我也不信，可林队长把她在镇上的联络员都挖出来了。上次橡胶那批货走掉之后，我们又出了一批地板条，这批只有钟队长和谭清晓知道的货，刚入境就被中国警方盯上了，除了她没有别人。地板条一出事，林队长就带人去抓联络人，但他已经跑了，又带人去找谭清晓。其实因为你，我开始没打算把她怎么样，只想把她带过来问清楚，实在不行给她一笔钱让她走都行。没想到她一看到林队长过去，就开车跑了。林队长派人去追，有一辆面包车可能是发现她了，一直追到小佛崖，也不知道怎么回事，两辆车都掉到悬崖下面去了。我的人去看了尸体，烧得不成样子，现在被警察运走了。"

王一说得一脸沉痛，乔飞的脸色也非常不好看。王一说完，乔飞接过话茬儿说："没关系，我没能想到她是中国警方的人，是我的失职。"乔飞说完，闭上眼睛不再说话，像是在回忆谭清晓。

大钟坐在沙发上，斜眼看着乔飞问："她就这么死了，乔队长心里现在不好受吧？"

乔飞低头想了一会儿，抬头说："唉，毕竟我们谈过一场恋爱，以前我们的感情其实还是不错的，不过后来全乱套了。现在她自己选择了这条路，说明她连我都没打算放过。如果我是警方的卧底，我肯定不会眼睁睁地看着谭清晓和林彩军跳进火坑，这个女人还是比较狠毒的，也活该她没好下场。这样死了也好，干脆，没受罪。这是一个叛徒最好的下场。"

半天没说话的林彩军这时开口说："这么说，我还欠乔队长一个人情。我听说，我们在镇上抓捕谭清晓联络人的那天，你出现在镇上了？"林彩军话音刚落，就被乔飞一拳打翻在地。大钟站起来拉乔飞的时候，乔飞已经往回走了。

"乔队长的身手这么厉害，我以前都没见过。不要生气，林队长不懂事。"

乔飞坐回沙发上，指着林彩军："我得告诉你我为什么打你，抓谭清晓的事情，所有人都知道，就只瞒着我，我乔飞有什么本事让你们这么避讳我？抓谭清晓的时候，你们一个比一个积极，别以为我不知道你心里想的是什么，把谭清晓弄死，再往我身上泼脏水，这样你林彩军就干干净净的了，我说的对吗？"

乔飞喘着粗气，瞪着眼睛挨个儿扫了一眼在场的所有人，继续说道："你们背着我把人弄死了，现在反过来怀疑我！林彩军，你背着我弄谭清晓可以，但你要明白，要是我出手帮谭清晓，你十个林彩军也早死了，你信还是不信？钟队长，那批橡胶已经安全送到了，如果我有问题，那批货是怎么到的？"

乔飞说完这些话，大钟和王一都觉得脸上有点儿挂不住，这件事瞒着乔飞确实有点儿不地道，之所以瞒着他是考虑到他与谭清晓以前的关系，他难免不令人起疑。

林彩军被乔飞教训之后，不敢再对着乔飞说话，转而跟王一说："老板，我绝对不是和乔队长过不去，只是有些事情还是说明白的好。我去镇上那家玉器店抓那个姓董的小子的时候，他已经跑了。只剩下一个老板娘，被我顺手做掉了。可事后镇上有传言，那老娘儿们的尸体不见了，你说这事奇不奇怪？乔队长，刚好那天你也在镇上，你知不知道尸体的下落？"

乔飞皱着眉看着林彩军："你放个屁都能放成'S'形的。人是你杀的，杀完了你来找我要尸体，我没事就跟在你后面帮你擦屁股吗？我那天是去镇上了。我自从来到这里，几乎每天都要去，以后我是不是还要先给你打个报告，问问你有没有行动我才能去镇上？我家里的保姆花姨每天都去买菜，要不要我把她叫来给你审一下？"

林彩军又被乔飞损了一顿，不过他毫不气馁地接着说：“谭清晓最后是被烧死的，我的人看到乔队长那天在镇上买了一桶油。我很好奇，乔队长为什么不是直接加油，而是买一桶油放在车上？”

这是乔飞遇到的最大的一次危机，他万万没想到这危机会来自林彩军。乔飞一遍遍地在心里告诉自己要镇定下来，在场的王一和大钟都是刀口上滚过来的人精，有一点点蛛丝马迹，他们都能看出个大概：“林彩军啊林彩军，这里就一家加油站，山路这么长，我买桶油放在车上备用你也要管？你告诉我，你有没有买过？”

林彩军斜着眼看了看大钟，说：“这解释好像也对啊。”接着，林彩军轻蔑地笑了笑，轻描淡写地问：“我们派去现场的人说，谭清晓尸体附近好像有汽油燃烧的味道，谭清晓那辆车明明是柴油车，怎么会有汽油？对了，乔队长那天买的是柴油还是汽油？”

林彩军显然是有备而来，乔飞几乎被逼到了死胡同里，他努力控制住自己的情绪，否则汗珠马上就会从额头上渗出来。到底要怎么度过这一关？乔飞自己心里也没底，一时半会儿实在想不出怎么解释汽油的事情，只好用最原始的办法说：“我买的当然是柴油，买汽油做什么？”

林彩军不依不饶：“我现在派人去加油站问问那天你买的是柴油还是汽油吧，也好还乔队长一个清白。”

林彩军这一击正好打在乔飞的死穴上，如果汽油的事情让他们查清了，一切就都露馅儿了。在林彩军强烈的攻势下，乔飞很难找到借口搪塞过去，当下他只好佯装愤怒，猛地从沙发上站起来冲向林彩军。大钟也迅速站起来，拦住了乔飞。乔飞站在原地，指着林彩军说：“你不但派人跟踪我，现在还想把我当犯人对待，我到底哪里值得怀疑？你要是查不出问题，老子今天就把你弄死在这儿，你信不信？”

林彩军露出一副油滑的笑容，对大钟说："钟队长，还要麻烦你派人去确认一下。"

大钟点点头，看着乔飞说："我看这件事还是弄明白比较好，免得以后大家互相怀疑。"在正式结果出来之前，大钟至少在表面上做出了一副公正的样子。

派出去的人走了之后，林彩军笑着对乔飞说："如果乔队长买的是柴油，那我一定道歉。我们都跟着王老板做事，有些误会还是要趁早解开，这样以后才能精诚合作。但如果乔队长买的是汽油——"林彩军脸色一变，"那乔队长还要解释一下才好。"

乔飞无奈地坐回沙发上，他在反思当时选择留下到底是不是一个正确的决定。在乔飞心里，林彩军一直是个街头混混儿。他根本没想到这个街头混混儿能给自己带来致命的一击。

事已至此，唯一的退路就是择机逃跑。可因为刚才乔飞突然袭击林彩军，现在门口站着四个持枪的警卫，这使得逃跑变得非常困难。如果能在警卫开枪前击毙林彩军和大钟，再劫持王一，那一切还有希望。可这需要极快的速度和枪法，乔飞没有把握。

这段时间里大家都没有说话，乔飞暗自记住了所有人的位置和彼此的距离。

没过多久，去加油站的两个人就回来了，乔飞的右手拇指已经放在口袋里的枪柄上，随时可以开枪射击。

那两个人把嘴凑到大钟耳边，刚想说话，就被大钟打断了："直接说吧，也没有外人。"

门口持枪的人也缓缓走了进来，乔飞骤然紧张起来，现在枪手就在眼前，劫持王一更难成功了。

“我们去问了，店里的伙计说，乔队长只买过柴油，没买过汽油。”

乔飞扣在扳机上的食指不知不觉地从口袋里滑了出来，他想长叹一口气，但还是忍住了。乔飞看着林彩军，现在把他生吃了也不解恨。

林彩军此时则面露尴尬，说道：“看来是我多疑了。”

乔飞慢慢地从座位上站了起来，咬牙切齿地看着林彩军：“你岂止是多疑了，你他妈是想杀了我。”

大钟又赶紧站起来，把乔飞扶回座位。

“好了好了，这件事到此为止。大家都是自己人，我和钟队长绝对是相信乔飞的。不要再争了。”其实在王一的心里，是希望看到林彩军和乔飞公开决裂的。他们两人的关系如果一直很好，以后就很难控制，尾大不掉几乎是必然的结果。

在抓捕谭清晓的行动上，林彩军彻底洗清了自己，现在咬住乔飞不放，又巩固了他的忠诚度。乔飞好像也没有什么疑点，那批橡胶安全入境，直到脱手都没有出现任何问题，这足以证明乔飞的清白。

大钟招呼下人端来酒杯和白酒，说是要喝几杯。他看着乔飞说：“其实今天还有件事，王老板上次说要新招一批人，现在人已经来了。二十五个人，本来是算上谭清晓，你们三个分的。现在只有你们两个人了。原来要给谭清晓的人先放在我这儿，剩下的十五个人你们两个分吧。”

“我不要人，都给林队长吧。”乔飞昂着头谁也不看。

林彩军坐在一边眼睛左右瞟着，不知道哪根筋突然生效，他对王一说：“现在谭清晓不在了，她留下的很多事情都要做，我们得找人补上这个缺。罂粟马上就要割浆了，要是没人管，陈培耀说不定就把那片地承包给别人了，这损失可不小啊。”

王一显得有些为难：“找个信得过的人不容易。中国来的人怕和中国警察有关系，本地人又怕和陈培耀有关系。你们有没有好的人选，跟我说说。”

林彩军立即接过话茬儿：“我前几天给家里打电话，乔队长有个弟弟，大学念了一半，上个月退学了，现在正愁着找工作呢。打虎亲兄弟，要是能把乔队长的弟弟请过来，绝对信得过。”

林彩军这些话要是搁之前，乔飞恨不得立即掐死他，但现在刚刚渡过危机，乔飞精神上感到非常疲惫，现在一心只想求稳。如果说之前他还在考虑怎么处理林彩军的话，那么现在他在心里已经给林彩军判了死刑。这个人太危险了，必须尽快除掉。

王一听林彩军说完，看向乔飞说：“乔队长觉得怎么样？”

乔飞微微一笑，说：“我谢谢老板和林队长的好意，但乔梁现在太小，做不了大事，叫他过来会坏事的。虽然我们急着用人，但还是要稳当，哪个环节出点儿问题都是要命的。”

林彩军笑着说：“这几年你在军队，我和乔梁在一起的时间比你长，我比你了解你这个弟弟。他很能干，家里拆迁那些事大多是他办的。”

王一说：“乔队长不会是觉得我这庙太小吧？”

“当然不会了，好，那就这么说定了，我让他过来。”乔飞赔着笑说，“不过他要是过来，得让他先在我那边打打下手，学习学习，我担心他什么都不懂，会出事。”

“乔队长，我知道你在生我的气，但有一句话我必须说，你们两兄弟在一起容易惹人闲话。”林彩军的语重心长之下，隐藏着更深的目的。

大钟接过话茬儿说：“这样吧，乔梁到时候过来就先在我这里工作。乔队长的弟弟就是我的亲弟弟。我保证不亏待他，你们看这样行吗？”

乔飞只好点了头，随后分人的时候乔飞也没上心，他并不想要太多人，这些人归根结底是替王一做事，人越多可能累赘越大。

乔飞带走了七个人，剩下八个给了林彩军。

这些人的素质非常不错，明显是经过训练的。他们各自背着一个大背包，里面有所有的个人用品，不需要乔飞再操心。回去的时候吉普车坐不下，他们主动爬到车顶上坐着，全程都没有说话。

七个人被乔飞安排到一楼和花姨房间相对的那间房子里。林彩军出的馊主意让乔飞心急如焚，但他也佩服出这个主意的人。这个主意也不一定是林彩军想到的。乔梁是自己的亲弟弟，也是唯一的弟弟，自己怎么可能把他往火坑里推呢？如果这个主意王一和大钟都参与了，那说明他们还在怀疑自己，只有让乔梁来才能证明自己的清白。

第二天，乔飞看到自己的七个手下已经在院子里待命。他没太多心思花在他们身上，随便指定了年龄最大的何超当了队长，让他们暂时先安顿好自己，随便找点儿活干就是。

乔飞开车去了镇上，到公用电话处拨通了丁卓的号码。

丁卓看到来电号码就猜到是乔飞了。电话接通之后，丁卓问："是乔飞吗？"

电话那头回答："我是'蜘蛛'。"

丁卓马上会意："欢迎你，'蜘蛛'。"

电话那头问："有'螃蟹'的消息了吗？"

"现在已经搞清了'螃蟹'的下落，但具体情况还不能告诉你。谢谢你为了营救'螃蟹'做出的努力，'蜘蛛'。"

"'螃蟹'的事情，你们事先不知道？"

"我只知道公安在那边安插了特情。"

"我现在需要一个安全的联络人。不要再像玉器店那样，天天都去同一家店，很容易被怀疑。”

“联络人的事情好办，但你要记住，无论我给你安排的人是杀人犯、毒贩还是卖早点的摊主，都是绝对可靠的。”

“没问题，只要可靠就行。”

“其实你去境外的时候，我就把他安插在那里了，一直处于休眠状态，你们早就见过。本来是为了应付你那边的突发状况，因为你的态度一直在摇摆，我就没有告诉你。”

丁卓的话让乔飞感到恐怖，自己都到了境外，还在丁卓的监控之下，丁卓安插的特情竟然见过自己很多次。他吸了口气，问道：“联络人是谁？你别告诉我是林彩军。”

乔飞这话一出口，自己都吓了一跳。如果换个角度想，林彩军还真不是没有可能。他去抓谭清晓的联络人，联络人跑了。他抓去谭清晓，谭清晓也跑了。他对自己穷追猛打的提问也都被自己糊弄过去了，而且那些很可能是王一和大钟安排的。

“我和林彩军没有过任何交流。电话里不方便多说，你的联络人会主动联系你的。”

丁卓的回答暗示着排除了林彩军，但联络人到底是谁，乔飞也不好多问。他是从军队出来的，在保密工作方面与丁卓有着天然的默契。他问了丁卓另外一个问题：“林彩军出了个馊主意，让我弟弟来帮王一做事，现在怎么办？”

林彩军不算聪明，但他了解乔飞，除了乔飞和边防部队的关系之外，他几乎了解乔飞的一切。林彩军对谭清晓有好感，但这好感最后成了他想杀谭清晓的理由，由这个理由又衍生出了他对乔飞的恨。如果林彩军不是特情，以上这些就足以对乔飞构成威胁了。

丁卓想了一下说："林彩军太了解你了。你弟弟绝不能去帮王一做事。不过你不要拒绝，能拖尽量拖。实在拖不过，就让你弟弟先到云南来。林彩军是一个隐患，你自己想办法解决，只要没有林彩军搅局，你弟弟的事情就好办。"

乔飞听出了丁卓的意思，他看了一下通话时间："没想到我会以这种方式加入你们，不过我们的通话该结束了。"

"我也没有想到，特勤大队欢迎你。联络人代号'鳌'，不久你就会见到他。祝你好运。"

回去的路上，乔飞把和丁卓的对话咀嚼了一遍。车到大门口时，他看到门口已经有两个手下在站岗，他们远远地看到乔飞过来，就把大门打开了。这些人确实称得上训练有素。

乔飞把车停好，问门口的两个人："何超呢？"

门岗说："他带人去找木材了。"

"找木材做什么？"

"他说，你可能需要给我们盖几间宿舍，另外，大门的位置也需要一个岗亭。没来得及问你，我们先把材料准备好，你同意了再开工。"

乔飞现在有点儿佩服王一了，他找来的这些人还真不算乌合之众。乔飞冲他们摆摆手说："盖吧，盖吧，一人一间。"

乔飞说完就上楼了。他现在确定了自己特情人员的身份。一想到特情，他首先想到的是谭清晓。而每次想到谭清晓，他都在心里感到有些汗颜。谭清晓为了自己认为正确的事情可以义无反顾，而自己却瞻前顾后，如果再这样下去，自己还怎么好意思去见谭清晓呢？谭清晓在哪里呢？

乔飞蒙着被子躺在床上，脑子飞快地转动。乔梁那边拖不了多久，当务之急是除掉林彩军。乔飞一直想到天黑，脑子里只有一个模糊的框架，他自己也不知道有没有想出办法来。

第二天一早，字强就来把乔飞叫过去了。乔飞到了之后没多久，林彩军和王一先后都到了。王一开门见山，进门坐下就说：“罂粟马上要成熟了，你们恐怕都很忙。今天叫你们来有两件事，第一是谈谈出货的问题，我们这段时间手里压着将近两百公斤白粉。我在考虑的是，现在是把这些货卖出去还是留下来，等这一季鸦片下来一起卖。”

王一手里有一百多公斤白粉，乔飞不觉得奇怪，他知道大钟上次说要在橡胶里出一百多公斤货是个圈套，而谭清晓和林彩军肯定都认为上次确实是要出一百多公斤货。事实上，这些白粉现在还在王一手里，是王一全部的家底了。乔飞没有说话，倒是林彩军接上话茬儿说：“还有将近两百公斤？上次不是出了一百多公斤吗？”

王一本来想把这个话题蒙混过去，冷不丁被林彩军捅了出来，只好含糊地说：“上次出货被谭清晓搅和了，货都没来得及入境。不说这些了，你们觉得，这一百多公斤白粉是现在卖好呢，还是等这批鸦片下来一起卖好？”

大钟说：“还是现在卖比较好，广东那边催得紧，价钱上有优势。”

林彩军笑着说：“卖了就有钱花了。”

乔飞没有说话，一直在旁边听着他们七嘴八舌地讨论，最后，眼看王一也快要被他们说动了的时候，才张嘴说：“我不同意现在卖。”

三双眼睛齐齐看向乔飞。乔飞从沙发上站了起来，看着王一说：“钟队长和林队长说的都对，现在卖价钱能提高一点，我们也缺钱。但我们是制造方，真正的提价空间在零售的人手里，我们的提价空间不大。另外，现在出了个谭清晓，中国警察和边防部队恨不得拿显微镜观察我们，我们有一点点动作都逃不开他们的眼睛。”乔飞用手指了指天上，说：“中国从2006年开始就对这里的罂粟田进行卫星遥感监测了，人家掌握了这里几万个田块坐标，地面还有人实地踏查。我们的罂粟什么时候割鸦片人家一清二楚，这个节骨眼儿上出货，全都喂给中国警察和边防部队了。不明智啊。我们出货有更好的时机，比如过一段时间，'十一'国庆节一到，边境上人满为患，无论是边防部队还是警察都疲于应付，我们出货就简单多了。"

乔飞的这一番话真正打动了王一。林彩军张嘴还想说什么，却被大钟抢了话头："乔队长说的也对，现在我们人手不够，都在忙鸦片的事情，现在出货虽然价格能稍微高一点儿，但折损率可能更高，也更牵扯精力。"

大钟倒向了乔飞，林彩军的意见几乎可以忽略了，他把到嘴边的话又吞了回去。王一的眼睛在每个人的脸上扫了一圈说："我这个人好说话，乔队长毕竟是在边境上当过兵的，就按他说的办吧。还有第二件事，谭清晓原来的收购点下面有将近六十亩罂粟，眼看现在可以割鸦片了，但谭清晓这一死，那六十亩地得有人负责。今年收成好，陈培耀巴不得把这些地收回去呢，这件事得尽快办。"

谭清晓留下的六十亩地无论让谁负责都是一个肥差。按照王一的规划，这些地的收成谁负责，最后赚的钱就能和他三七分账。王一虽然拿七分，但这里所有的开销都是王一出，这么分还算合理。

面对谭清晓留下的这些地，谁负责谁就能赚到三成。乔飞笑着说道："这些地肯定是钟队长负责，他比我们都有经验，手下人又多，他不多操点儿心，难道让我们这些新手来做啊。"乔飞说这些话之前，就断定了王一不会把这些地给大钟。通过这些天的观察，乔飞看出了王一对大钟的控制力并没有想象中强。大钟经常背着王一，和陈培耀的手下在罂粟田发生摩擦。以王一对陈培耀的惧怕程度，恐怕他宁可把谭清晓的地还给陈培耀，也不想再和陈培耀起什么冲突了，但是作为老板，他不能在手下面前这么说。

果然，王一迅速扫了一眼大钟，笑着说：“大钟要忙着鸦片加工的事情，那些地离大钟最远，他哪里能忙得了这么多事。我看这些地，乔飞负责吧，离你最近。”

乔飞赶紧站起来，摆手说：“我肯定不行，我手下的人少，而且这里数我资历最浅，陈培耀的人要是来和我谈这些地，我到底是给还是不给啊？我什么都不清楚，和陈培耀的人也不熟，不好做决定。”

王一心里唯一的人选就是林彩军。林彩军比乔飞要油滑得多，这种事情就是需要油滑的人来做，反正大不了把地还给陈培耀就是了，只要林彩军背这个黑锅就行。

乔飞拒绝之后，王一马上接话说：“林队长负责倒是也可以。”

林彩军满脸堆着笑，这些地他想过，但有大钟在，他也仅限于想想了，连垂涎的勇气都没有。现在这么轻易地到手了，他都觉得有点儿不真实了，以至于一时半会儿都不知道说什么好。

“林队长手下有八个人。”王一说，“管这么多地，有点少啊。”

“我那儿有七个人，要不借几个给林队长？给林队长四个，我留下三个跑腿的就够了。我离张大毛近，真缺人了，就去找张大毛借。”乔飞看着王一和大钟，两人都没有什么表情。

“那也行吧。现在收鸦片很忙，我给你们又弄来三辆皮卡，已经叫人开过来了，待会儿你们叫人来取车。还有，这里有一些钱和黄金。每份一百万元人民币，是我们收购罂粟的成本，加上其他一些开销，应该够了。黄金每块二百克，每人拿三块，需要打点的时候别吝啬，特别是陈培耀的人，能用钱解决就别动刀动枪的。林队长管两份地，拿两份。”王一一直看着大钟，“能用钱解决就别动刀动枪的”这句话明显是说给大钟听的。

乔飞观察着每个人的脸色，大钟对车和这些钱无动于衷，林彩军满脸堆笑，乔飞自己则是一副皮笑肉不笑的表情坐在那里。

王一见没人再说话，摆摆手说：“好了，你们拿了钱和黄金都回去忙吧，我和钟队长待一会儿。”

按照之前的计划，乔飞回去之后就让何超带着三个人去林彩军那里报到。剩下三个人，他又让年龄最大的郑新当头儿。乔飞先是把何超等四个手下送到林彩军那里，又回来开车带着郑新去了大钟那里，把王一新配的皮卡开了回来。

这一切办完之后，已经是下午了。乔飞把钱放好，然后把金条拿出来装进口袋，带着自己的三个手下去罂粟田里走走。罂粟田开始割浆了，今年的收成不错，平均每亩地能收到三拽多一点儿。乔飞的心思不在这些事情上，他把自己收购点的大约五十亩地的罂粟收购全交给了郑新。当然，这些人只是监督农民别弄虚作假，确保他们不把鸦片卖给别人。

乔飞交代了郑新一些事情之后，就让他开着皮卡回去了。他自己直接往西走去。他刚才看到刘昌了，刘昌是陈培耀的参谋，这时候出现在这里估计没什么好事。乔飞只在上次领枪时见过他一面，当时王一介绍说，他是陈培耀手下的参谋。陈培耀自己都只是在“独立军”中挂个虚职，刘昌这个参谋也就是陈培耀手下的一个小头目。

乔飞不一会儿就追上他了，脸上堆满笑容地上去握手，说：“刘参谋，好久不见啊。”

刘昌倒也没什么架子，同样笑眯眯地跟乔飞握手，说：“乔队长，确实好久不见，怎么样？上次给你送的枪还好用吧？”

“那肯定好用啊，军队的枪怎么能不好用啊。我拿出来说是刘参谋给的，都觉得很有面子。”

“好用就好，别关键时候卡壳了。你这是过来看看收成？”

乔飞脸上的笑一直没有停下来：“是啊，今年收成好，听说一亩地能收三拽多，十斤以上的鸦片。”

“陈副参谋长今天还说，这些地承包给你们都有点儿后悔了，没想到收成这么好。”

“陈副参谋长和我们老板的交易我不知道，不过生意嘛，说不定明年收成不好了呢，我们不也没办法。”

“你说的对，生意讲究个诚信，后悔也没办法，也不能临时加价。不过前阵子我听说，你们那个谭队长是中国公安的人？”

“到底是军队的参谋，你这消息可真灵通。我都没想到那个谭清晓会是中国警察派来的。不过，她最后在小佛崖被烧成了灰，直接活体火化了，这也算是报应吧。”

“你们王老板登门找陈副参谋长借人，我想不知道也不行。你们自己家的事情我不关心，倒是她死后留下的那些地，王一打算交给谁打理？要是没有人管，我们就收回来了。”

“王老板没有让我管这些地，你和他商量去吧，我一个小卒子，管不了你们神仙的事。王老板手下的这些人里，现在钟队长说话最管用。”

刘昌听到乔飞提起大钟，脸色立刻变得难看起来：“大钟就是头蛮牛，总是找一切机会和我们对着干。再这么下去，没他好果子吃。”

乔飞当然知道大钟和陈培耀的矛盾，他的弟弟小钟就死在陈培耀手里，他要是能喜欢陈培耀，那就奇怪了。

“怎么了？刘参谋和钟队长有不愉快？这是误会吧？我看你们挺好的。大家做生意，有钱一起赚，没必要互相怄气，赚钱是多么开心的一件事啊，应该一起高兴才是。”

“我是不指望能和大钟一起高兴了，他心眼儿太重，你也小心点儿。他手下那个字强还算个聪明人。”

“刘参谋见过字强？”

“我就是上次过去时，看那小子还挺勤快的。”

“你和大钟不对付的话，去找林队长，这里除了大钟就是林队长说话管用。”乔飞说到这里，作势左右看看，又小声地说：“谭清晓那些地，现在刚划分给林队长管，这事得找他。我手下就这几个人，你们‘独立军’一人一根头发，穿起来都够我们上吊了。”谭清晓留下了五六十亩地，陈培耀想吃回去，王一肯定舍不得。就算王一舍得，大钟也不愿意。这些地现在就是个烫手山芋，就看林彩军能否处理好了。

“我和林队长还不怎么熟，不过可以试试看。最好是能坐着解决，为这点儿事，闹大了大家脸上都不好看。”陈培耀虽然背靠着“独立军”，但这也成了他的包袱，不想把事情弄大是理所当然的。

“解决这件事情还是要小心啊。你们和钟队长有矛盾，如果你去林彩军的住处，那里都是钟队长和王老板的人，他们马上就会知道。这样的话，林彩军还好说话吗？”

“那就把林队长请到‘独立军’来谈。”

“那更麻烦了，钟队长肯定会知道的。你约他到山上谈倒是能瞒过去，但他胆小，不一定敢来。我看你们去镇上的茶馆谈最合适，那里人多，没人会注意。大钟派人去镇上必然会经过我门口的那条路，我明天把人拦住，你们尽快谈就没事了。”

“嗯，这样也行。林队长人怎么样？”

乔飞知道刘昌的意思，马上回答道：“人肯定不会差，办事也利索，就是有点儿爱钱。”

刘昌一笑说：“知道了，乔队长，谢谢你。”

乔飞也笑着说：“刘参谋，今年收成好，我这点儿地还得靠你和陈副参谋长照顾。我手下现在就三个人了，也做不成什么事。以后你可要多照顾着点儿老弟啊。”说着，乔飞把两根金条塞进刘昌的口袋。

刘昌会意，笑着说：“你放心吧。我明天下午把他约出来谈谈。”

乔飞思考了一会儿说：“那你告诉我你们几点谈，我给你们看着点儿大钟的人。”

刘昌想了一下说：“我上午还有其他事，就下午两点吧。你要保证大钟的人不出现。其实只要林队长愿意，我就不会让他为难。只要他拖两天，我派人把罂粟先割一遍，然后一把火烧了，就说是火灾。我是不会亏待他的。”

乔飞连忙摆手，说：“我不知道你们的行动。”

刘昌哈哈大笑说：“明天下午两点到三点，这段时间大钟的人不要出现在街上。”

乔飞点点头说：“不要让林队长知道我暗中帮了你们，我和他有些矛盾。”

刘昌点头，双方离去。

第二天上午，郑新带着两个手下去罂粟地里巡视。乔飞自己开车去了大钟那里，大钟招呼乔飞坐下。

乔飞一坐下就开始诉苦，说罂粟田开始割鸦片了，可管理一片混乱，农民不顾鸦片质量乱来，把鸦片直接放到塑料瓶里，杂质也多，而且故意拖时间，进度很慢。自己人手又少，还都没有经验，收割工作很不理想。

大钟对乔飞倒是很友善。虽然谭清晓的地最终给了林彩军，但大钟记得乔飞第一个推荐的是自己，不过是被王一否决了而已。他听完乔飞诉苦，笑着说："那你来找我干吗？"

乔飞说："钟队长，你手下人多，又都有经验，你派一个精干点的去给我指点一下，我手下那些人太没有经验了。要教教才好用，我自己也不太会。"

大钟倒也干脆，他对乔飞说："反正我这儿还没开始收割，你想要谁去，就直接点名吧。"

乔飞说："那就字强吧，你的人我好像只认识他。"

大钟笑着说："你的眼光很准，字强是这里最精干的，那什么时候过去好？"

"现在就走，我那边忙得不行啊。"

大钟点点头，把门口的字强叫过来交代了一通。乔飞开车带着字强回去了，到家的时候，花姨已经做好了午饭。两人吃完午饭，字强说去田里看看，乔飞说自己有点儿不舒服，先休息一下。字强就跟着乔飞上了二楼。

到了二楼，乔飞拿出本书来看，字强在一旁拿出手机来打游戏。过了一会儿，乔飞抬头问："我这儿都没有信号，你拿个手机做什么？"

"没有，我玩游戏呢。"

"什么游戏？我看看。"

这是一部诺基亚手机。乔飞把游戏退了，一边说这手机不错，一边打开相机。他对着字强拍了一张照片说："不错不错，脸上的痘痘都拍出来了。”说着，又从窗户往外拍了一张，这个距离拍出的照片已经看不出车牌了，但车型还是能看得很清楚。

两人一直聊到下午两点，乔飞突然说头疼。字强说：“要不我去镇上给你买点儿药吧。”乔飞狐疑地问：“镇上有药店吗？”

字强说：“有啊，茶馆对面就是药店。”

“那好吧，不过我也去吧，吃点儿药直接带你上山。”

字强说：“好。”

路上是乔飞开的车，车快要到镇上的时候，乔飞停了车，对字强说：“你去给我买药，就说我可能是喝酒喝的，头疼得不行。我现在去给车子加点儿油，回头我们这里见。”

字强下车离去后，乔飞把车开到镇子另一边加油。加油站的小唐穿着一双人字拖，坐在门口逗猫。乔飞把车停下按了下喇叭，小唐朝乔飞招招手，反身回到屋里，出来的时候左手拿着一个大漏斗，右手提着一桶柴油。

加完油之后，小唐走到乔飞的车窗处收钱。乔飞把准备好的钱递给小唐，说不用找了，话刚落音，小唐找的零钱就递了过来。乔飞突然看到那沓零钱里夹着一张白纸。

乔飞接了过来，对小唐笑笑，然后开车离去。没走多远，乔飞就打开字条，上面的字不多，写着：“蜘蛛，你有需要就来找我，我尽量为你提供一切帮助。”下面的落款是“鳌”。

乔飞立刻把字条烧掉，开车回到字强下车的地方。字强还没有回来。他想了一下，又把车开到镇上的一个邮局，买了一沓信纸和一些信封。乔飞本来想选和钱一样颜色的，但被告知邮局只有一款。以后和“鳌”当面说话肯定不方便，用文字交流最好。

乔飞没想到原来小唐就是“鳌”。乔飞突然有点儿感动，他意识到，小唐在休眠状态中已经救过自己一回了。上次林彩军派人来问他买的是汽油还是柴油，一定是被小唐瞒过去的。

丁卓的安排非常合理。加油站，这里只此一家，大钟、林彩军都要过来加油。乔飞经常过来也不会引起别人的怀疑。

字强回来后，把手上拿着的一盒药递给乔飞。字强上车之后，乔飞看着他说：“你来开车，趁这里有信号，我问问我弟弟那边准备得怎么样了。你的手机相机不错，我再拍点儿照片试试。”

字强的眼神开始有点儿闪烁，他说：“手机没电了。”

乔飞没有说话，这是他最想要的结果，也是此行的目的。

他开车带着字强去了罂粟田。郑新带着人在地里监督老百姓割鸦片。字强走过去，带着郑新在田里走，并不时地指点他。乔飞也没在意这些，他关心的根本就不是这些鸦片。

一个多小时以后，字强回来了，他想和乔飞说说罂粟收割的事情。乔飞摆摆手说：“这些事情你和郑新说就行了，我不管这些。你跑一趟也够辛苦的，本来我想让郑新给你准备一点儿礼物，但你也看到了，这几天太忙了，所以，这点儿钱你拿去买烟抽吧，不许推辞。”

字强嘴上说“钟队长派我来帮帮你，这是应该的，怎么能收乔队长的东西呢”，脸上却已经堆满了笑容。

乔飞说：“我给你的，你收下就是了。这些东西只有你我知道。咱们在这里，朋友最重要。”

字强点点头。乔飞一直把字强送到住处，下车的时候，乔飞嘱咐他去找大钟报到。

送走字强，乔飞看了看时间，估计刘昌和林彩军也谈完了，他开车又去了一趟罂粟田里。他负责的罂粟田离谭清晓那片不远，看完自己的田后，他又开车围着谭清晓的田转了一圈，刚转到一半，就看到刘昌的车停在路边，刘昌站在不远处。

乔飞停车走过去，看到刘昌面色不太好看，乔飞猜可能是他和林彩军的谈话并不顺利，但他也只能装作不知道："刘参谋，谈完了啊？"

刘昌点点头没有说话。乔飞接着说："我今天什么也没干，就坐在路上给你站岗了。"

"这个林彩军不识抬举。"刘昌把双手背在身后说，"好说歹说了半天，他就是不松口，非得给他点儿颜色他才知道厉害。"

"那你打算怎么办？"乔飞只是憨笑。他也不指望刘昌能跟他说实话，就算林彩军真的拒绝了刘昌，刘昌也不会把下一步行动告诉自己。

"他们不给，我还就吃定了。"刘昌咬着牙说。

"真要来硬的啊？"乔飞张着嘴问。

"你有什么意见？"刘昌把脸转向乔飞，"这里没你什么事，你最好不要找事。我是看你人还不错，给你个忠告。不要为王一卖命。没有王一，你一样能在这里混得很好。"

"真要卖命也轮不到我。"乔飞笑笑说，"你放心吧，这件事情轮不到我管。我还是那句话，看好我自己这点儿地，除此之外我什么都不知道。"

刘昌面色冷峻地走到乔飞面前，嘴角突然露出一丝笑容："王一手下的这些人，也就是你和那个字强最明白事儿。"

乔飞的眉头一皱，问道："字强？"

刘昌自己也一愣，但很快就恢复过来："我就是看他还挺精明的。"

乔飞笑着点点头，然后驾车离去。

天已经擦黑了，乔飞把车停在山脚下，拿出下午买的信纸，给“鳌”写了一封信。写完之后也没有封，直接开车去加油，付钱的时候，他把信纸夹在钱里递了过去。小唐点了点头，接过钱转身去了屋里。

此时天已经黑了。乔飞回家睡了一觉，第二天一大早，又跟着郑新去田里看了看。他们在干活儿的时候，乔飞又开车去谭清晓的地里逛了一圈，这一次倒是没看到人。等回到自己田地边上的时候，他看到字强开着皮卡过来了。

乔飞问他来做什么，字强笑着说，王老板过来了，在钟队长那里，叫乔飞和林彩军过去。乔飞看字强一脸兴奋，估计应该不是什么坏事。乔飞问：“王老板过来有什么事？”

字强笑着说：“王老板这次带了好多东西过来，有枪，还有其他东西。”

乔飞一听见有枪，心里就是一紧，他担心王一提前知道了陈培耀想拿回谭清晓的地。转念一想，以王一对陈培耀的态度，是万万不敢运枪过来和陈培耀决战的，估计就是现在他手里的货越来越多，想多弄些武器来自保而已。

乔飞和字强一前一后开车往大钟那儿走去。刚到门口，乔飞就看到林彩军的车已经停在那里了，旁边还停着一辆全封闭的依维柯，就像国内银行的押款车。

乔飞走了进去。看到该来的人都来了，王一说：“我请人做了一百支半自动，都是仿制的。有些是仿制中国的，有些仿制苏联的。但骨子里都是 AK（卡拉什尼科夫自动步枪），子弹也不少。你们自己拿，有几个人就拿多少回去，剩下的放到钟队长这里。”

这时，乔飞才看到墙边用麻袋裹着的一捆捆木柄步枪，还有装在木箱里的子弹。

乔飞没有说话，只从里面抽了三支出来。他对火力要求不高，他要做的事根本就不是枪能办到的。

乔飞把枪放到车里，又回头搬了一箱子弹。林彩军的人多一些，他有十二个人，拿了十三支枪、三箱子弹。

分完枪之后，乔飞站在院子里。这时，林彩军走到王一面前说："王队长，我那边还有事，就先回去了。"

王一说："这么急着回去，现在什么都给你配了，一定要把活儿干好。谭清晓留下的那些地，你开始收了没有？"

乔飞一直注意着大钟的表情。大钟满脸阴郁地站在王一的身侧，一言不发。

林彩军赶紧赔笑说："现在还没有开始，不过这两天就动工。"

"今天就收，要不我派人去给你收？"一直没有说话的大钟突然冒出这么一句来，林彩军顿时一愣。

"也没这么急，林队长，你要抓紧了。今年收成不错，我们这批货一出，往后要什么有什么。乔队长，你弟弟什么时候来？上次说来，怎么这么久都没回音？"王一没有理会大钟的打岔。

"我这儿通信也不方便，这些天没来得及催。他太贪玩了。这样吧，我回去再催一下。"

"我都给你安排好了，乔梁答应我了，一个星期之内，他一定出发。"林彩军这句话差点让乔飞晕倒。他办这种坑人的事情倒是利索。乔飞忍住了要瞪林彩军一眼的冲动，面无表情地说："是吗？那辛苦林队长了。等乔梁来了，我请你吃饭。"

后面也没什么事了，乔飞和林彩军一起向王一辞行离去。林彩军并没有告诉王一他和刘昌会面的事情，这说明林彩军对王一并不是绝对忠诚。这件事情，林彩军没办法使各方都满意。如果权衡起来，给刘昌一些罂粟，求个相安无事，或许也是王一的想法。傻子都知道宁可得罪大钟，也不能得罪王一和陈培耀。

乔飞直接到镇上加油。付钱的过程中，“蜘蛛”与“鳌”照例互相交换了字条。乔飞给小唐的字条交代了林彩军安排乔梁过来的一些事情，这是他最担心的。

乔飞坐在车里没有动，小唐给他的字条上面写着七个字：“已办妥，随时行动。”

现在已经是暗流涌动了，对乔飞来说，这是最危险的时刻。乔梁不能来，但又不能不来。绞肉机已经准备就绪，不知谁会率先进去。

乔飞抬头，远处的小唐正看着自己，瘦小的身躯，带着点儿幼稚的面孔。因为距离太远，看不到他的眼神，不过那双眼睛里应该只有单纯吧。这一切都与“鳌”极不相称，也许对这份工作来说，不相称的外形才是成功的关键。

乔飞对着小唐做了一个割喉的手势，一切都在这个手势里。

请君入瓮

回到家后，花姨向乔飞打招呼。乔飞对她笑了笑，笑容比以往都灿烂。

他没有回自己的房间，而是直接进厨房吃饭。吃完之后，他在院子里坐着。他在等人。

半小时之后，他等的人来了。

傍晚，郑新开车带着另外两个手下从田里回来了。同行的还有两个五十多岁的男人，看打扮像当地的农民。乔飞站起来迎了上去：“郑新，这两位是谁？”

郑新说：“不知道是谁，我们快收工的时候看到他们在谭清晓留下的田里转。我过去一问才知道，他们今晚想要去那些田里割浆。那些地不是分给林队长负责了吗？我问他们认不认识林队长，他们说不认识，我有点儿怀疑，就把他们带过来了。”

“那是谁让他们来割的？”乔飞看着郑新问。

郑新说：“我问过他们了，他们说也不认识雇主。”

乔飞把目光转向那两个男人：“谁让你们来割那些罂粟的？”

其中一个男人说：“我们真的不知道，平时就在家等着干活儿，谁雇我们，我们就帮谁干。”

乔飞想了一小会儿，让郑新把这两个男人带回到皮卡上。他自己开着吉普车，一路向大钟那里冲去。

乔飞到的时候，大钟也已经吃完晚饭了，他正坐在大厅和字强等几个手下打牌。看到乔飞进来，大钟一副惊讶的表情，因为乔飞很少天黑的时候过来。

“乔队长，这么晚过来，有什么事？”大钟站起来说，“先坐下，坐下说。”

乔飞边走向沙发边说：“这么晚来打扰钟队长，是因为这件事实在是很重要，不方便让人传话。”

大钟朝手下挥挥手。字强带着两个手下走了出去，字强还转过身和乔飞开玩笑似的做了个鬼脸。等旁边的人都走完之后，乔飞坐到大钟身边说：“钟队长，谭清晓留下的那些地恐怕有变化。”

大钟听到乔飞说那些地，晃了晃肥胖的身躯，想要坐直，但没有成功。“地有什么问题？”大钟皱着眉头问。

乔飞让郑新把那两个农民带了进来，把这件事的来龙去脉说了一遍。最后，乔飞说：“这两个人不是林队长的人。他们都不认识林队长，就说下半夜要割我们的罂粟。谁敢在这一片偷我们的罂粟？”

大钟以往那双波澜不惊的眼睛里露出一丝怒火。“在这里，敢打那些地的主意的只有陈培耀的人。除了他还会有谁？告诉我，是不是陈培耀！”大钟走到那两个农民面前，抓住一个人的衣领问。

那个农民明显吓坏了，张着嘴，半天才说出一句：“不知道。”

大钟放开那人的衣领，转过身来，看着乔飞说：“这个林彩军，地分给他这么长时间，一点儿动静都没有，那么多罂粟放在田里，他都不派人看守吗？”

“林队长是有点儿粗心。不过这事还有转圜的余地，咱们派个人去跟林队长说一下，今晚让他看好点儿就行了。只要不出事就好。”

“你懂什么！林彩军这个人靠不住了。现在你手里没什么人，他兵强马壮，不要说你，他恐怕连我都不放在眼里了。陈培耀派刘昌来管这一片地，这件事情弄不好就是林彩军和刘昌捣的鬼，真是鼠目寸光。”大钟的鼻息变得越来越粗，“乔队长，你觉得陈培耀怎么样？”

“还能怎么样？王老板和钟队长以前那么大的家业，他说占就占了，还害死了你的弟弟。我们现在暂时委屈点儿和他合作，但这账总不能就这么算了吧？我看，王老板现在也是委曲求全，等我们翻过身来，王老板不会放过他的吧？”乔飞知道大钟问这句话的意思，从认识大钟那天起，他就知道大钟的立场，而大钟始终不知道乔飞对陈培耀的态度，现在到了说开的时候了。

“咱们这里也就你和我一条心了。”大钟叹了口气，“老板也是被陈培耀打怕了啊。”

乔飞没有说话。大钟低头想了一会儿，像是下定了决心：“你说，这件事要不要和老板汇报一下？”

“钟队长，这么大的事情，我看还是汇报吧，我们不好处理啊。这烂摊子让老板处理，你我落个清闲，没什么不好。不过，你要是有其他打算，我保证听你差遣。我手下就三个人，你不嫌少就行。”

“今天还是不要说了，这件事情我不能出面。刘昌是有准备的，万一弄砸了，只要我不在，都好处理。”

“原来是这样！”乔飞做出一副恍然大悟的样子，“要不说你才是老江湖呢，今晚打算怎么办？”

大钟说：“既然林彩军自己不想要这些鸦片，我就去帮他收了。今晚先守住，明天找人去割浆，直接抢过来，到时候除了老板的，剩下的我们俩分。他要是有什么意见，让他和老板说去。但现在不能让他知道，要是告到老板那里，老板真的会把这些地给陈培耀的。你现在去找张大毛要些人，至少三十人，九点之前埋伏到罂粟田边上的树林里。刘昌要是来硬的，就往死里打，人死在我们的地里，他们只能吃哑巴亏。刘昌就是个花架子，手下能用的人不到十个。老板那边该汇报的时候，我会汇报。有我在，他不会把你怎么样。”

“钟队长放心吧，这件事我一定办好。”乔飞说着点点头，从沙发上站起来，用手指了指门口说，“那两个农民怎么办？”

“先关起来。”大钟说，“事后老板追问起来，这就是活证据。”

乔飞又坐回沙发上，思考了一会儿，皱着眉头说：“钟队长，你要三思啊，这两个人虽然只是当地农民，但越是农民越喜欢抱团，抓了这两个人，怕是会得罪一大票人。我们还要在这里做生意，阎王好见，小鬼难缠啊。得罪了他们，明年罂粟的收成就不好保证了。这两个人也是被那个刘昌雇的，我看放了吧，他们也是拿钱干活儿，说不定我们以后还用得着他们。而且我们事情还没办，就先把人抓了，会打草惊蛇的。给点儿封口费，放回去就行了。"

乔飞这一番话说得还算合理。大钟想了想，摆摆手说："那就给点儿钱放了吧，让字强去处理，让他们回去通知村民，今晚谁去割浆，我就割谁的头。割浆还是割头，自己选吧。"

乔飞点点头走了出去。他打着电筒回到自己的吉普车上，趁四下无人，快速写了一封信。他把信攥在手里，嘱咐郑新把那两个人放了。乔飞亲自把那两个人远远送走。黑暗里，郑新等人只能听到乔飞对他们说："这次放了你们，今晚回去谁都不要往外说，告诉你们寨子里的人，也不要去割浆了，这是掉脑袋的事情。"

送走了两个人之后，乔飞朝字强打了声招呼，就和郑新他们返回了。此时，没有人注意到被放走的那两个人很快就消失在夜晚的山区。没过多久，他们各自上了一辆皮卡。

乔飞到家之后，让郑新在院子里待命，自己从家里提了一些钱，直接去了张大毛那里。张大毛的住处距离乔飞很近，两人经常见面。乔飞平时也会送给他一些东西。除了第一次见面有些摩擦之外，两人的关系还算不错。

时间很紧，到了之后，乔飞直接说目的："要四十个人、四十支枪、两千发子弹。"

张大毛很少见到一次要这么多人，他问乔飞要去做什么。乔飞以行动保密为由拒绝向张大毛透露，但他向张大毛保证，无论行动成功与否，活人的劳务费和死人的安家费都会按这里的最高标准支付。

张大毛只认得钱，他倒是希望借给乔飞的人能多死几个，这样他能多扣下来一些安家费。反正在这种普通人食不果腹的地方，永远不会缺人。

张大毛的人多、枪也多，那些平时堆在墙边的武器看上去破破烂烂，但只要能打出子弹就行了。乔飞把钱放在张大毛桌子上的时候，张大毛爽快地把人和枪一并交给乔飞，还额外附送了两辆破旧不堪、满是油污的车和五支备用的步枪。

乔飞把郑新拉到一旁，塞给他一张纸说："这纸上有三个埋伏地点，你把人分成三队，咱们自己的三个兄弟分别带一队。保护钟队长，如果有人朝钟队长的人开枪，就往死里打，要是让他们的人活着，钟队长可能会让你死，我也保不住你。"

郑新虽然拿的是王一的钱，但无论怎么说，也跟乔飞这么久了，只要乔飞没有背叛王一的企图，他就一定会听乔飞的命令。在王一的所有手下眼里，大钟都是绝对的二号人物。保护大钟的人就是保护王一的人。

晚上九点很快就到了。大钟的效率比他自己预想的要慢半个小时，一直到晚上九点半，大钟派的人才到现场。队伍大约有三十人，每个人都扛着王一上次送来的步枪。这三十人到现场之后既不割浆，也不埋伏，而是点了一堆火，然后在火堆旁聊天，每个人都热得满头大汗。

这时，离他们不远的山林里，两个黑影无声无息地跑下山去，钻进了两辆并排停放的皮卡。夜晚的月光明亮，车子也没有开灯。车一直往北开，到乔飞门前的路上，两辆车一东一西朝相反方向开去。二十分钟之后，往西开的皮卡在林彩军的住所外一千米左右的位置停下，换了一个车牌。三十分钟后，往东开的皮卡在距离刘昌住所一千米左右的地方停下，也换了一个车牌。

晚上十点二十分，往东开的车子开到刘昌的住所外面。虽然刘昌只是挂职参谋，但他的住所外仍有“独立军”士兵站岗，整个建筑四周灯火辉煌。皮卡司机打开车门，递给哨兵一封信，然后转身开车离去。车子很快隐没在夜色里。

晚上十点四十分，往西开的车子准时到达林彩军住所外，敲开大门。开门的正是乔飞之前的手下何超。开车的人递给他一封信，然后转身开车离开。车子很快隐没在夜色里。

此时，林彩军与刘昌的感受各不相同，但两人都派出了自己的人马，冲向谭清晓的罂粟田。刘昌收到的消息说有人来抢鸦片，希望他能主持公道，落款是林彩军。

刘昌以主持公道的姿态派出了自己的手下。他的住所内只有四个“独立军”的士兵，其他十个人是他私人招募来的。那四个“独立军”的士兵他派不动，只能让自己的私人武装过去，一共十个人。出发前，刘昌对这十个人的头儿说：“最好不要开枪，制止割浆或者割浆后分走一半生鸦片就行。”刘昌与林彩军在镇上茶馆里谈好的条件就是平分这些鸦片，但这终究不是什么光彩的事情，他也不想闹大。

林彩军这边收到的信落款是刘昌，盖了刘昌的私章。据何超说，送信的车也是“独立军”的。

在林彩军看来，如果这些罂粟一夜间被土匪给抢了，王一不会放过自己，刘昌也会觉得是自己偷了鸦片。林彩军为了证明自己的清白，除了他自己和那个做饭的老妈子，把其他人全都派了出去。林彩军的人分作两队，一队由张嚣带领。张嚣是林彩军手下的头儿，这次林彩军派他带十个人上山去守住罂粟。另一队就两个人，让何超带着另一个人去向大钟求援。他也想过乔飞，但觉得乔飞就那几个人，帮不上什么忙，能帮忙的只有大钟了。

何超带的人很快就上路了。夜晚的山路上，有一道路灯飞速向前，到乔飞门口的时候，前进的灯光突然停下了。

乔飞的车横停在路中间，乔飞站在车旁边。何超只能停车，带着另一个人从车上下来。两人都是乔飞以前的手下，走到乔飞面前先打了个招呼，然后问:“乔队长，你这是……”

乔飞站在那儿看着何超，车灯照亮了他的半边脸:“何超，这么晚了，你们干吗去?”

“我们有急事要去见钟队长，我们得到消息说有人今晚要去偷罂粟。”

“谁跟你们说的?”乔飞露出一副狐疑的神色。

“送信的车应该是‘独立军’的，我没有看到信，但听林队长的口气，应该是‘独立军’刘昌参谋派人送的信。”

“我刚从钟队长那里回来，你们说的这些事情钟队长已经知道了，他派去的人正在路上，你们别再耽误了，现在去田里吧。”

乔飞派去跟林彩军的那几个人，本来就不太受林彩军信任。在何超的心里，他跟着乔飞的时候是个头儿，到林彩军那里马上就成了马仔，还是个被边缘化的马仔，他心里自然对乔飞更亲近些。而且他对三个队长间的矛盾一无所知，乔飞的话并没有引起他的怀疑。

“快去吧，抢罂粟的人现在已经行动了，你们再不去就只能收秸秆了。你们人不多，我这儿还有两个人，刚才车不够，坐不下了。让他们跟着你上山吧，多一个人多一分力量。”乔飞伸手把何超手里的钥匙拿过来在手里把玩着说，“你是觉得我不可信，还是不敢上山?我手里没几个人，钟队长让我从张大毛那里借了一些人，现在也已经派到山上去了，放心吧，出不了事。”

乔飞的左手把车钥匙又递到何超面前，右手放在口袋里，手中的手枪已经上膛。

何超谈不上对乔飞忠心耿耿，但好感度明显高过林彩军一大截。在这种生死存亡的时刻，这点儿好感影响了他最终的判断。

乔飞打开自己的车门，从车里下来两个人。乔飞说，他们是张大毛的人。这两个人手里拿着四支步枪。

何超告诉乔飞，林彩军派出的张嚣一行十人已经带着枪上路了。乔飞让何超带着另外三个人马上跟上。上山之后，看到土匪就往死里打，因为罂粟田周围埋伏的都是自己人。何超领命而去。

在距离罂粟田还有几公里的地方，何超追上了张嚣他们的两辆车。又走了一段路，张嚣一行把车停进树林。从何超的车上下来了四个人。不知是因为夜色掩盖，还是因为没有留心，张嚣没有问何超另外两个人的来历。何超图省事也没有介绍。

一行人很快摸黑上山，他们不能开灯，也没有灯。说白了，不管是林彩军还是张嚣，都非常缺乏夜战的经验。他们大老远就看到了罂粟田边上的那堆火，随着距离越来越近，到两百米的时候，已经可以看到人影了。

距离近了一些，又近了一些……

突然，“突突突！突突突！”枪响混合着山谷里的回声不断地响起。张嚣带着的一群人立即卧倒，各自散开，停顿了一下，张嚣才反应过来，扭头问自己人：“谁他妈开的枪？”

没人回答，队伍散的距离都不近，很多人都没听到他的问话。张嚣隐约能够感觉到枪响的位置，但他还没来得及仔细查看，对面火堆旁的人已经四下散开，一边朝这边开枪，一边逼近这里。

张嚣总觉得哪里不对，怎么会一见面话都没有说就开打？而且他看对面火堆旁的人，也不像是偷罂粟的，难道是像何超说的那样，是大钟派来的人？

张嚣趴在地上对手下说：“先不要开枪打，确定一下对面是谁。”

话音刚落，他的左侧、右侧、后方同时响起了枪声，目标都是张嚣这一群人。后来冒出的三队人是乔飞布下的。上山的路只有一条，乔飞在路的终点做了一个口袋，这口袋让张嚣插翅难逃。张嚣正在想怎么沟通的时候，一颗子弹打中了他的左侧肩膀。

此时，山谷里的火光亮成一片，枪声像春节时的鞭炮般，噼里啪啦不停地响。开枪的人数众多，使得枪声和回声叠加了好几层。张嚣喊破了喉咙也没人听见。

他想投降，但对方好像并不在意他举起的双手。他想逃跑，但四周都是步枪喷出的火舌，他只能反抗了。张嚣的手下都是这么想的，包括何超，除了乔飞让何超带来的那两个人。在队伍散开的时候，那两个人就不知道去哪儿了。

乔飞此时坐在山头上，听着悦耳的枪声。这是他一手制造的，但他并不感到高兴，这只是进攻的号角，与胜利还隔着万水千山。

乔飞赶到的时候，山谷里的枪声已经停止了。张嚣组织的抵抗在七十多人的包围圈面前不堪一击。林彩军所有的手下都被打成了一具具千疮百孔的尸体，有的人脑袋都已经没了，有的人肚皮被掀飞，肚子像个血槽。何超的尸体靠在树上，腹部被无数子弹击穿，月光透过枪眼，照在地上。

乔飞站在人群边上，字强捂着左脸走到乔飞身边，乔飞问：“确定这些人是谁了吗？”

字强说："十二具尸体，有五个脸被打碎了，实在认不出来，剩下的七个都是林队长的人。"

"怎么会是他的人！"乔飞大惊，"林队长的人怎么会上来就朝你们开枪呢？是不是搞错了？"

"没错，从尸体上看，就是他的人。"

乔飞歪头看了看字强的左脸："你受伤了啊？"

字强说："耳朵被打掉半只，如果再偏一点就打到头了。"

乔飞赶紧掏出纱布，亲手给字强擦去脸上的血。乔飞近距离看清了字强的脸色，对一个年轻人来说，失去了半只耳朵虽然远不致命，但也形同毁容了。字强这回应该是非常生气。乔飞把字强拉到一边说："字强，现在事情复杂了，这件事情要真是林队长干的，那肯定有刘昌在里面捣鬼。"

字强咬着牙说："肯定有那个刘昌。"

字强的话刚落音，从不远处跑过来一群人，其中有一个喊道："我们是刘参谋派来的人，你们是林队长的人吗？刚才发生了什么事情？"

字强瞪圆了眼睛，看了乔飞一眼，乔飞冲他点了点头。得到乔飞的许可之后，字强突然站起来喊："给我打，全他妈杀了！"

刘昌的十个人哪里是这一群人的对手？这边步枪的火舌一出，对面的人掉头就跑。他们的车离得不远，所以很快就上车逃跑了，但只走了九个，丢下了一具尸体。

一切结束之后，郑新过来问乔飞要不要把张大毛的人先带回家待命。乔飞没有同意，虽然这里确实用不到人了，但他害怕节外生枝。乔飞让郑新带着他们暂时守在这里，哪里都不要去，一个都不准走。

乔飞让字强把所有的尸体加上大钟的人全部带回，乔飞也跟去了。

大钟的院子里躺着十三具尸体，大钟站在这些尸体前，面露微笑。他看着乔飞说：“林彩军完了。”

乔飞说：“这里离‘独立军’不远，我担心他会投靠‘独立军’。他知道我们的运货路线，这些都是不能轻易更改的，以后会后患无穷啊。”

大钟也想到了这一点，他点点头，对字强说：“带着人去把林彩军抓回来，把他家搜一遍，把能带回来的东西全都带回来。”

此时，林彩军对山上的情况一点儿也不清楚，他正在院子里的躺椅上抽着烟等张嚣回来。他透过大门的门缝看到一道亮光，接着，一辆车停在门口。他以为是张嚣带人回来了，这个时间比他想象的要早很多。

林彩军打开大门。门口的车上下来一个男人，那个男人提着一个和抽屉差不多大的木箱。林彩军不认识这个人，不过看上去他并没有恶意。

那人走到林彩军面前，把箱子递给林彩军说：“这是刘参谋给你的，他让你在家等他，他马上就来。”

林彩军一听是刘昌派来的人，心里想着估计是张嚣得手了。他伸手把木箱接了过来。那人跟林彩军互相点了点头，一切尽在不言中。

车子很快又开走了。林彩军提着箱子，关上大门，院子里的灯还亮着，他想打开箱子看看里面是什么，这才发现箱子上装了一把暗锁，林彩军找遍了箱子也没发现钥匙。

“可能是驾驶员忘记给我了，明天派人去找刘昌要钥匙吧。”林彩军是这么打算的。

他又在椅子上坐了下来，把箱子抱在怀里。这箱子看上去古色古香的，难道里面是金条？他很快就否定了这个想法，因为重量不对，况且那些罂粟加在一起也不值一箱子金条。他对这个打不开的箱子渐渐有了兴趣，觉得很有意思，反而舍不得打开了。也可能是个空箱子，刘昌故意不给钥匙，只是开个玩笑。

林彩军已经抽惯了水烟，越来越不习惯抽卷烟了。他从旁边拿出水烟袋，把卷烟的过滤嘴摘了，正准备插进水烟袋的时候，又有车停在门口，紧接着有人敲门。

林彩军认为，这肯定是刚才那个粗心的驾驶员半路想起来没给钥匙，又回来送了。他的第一反应是有点儿生气，接着又觉得不好和刘昌的人发火。他想也没想就打开了大门。门外站着的是字强，还有三十多个黑洞洞的枪口。

“林队长，跟我们走一趟吧。这是钟队长的命令，麻烦你配合一下。”字强的话听着还算客气，但语气中透着一股狠劲儿。

林彩军当时就软了，他没有任何反抗的资本，也没有反抗的意识，任由字强把他捆起来塞进了车里。

其他人把林彩军家里全部搜了一遍，带走了一切他们认为有价值的东西，包括钱和那个木箱。

到了大钟家里，林彩军一进门就看到了躺在院子里的那些尸体。他没有弄明白事情的原委。此时他心里想的是，刘昌信上说的土匪难道是大钟和乔飞？虽然一切都还不确定，但林彩军知道，大钟这次动这么大阵势，是不会轻易放过自己的。但他并不害怕，因为还有王一。他和刘昌的斡旋也好、交易也罢，就算是王一来处理，恐怕也只能这样。能保住一半罂粟就不错了。

所以，林彩军觉得，他和大钟已经没什么好说的了。他只要等到王一过来，就一定会没事的。

屋子里只有三个人。林彩军被脚不沾地地绑在椅子上。大钟和乔飞坐在林彩军面前。乔飞面无表情地盯着墙壁上的一个黑点一动不动，他看都没有看林彩军一眼。大钟此时面露狞笑，他正在翻看从林彩军家里抄来的东西。

林彩军的钱很多，数量超过了王一给他的总和。王一给了他六块金条，抄家的时候抄出来七块。多出来的那一块，不是大钟的就是乔飞的。

乔飞很快就告诉大钟，自己为了保住林彩军的罂粟，曾经送给刘昌两根金条。没想到，刘昌转送了一根给林彩军。

查到最后，轮到那个箱子了。大钟问林彩军要箱子的钥匙，林彩军说没有。大钟也不废话，直接找来一把锤子，几下就把木箱砸烂了。

之后，大钟从箱子里面翻出一份授衔令、一份委任状、一枚勋章，全是中文的，有林彩军的照片，照片上盖着“独立军”的钢印。

“授予林彩军先生独立军上尉军衔，委任林彩军先生独立军参谋部参谋一职。”大钟一字一顿地读这句话的时候，几乎忍不住要笑出声来。他走到林彩军面前，对着他的脸狠狠地啐了一口痰，脸上挂着笑说：“林参谋，不错啊，这么快就升官发财了。”

木箱里的东西让林彩军彻底乱套了，这下他连要见王一的话也说不出来了。凭这几样东西，即使在王一面前，他也很难说清楚。王一从来不忌讳手下在陈培耀面前露怯，送钱、磕头都行，唯独不能帮他做事。这是王一的底线。林彩军此时恨透了刘昌，他以为这是刘昌未经他同意想给他一个惊喜。

乔飞也是一副大吃一惊的样子，他站起来看着林彩军，痛心疾首地指着他说：“你啊，你啊……”

半小时之后，被绑在椅子上的林彩军身上青一块、红一块、紫一块的，像条斑点狗一般瘫软在椅子上，浑身上下除了有绳子的地方，全部皮开肉绽。是大钟亲自打的。

最后还是乔飞把大钟拉开了。

大钟把所有的愤怒都发泄在了林彩军身上，包括对陈培耀的仇恨和对林彩军的成见。他试图逼林彩军承认，但林彩军的嘴巴特别严，一口咬定没有见过刘昌。

大钟打累了，坐在一旁抽烟。他对乔飞说："你出去给我找把钳子，先把他的手指一根一根地撕下来，看他承不承认。"

光是听着，乔飞的汗毛都竖了起来，在他看来还不如直接杀了林彩军呢。但他还是出去了，在院子里碰到了字强。此时，字强的耳朵已经包扎好了。他把字强拉到一边，跟字强说了一遍里面的情况，说到大钟要把林彩军的手指一根一根地撕下来的时候，字强也咧着嘴。

"听说技术好的话，手指一根根撕下来，整个手掌加上胳膊上的筋都没了。"乔飞一边说，一边摇着头。

字强没说话，还沉浸在林彩军即将面临的灾难上。乔飞把嘴附到字强右边完整的那只耳朵边儿说："听林彩军说，你和刘昌也有些来往？"

字强的脸色一下子变得非常难看："认识吧。"

"还认识——吧。"乔飞故意把最后一个字说得很重，"林队长都说了，他说到一半，我把话题岔开了。林队长这是想拉你下水啊。不过拉你下水不是目的，他是想通过你，扳倒钟队长。"乔飞不知道字强和刘昌的具体关系，只听到刘昌曾无意间夸奖过字强，言辞之间还有些躲闪，这让乔飞怀疑这里可能有问题。"可惜现在他死不承认见过刘昌，钟队长只能折磨他。不过今晚闹得这么大，老板可能天亮就到了。老板一到，林彩军和钟队长……老板那人，难说啊。"乔飞说完，重重地叹了口气。

字强低着头不知道在想什么，过了一会儿，他问乔飞："要是有证据，林队长会怎么样？"

“我不知道，不过有了证据，林彩军的死活都不重要了。他就是现在死了，只要有证据在，老板来了也不能怎么样。现在只要证明林彩军见过刘昌就行了，即使这样也很难弄到铁证啊。”

字强盯着乔飞看了一会儿说：“我有证据能证明他见过刘昌。”

“什么证据？”乔飞问。

字强掏出了他给乔飞买药那天拍下的照片。在药店对面的茶馆里，刘昌和林彩军相对而坐，有说有笑的，他们俩的车也是并排停放的。

乔飞返回房间的时候，手里没有钳子，只有一部手机。他把手机交给大钟说：“这是刚才出去时有人给我的线索。”

大钟一眼就认出了那是字强的手机，比手机更让他感兴趣的，是手机里的照片。

大钟笑嘻嘻地把手机拿到林彩军面前问：“林参谋，快告诉我这是谁。”

躺在椅子上的林彩军此时已经说不出话了，索性闭上了眼睛。大钟扬起胳膊就是一巴掌，吼道：“你他妈告诉我这是谁？还要见老板，就你干的这些事，见了老板你也是死。”

乔飞从后面把大钟拉开说：“钟队长，证据都找到了，还能真把他打死啊。等老板来了再处理吧。”

大钟也打累了，听了乔飞的话，他说：“喊字强进来，把他连人带椅子搬到仓库去放着。今晚所有人都要在仓库看守，绝不能让林彩军跑了，要是他想跑，宁可杀了，也不要放走。”

乔飞点点头就出去了，他把字强拉到一边说：“钟队长下令了，让你带人把林队长抬到仓库放一夜，所有人都要去仓库看着他，绝不能让他跑了。”

字强点点头，伸手就想招呼大门外的人进来，手刚扬起就被乔飞一把抓下来。乔飞说："字强啊，我跟你说，林队长可是也掌握着你收刘昌钱的证据。你要对他好一点儿，不然他明天见了老板，肯定会把你的事情抖出来。你要做好准备，他一定会告诉老板的。老板这人你是知道的，咱们给陈培耀送钱可以，可要是收了陈培耀的钱，他绝对容不下。"

字强一皱眉头，说："那……"

"那什么那，你自己看着办吧。虽然林队长为了活命，肯定会把你的事情抖出来，但你还是要对他好一点儿，说不定他动了恻隐之心，放你一马呢。唉！"乔飞重重地叹了口气，"林队长要真是放你一马，那他还真了不起。不过也不好说，林彩军现在没什么用了，就是现在死了，只要老板看到那些证据，也不会说什么的。说不定林队长的收购点还会让你来负责。"

字强也不傻，当时就听懂了乔飞的话，他点点头说："谢谢乔队长的点拨，我明白了，明天见吧。"

乔飞说："不，最好能早点儿见到。"

大钟和乔飞肩并肩站着，看着字强带人把林彩军抬走。大钟拍拍乔飞的肩膀说："乔老弟，这回多亏了你啊。"乔飞笑笑，难免又是一番客套，之后返回。

乔飞回到家之后一直没有睡，他一直在想林彩军。童年的记忆充斥着他的脑袋。他们一起上学，一起逃课，一起挨揍。人们常说童年是无忧无虑的，事实上并不是这样，孩子有孩子的烦恼。乔飞和林彩军都是孩子的时候，就时常面临同样的烦恼。时间使过去的烦恼远去，为他们带来了成长，也带来了无尽的欲望。欲望使人们整天抬着头，渴望天上掉下馅饼来，实际上凭空掉下来的往往是个陷阱。

半夜时分，头上裹着纱布的字强敲开了乔飞的大门，他带来的消息是林彩军因为半夜逃跑，被乱枪打死。乔飞对这个结果早有准备。尽管如此，要不是字强手快扶住，他还是差点儿晕倒在地上。几乎是在一瞬间，乔飞所有的记忆都带上了一抹血腥。

分崩离析

乔飞的表现使字强非常紧张，以为自己几个小时前领会错了乔飞的意思："乔队长，林彩军他……"

乔飞朝字强摆摆手说："没什么，他背叛老板，死有余辜。你跟我上楼。"

到了二楼，乔飞关上门和窗户，从床底下取出十万块钱和最后一根金条，对字强说："这次你丢了半只耳朵，我不知道钟队长怎么补偿你，这是我的一点儿心意，你不要嫌少。后面罂粟收完，我拿到钱之后，你如果有需要就告诉我。"

字强还想推辞。乔飞说："拿着，不要让楼下的花姨看到。钟队长知道了恐怕会不高兴的。拿着吧，不要推辞。"

字强这才接过钱和金条。乔飞问："钟队长知道你过来吗？"

"我怕跟他说了他不同意，就偷偷过来了。"

"那你快回去吧。林彩军刚死，钟队长的五六十个人都要你管着，也挺累的。你掉了只耳朵，钟队长会给你些补偿吧？"

"应该不会吧，我们在钟队长手下没有这个规矩。"

"行了，你走吧。明天老板可能会来，应该会派人来叫我过去。到时候尽量还是你亲自来吧，别人来我不放心。"

字强答应之后就下楼走了，乔飞也没有送他。等到字强的车走远之后，乔飞慢慢地趴在床上，一把抓起被子，拼命地往嘴里塞。他在尽力阻止住自己的哭声。

一直到天亮，乔飞都没有睡，他在等字强。天亮之后，花姨做好了早饭。乔飞若无其事地坐在院子里吃饭，正吃着呢，字强就来了。

如乔飞所料，太阳出来没多久，王一就到了大钟那里，紧接着就让字强来接乔飞了。

乔飞放下碗，马上就上了字强的车。他故意没有开自己的车。在这个紧要关头，字强一定有话要和自己说。路上是最方便说话的。

“老板来了之后有没有说什么？”乔飞坐在副驾驶的位置上，也没有看字强。

“老板今天很奇怪，以往钟队长和陈培耀发生摩擦之后，老板都会发火。但这次发生这么大的事，林队长都死了，老板吭都没吭一声。不过，他找我谈了一会儿。”

乔飞心里一紧，但还是一副漫不经心的样子问：“噢，老板找你谈了什么？”

“他问我你最近怎么样，我就跟他说乔队长很好。你猜他说了什么？他也说乔队长人不错、心肠好，应该对手下很好。”

“就说了这些？”

“嗯，他还说了让我们做手下的眼光要放长远一些，都是些琐碎的话了。”

“那块地里的鸦片怎么处理？我的人还守在那儿呢。”

“老板现在有更重要的事情要处理。昨晚我们打死了刘昌的一个人，这回恐怕不好处理。那人的尸体还放在院子里呢。刘昌也不来要人，估计也在考虑怎么处理呢。钟队长已经安排人去买冰柜了。”

“冰柜？”

“嗯，以前都是这样的。在这里买不到冰棺，买个大冰柜一样用。我们自己的人加上林队长，估计今天就得下葬，天太热了。刘昌的那个人暂时不能埋，这事要是处理不好，麻烦可就大了。”

“反正老板现在来了，有什么事情也轮不到我们操心。”

“我看不一定，老板也不想去见陈培耀。我跟你说，你别告诉别人，老板到陈培耀跟前，都恨不得跪下磕头。你说，正常人谁想没事给别人磕头？何况咱们老板也算是个人物了。他现在是能不见陈培耀就避着。”

两人一路说着话，很快就到了大钟那里。还没走进院子，乔飞就听到王一和大钟激烈的争吵声。乔飞站在大门外，进也不是，不进也不是。好不容易等里面吵完了，乔飞才走进去，看到王一坐在那里，对着地上的尸体唉声叹气。大钟一脸不高兴地站在那里。乔飞站在旁边，也没人说话。

地上横七竖八地躺着十几具尸体。乔飞一眼就认出了林彩军，他身上挂着布片，裸露的皮肤几乎找不到一点儿完整的地方，但从正面也看不到枪伤。乔飞有一种上去抱住他的冲动，但这样做对他的行动毫无益处。他不停地告诉自己，面前的林彩军已经死了，只是一块肉，和一块猪肉、一块牛肉没什么区别，但眼泪还是下来了。王一和大钟都知道乔飞和林彩军是发小儿，所以乔飞为林彩军落泪并没人感到奇怪。

不一会儿，大钟的手下进来说棺材已经准备好了。王一摆摆手说：“找人进来都拉出去埋了吧。”

乔飞跑出去把王一的意思交代给字强。字强很快就带了二十多个人进来，除了刘昌的一个手下，他们把其他尸体全都搬了出去。王一带着大钟和乔飞回到屋里。

王一怒气未消，在屋子里又对大钟和乔飞破口大骂，内容无非就是事情都没弄清楚，也没经过他的同意就整死了林彩军，还把刘昌的人也杀了，得罪了陈培耀。

大钟这次一反常态地针锋相对。这场争吵直到大钟说出了那句话才结束："你带着我们四个人做生意，最后谭清晓是中国警察的人，林彩军成了陈培耀的参谋，你这么做老板，我们死在哪里都不知道！"

屋里的寂静持续了很久。此时，战火还没有烧到乔飞身上，他现在要做的是判断现在的形势。王一站在房间中央，抬着头一言不发，不知道是在反思还是在策划下一次进攻。大钟挑衅般地瞪着眼，看着王一。

过了很久，王一的目光落到了乔飞身上。他眼睛的移动轨迹非常奇怪，先看向房顶，然后直接切下来，绕过了大钟，盯着乔飞。接着，他非常奇怪地对着乔飞破口大骂。

乔飞一直低着头听王一的训话，丝毫没有还嘴的意思。一直到骂出"你这个灾星，带来的两个人全都出了问题"，王一还想接着骂下去，却被大钟抢了话头："林彩军死在我这里，跟乔队长没什么关系。"

王一的变化非常奇怪，被大钟顶嘴之后也不再发火，而是招呼两人坐下。坐定之后，王一反而成了和事佬，他先让大钟不要激动，又安抚了一下乔飞。接着，他说了另一件事。

原先要出的那一百多公斤海洛因，因为乔飞的建议而没有出。现在王一认为陈培耀可能会借着这次机会收回所有土地，甚至可能再派人来打一次。陈培耀派来的人虽然没穿军装，但都是"独立军"的人，打王一还是轻而易举的。

一听到王一提到出货，大钟就站出来反对。他说："现在陈培耀一定盯我们盯得很紧，这时候出货，他一定会把情报送给中国，到时候我们肯定分文不剩。”

王一坚持要卖，大钟坚决不同意。两人为了这件事，又争了半天。在边上坐着的乔飞已经明白了一切。

大钟对王一已经有了很大的怨言。王一以前的资产被陈培耀扫荡一空，能够再次起家，当然有他自身能力和人脉的作用，但王一再次起家的资本全是大钟给他留的家底。大钟以前对王一忠心耿耿的原因是指望着王一再次翻身之后，能想办法干掉陈培耀，但没想到王一毫无报仇的念头。

现在的情况是，除了乔飞和那三个手下，其他所有人都在大钟手里，由字强带领。王一手里只有一个根雕厂。囤积的一百多公斤海洛因也在大钟手里，就连林彩军最近刚收到的鸦片也被大钟全部攥在手里。

现在可以说，王一成了空架子，大钟才是真正的实力派。王一不敢逼得太紧，否则大钟完全有可能自立门户。

现在这种情况下，似乎乔飞的态度才是最重要的。乔飞心里清楚，他也只是个空架子，手里只有三个人。表面上，他和大钟地位相当，王一和大钟都会征求乔飞的意见，实际上，他的意见连个屁都算不上。乔飞清醒地认识到了这一点。

直到王一和大钟吵累了，两人同时看向乔飞，乔飞没有表态偏向任何一方。只有这样，大家才能维持表面的尊重，一旦表态，他就真的连个屁都算不上了。

“王老板，消消气。钟队长，你也消消气。错都在我，我不该把那两个农民带到钟队长这里来，我要不带来，我们顶多也就损失一点儿鸦片，不至于搞成现在这样。”乔飞从沙发上站起来，朝着两个人鞠了一躬说，

“我先在这里检讨我自己。我们都是一家人，王老板是家长，有他自己的打算，他站的位置比我们高，看得肯定比我们远。林彩军这个浑蛋和陈培耀勾结到一起，我们大家都不好受。王老板、钟队长，你们也别为这事难过了，林彩军他自己犯浑，不能因为他一个，闹得我们生意没法做。以后日子还长着呢。”

乔飞说完这些话，给王一和大钟每人递过去一支烟，又掏出打火机递给大钟，偷偷朝王一指了指。大钟迟疑了一下，拿着打火机去给王一点烟。

王一把烟抽掉一半才开始说话：“现在有两件事必须尽快办。第一，要处理好和陈培耀的关系，第二，要迅速接手林彩军和谭清晓留下的地。”王一的眼睛扫过两个手下，“第一件事我亲自去办，第二件事……”

王一停了下来，看着大钟，而大钟看着乔飞，乔飞则看着王一。乔飞差一点儿再次推荐让大钟负责这些地，但他又觉得这时候还把地让给大钟，会显得极为虚伪，所以话到嘴边又咽了回去。

“乔飞，你负责这些地。”王一停顿一下之后，把自己的话完，目光却一直没有离开大钟的脸。

大钟并没有表现出什么不满，他自己也清楚，王一不可能把那些地再交给自己。或许是他不在乎，王一的一切都在自己手里攥着，还有什么好争的呢?

这时候，乔飞也看向了大钟，之后又冲着王一点了点头。乔飞知道，大钟和王一的关系已经很难调和了，或者可以说是没有回头路了。大钟现在为什么还要留着王一? 或许是手下还没有安抚好，他不能确定杀了王一之后手下会不会全部忠于自己。还有一个可能是，大钟虽然恨透了陈培耀，但他不会不知道对方的实力。他之所以还能偶尔拿陈培耀的手下撒撒气，是因为有王一替他斡旋。留着王一替他遮风挡雨，未尝不是一件好事。不管怎样，反正不会是因为忠诚，也不会是因为乔飞。

目前看来，大钟和王一似乎达成了平衡，但距离核心问题的解决还很远。

王一见大钟对这个安排并没有异议，这才抛出了他的真正目的："乔飞，你要尽快把罂粟收完，多耽误一天都可能惹出事来。你手下现在有多少人？"

"加上一个做饭的，一共四个人。"乔飞知道王一这是明知故问，只好如实回答。

"这几个人哪里够？大钟，你配合一下，你手下的人先给乔飞一半，让他赶紧把手里的事情做完。"

大钟猛的一下从沙发上站起来，咬着牙看着王一，脸上的肥肉因为牙关紧咬而不停地颤抖。手下这些人是大钟的资本，现在王一的用意非常明显，以大钟的精明绝不会不知道。所以他斩钉截铁地说："我的这些人还要用，一个也走不开。"

王一这回反而不急了，他斜眼看着大钟，轻描淡写地说："幼稚，你真以为我拿你没办法？就你惹的这些事情，要不是我给你挡子弹，你的下场不知道惨到哪里去了。"王一说到这里简直要笑出声来，"你还是省点儿心吧，多赚点儿钱比什么都强。我们是毒贩，但我们也是瘾君子，钱就是我们的毒品！"

大钟被王一说得无言以对。王一说的没错，陈培耀容不下一个独立的大钟，这也是王一能够制住大钟的最后底牌。王一说出这些话，自己也捏了一把汗，还好看到大钟泄气了，不然今天很难收场。

“乔飞，你自己去挑三十个人，我看那个字强不错，他对这里最熟悉，正好弥补了你在这方面的不足。”王一步步紧逼，直接让乔飞把字强挑走，这是大钟手下最得力的干将。如果乔飞把字强挑走，大钟对手下的控制力将直接被削弱至少一半。甚至可以说，字强在哪里，下面的人心就在哪里。这个人，乔飞不打算要。

大钟在一定程度上已经被王一击垮了，所以对王一提出要调走字强并没有再表现出之前那样的愤怒，而是坐在一旁静静地听着。也许他并不是被击垮了，而是在思考下一步的进攻。

“老板，字强我不能要，钟队长这边也需要人，字强走了，这些事就没人做了。钟队长恐怕早就用习惯了字强，用着顺手。我那儿就那些罂粟，带谁去都一样。”乔飞转了转头，在大钟看不到的角度给王一使了一个眼色。

“那随便你吧。”王一站起来，背着双手走到大钟身边，看着大钟说，“你给我坐在这儿好好反思一下，越来越不像话了。”

大钟坐在那里，动也没动一下，甚至都没有看王一一眼。王一又转向乔飞：“乔飞，我带你去挑人。”

乔飞跟着王一出来。刚走出大门，王一见四下没人，就冷着脸问乔飞：“为什么不要字强？”

乔飞从王一的眼神里看到的是不信任。不过也难怪，大钟此时已经亮出獠牙，算是半个敌人了。乔飞是王一的最后一根稻草，如果乔飞再站到大钟那边，王一将无所依靠，成为真正的孤家寡人。

乔飞皱着眉头说：“王老板，我明白你的意思。可字强是谁？那是大钟最铁杆的手下，我把他带去，他肯定身在曹营心在汉。如果这样的话，表面上我带走三十个人，可这些人都还是钟队长的。那这次调动还有什么意义？”

王一盯着乔飞看了一会儿，深深地点了点头说：“你这么说也是对的。”

乔飞内心的想法是，他早就把字强看成自己人了，不带字强走是想要在大钟身边留一颗棋子。

“只是我把人分给你了，你可要老实一点儿，不要手下有几个人就觉得了不起了。不管你还是大钟，我能给你们多少人，就能消灭你们多少人。走，我们去挑人吧。”王一说。

王一已经赤裸裸地表现出了对乔飞的不信任，他之所以还用乔飞，是因为要平衡大钟。乔飞要尽快打消他的这种顾虑，否则将很难达到目的：“老板，还有一件事情，乔梁可能这两天就要来了。本来说是安排给钟队长的，现在闹成这个样子，我有点儿不放心。”

乔飞的话一出口，就看到王一眼里几乎要放出光来：“怎么这么快就来了？乔梁过来跟着他，你不放心的话跟着我就行了，我会把他当亲弟弟看待的。放心了吧？”

乔飞点点头：“他要是能跟着你，那可就太好了。来得确实是快了点，本来我爸妈身体都不好，我还想让他在家多待一阵子。还不是那个林彩军，上次你不是也知道，车票都是他安排的。”乔飞对王一要把乔梁带在身边的决定没有任何迟疑。这种时候，王一不可能让乔梁再跟着大钟，否则就把乔飞也推到大钟的怀抱里了。如果这样，王一在大钟和乔飞之间采取的分化策略就失败了。乔梁的到来本来就是为了打消王一对乔飞的疑虑的。

王一笑着说：“早点儿好，乔梁现在过来锻炼锻炼，明年又是一个乔队长。唉，大钟当年也把弟弟带来了，他们兄弟俩是这里有名的大钟、小钟，都怪我没有照顾好他。现在好了，明年这里该有大乔、小乔了。”

乔飞哈哈大笑。王一走在前面，朝大钟手下的住处走去。

乔飞没怎么挑人，三十个人很快就分出来了。王一直接从大钟手里划出三辆皮卡和三十支枪给乔飞。

做好这一切，乔飞就以山上还有张大毛的很多人为由告辞了。他也确实是因为那些人才赶着回来的，他要尽快地把罂粟收完。那些成熟的罂粟放在田里就是一棵棵挂着钞票的树，很多人都看着呢。乔飞倒不是心疼会被抢走，只是不想多生事端。

乔飞把那三十个人带到山上，交给了郑新，交代郑新尽量多找些当地人过来割浆，再把林彩军以前雇的工人也请来，先割谭清晓那些地里的，然后割林彩军的地，最后再割乔飞自己的。安排好之后，乔飞让张大毛的人先回到自己家里，让花姨做饭招待他们吃一顿，再送他们回去。在乔飞的认知里，这些土匪能不用就不用，不能不用也要慎用。

全部安排好之后，乔飞又去镇上加油。然后和小唐交换信息，一切都已经轻车熟路。

乔飞给小唐的消息报告了整个行动的情况，并且说清了王一和大钟的矛盾，以及王一这边现在的局势。最后，他说了乔梁的一些情况，想知道丁卓那边是怎么安排的。

巧合的是，小唐给乔飞的字条上也主要说了这件事情："已在昆明火车站接到乔梁，现已安顿妥当。特情'乔梁'准备就绪，代号'Q3'，户籍已经办妥，口音和你家的情况都已完全掌握，随时可以展开工作。"

三小时后，双方又交换了一次各自的回复。乔飞说清了"乔梁"过来的责任和作用，最后指定了让"乔梁"明天就到瑞丽。而小唐给乔飞的字条上，丁卓让乔飞密切关注王一的动向以及大钟手里一百多公斤海洛因的下落，并让乔飞保护自己，不到万不得已，不要冒险。

乔飞当时就在镇上给王一打了电话，说乔梁明天到瑞丽，自己想去把人接过来。

王一回复：“你先忙你的事吧，罂粟的事情不能再耽误了，越快越好，要不惜一切代价地加快速度。至于你弟弟，你把地址给我，我派人去接。”

以乔飞对王一的了解，他对王一做出的决定并不意外。这是丁卓在开会的时候就想到过的情况，所以乔飞很爽快地将乔梁到达汽车站的具体时间告诉了王一。但王一话里的重心好像并不在乔梁身上，他更关注那些长在地里的罂粟。

乔飞此时已经很累了，他必须强迫自己回去睡一觉。只有充足的睡眠才能使大脑保持最快的反应速度。乔飞非常明白自己的工作，大脑的速度比出枪的速度重要得多。

到家的时候，张大毛的人在院子里铺上草，已经横七竖八地睡着了。乔飞醒来的时候天已经黑了，他把郑新刚制好的生鸦片封装，亲自埋到地下。谭清晓和林彩军的地里收来的都在这里，有几百公斤。王一以为乔飞收的鸦片都交给大钟了。大钟把鸦片分类之后，有一部分会做成吗啡或者四号海洛因。把鸦片制成海洛因都是由大钟负责的，但大钟正在为其他事情焦头烂额，并没有急着要这些鸦片。乔飞可以肯定，即使王一发现了也没关系，他现在也不愿意把所有筹码都放到大钟身上。

乔飞和郑新一起吃了早饭，嘱咐郑新要不惜一切代价，用最快的速度把罂粟收掉。郑新带人走了之后，乔飞整个上午都在推测王一下一步的行动。至于新来的乔梁，他反倒放下了。现在乔梁的事情已经完全超出他的控制，现在这种节骨眼儿上，没必要为乔梁浪费精力。

刚和张大毛的人一起吃完午饭，王一就派人来告诉乔飞，说已经接到乔梁，但现在太忙，就把乔梁安顿在瑞丽了。王一打算把这一季罂粟收完再让乔梁工作。乔飞问了来人王一现在在忙什么，那人表示自己也不知道。

乔飞对此没有意见，反正现在就算乔梁过来了，也帮不上什么忙。这又不是打架，不靠人多。

王一的人传完话就开车走了。乔飞回头喊张大毛的人带上所有东西，他要亲自把这些人送还给张大毛，当面清点人数。在这里，这些人与商品无异，丢一个都可能被张大毛赖上。

很快，乔飞就看到了张大毛。佣金已经付过，这次也没有死伤，双方的交接非常简单。但乔飞看张大毛的表情，好像对没有死伤很失望。这里的人命不值钱，但借给别人的人要是死了，那就值钱了。

交接完之后，乔飞看到张大毛平时人来人往的院子里此时已经没有几个人了，就随口问："张老大，又派人出去打劫了？"

张大毛斜着眼看着乔飞说："我不能说，雇主交代过，尤其不能对你说。"

他这么一说，乔飞倒是有了兴趣，偏要问出个究竟来。他走到张大毛面前，拍拍他的肩膀："钱的事好办，咱们是老交情了，我还能让你吃亏啊？"

"认识我这么久，你还是不了解我。我这里不谈交情，只谈交易。"张大毛对乔飞的感情攻势完全免疫。乔飞没有办法，只好说："好，给你钱就是。但我现在没带钱，明天给你补上。就算没有交情，这点儿信任还是有的吧？"

"十万块。"张大毛张口就说。

乔飞一副夸张的表情看着张大毛："我就是想满足自己的好奇心，你这一刀宰我十万块，太狠了吧？”

“我把这个消息告诉你，那是违约。我要承担责任，良心上还过不去。你也不想想，要不是重要的消息，我敢开这个价？除了你和你们老板，换个人来，我这消息都一文不值。但卖给你，我就是开价一百万，你要是不买都得后悔。”

乔飞看张大毛一副胸有成竹的样子，就担心王一和大钟那里有什么事情。而且看张大毛透露出来的事情，应该确实和自己有关：“那就说好了，你给的消息要是让我觉得不值十万块，到时候我可就自己定价了。”

“你放心，绝对超值。”

“说吧。”

“大钟午饭前过来，从我这儿带走五十个人。我看他那样子，不像是一般的事。你们那个林什么军不是死在他手里了吗？我看，他要这些人是防着你们老板的。大钟的野心大啊。”

“就这些？”乔飞皱着眉头问。

“对了，他还带走了五十套装备。他一个人来的。我看，要么是他身边没人了，要么就是他不敢让人知道。”

乔飞一把抓住张大毛，瞪着他说：“你他妈这也叫消息？钟队长那是失手打死了陈副参谋长的一个人，现在借点儿人过去保护院子。他雇人的钱都是从我这儿拿的，只是没有告诉我是找你借人而已。这点儿陈芝麻烂谷子的事情你都敢开十万，你这颗脑袋，我看拿去射门都糟蹋了人家的脚。”

“兄弟，这消息是你自己愿意听的，价钱谈好了，消息也告诉你了，你真当我好欺负还是怎么着？”张大毛也不惊慌，反正在他自己的地盘上，乔飞也不能把他怎么样。

“行，行，行！我认了，给你三万块就当是请你喝酒的。但我先说好，这消息我一分钱也不出，我觉得丢人。你千万不要告诉别人我花了钱就买你这点儿破消息，我丢不起这个人。”

“好吧，三万块请我喝酒，你可真大方。”张大毛虽然对这个数字不太满意，但终究是有钱拿。乔飞就是一分钱不给，他也不敢把乔飞怎么样。

“钱等两天就给你送来。”乔飞边说边拉开车门，直接去往谭清晓的罂粟地里。

乔飞站在田埂上，把郑新叫过来，让他马上开车去大钟那里，去找字强问问，打林彩军的那天晚上有没有看到乔飞的手枪。

郑新没有多想，开着皮卡就过去了。乔飞也没有走，就坐在田埂上等，一直等到郑新回来，他说压根儿就没看到字强。

“那你有没有问问钟队长他去哪儿了？”乔飞问。

“问了，家里的门关着，就钟队长一个人站在院子里，他说字强被老板叫走了。”

“除了割浆的工人，我们自己的兄弟马上收工，跟我回去拿武器。”

“现在？”郑新有点儿摸不着头脑。

“不是现在还想等到什么时候？”乔飞一听说大钟那边的情况，就知道不好。字强不在，大钟借人，王一忙得来不及安排乔梁，这些都说明王一和大钟可能要摊牌了。

那自己怎么办？乔飞还没想好。但现在让自己的人回去拿上枪是最明智的决定，否则一旦事情有变，再多的人也没用。乔飞很快就带着三十多个人回到家里，带上枪弹。

乔飞决定去大钟那里看看，只要在现场，一切都能随机应变。否则，无论是大钟赢了还是王一赢了，乔飞都没有好果子吃。大钟如果赢了，可能要找乔飞麻烦，因为在王一和大钟争执的时候，乔飞没有站在大钟那边。虽然乔飞没有明确表态跟随王一，但在这种争执中，弱势的一方往往更容易责怪中立者。

如果王一赢了，很难想象经历过大钟之后，王一还敢把权力放在乔飞和乔梁兄弟手中，这简直就是找死。王一没有理由再留着乔飞。

乔飞的车没有直接开到大钟家里，他不想正面迎接王一和大钟的枪口。他把人带到大钟家对面的半山腰上隐藏了起来，然后用望远镜观察着大钟家。

从这个位置，乔飞可以看到大钟在院子里焦急地踱步，而院子四周风平浪静。只是平时人来人往的地方，突然冷清了很多，大门前半个足球场那么大的一块空地上，只有风吹着一个塑料袋在地上孤独地滚动着。

两个多小时过去了，空地上的塑料袋早已经不知被吹到哪儿去了，空地上又来了一大群叫不上名字的鸟儿，在地上蹦蹦跳跳。很快，这群鸟儿像一块巨大的帆布被风从地上卷起，飞走了。

惊了这些鸟儿的，是四辆皮卡。乔飞用望远镜仔细地看了每个人的脸，确定这中间没有王一，却有刘昌。

这是王一跟陈培耀商量的结果。陈培耀坚持要杀了大钟，因为大钟是绝对的强硬派，他不想留这个人。王一也不想留，两人一商量，王一就这么把大钟交出去了。但王一不能动手，在这种地方混，很讲究名声。陈培耀杀了大钟可以立威，要是王一杀了大钟，以后恐怕就没人愿意跟着他干了。

陈培耀虽然是“独立军副参谋长”，但只是虚职，其实就是花钱买来的一个职务，平时也调不动“独立军”的人。陈培耀第一次打王一，是因为他吃到嘴里的地盘也有“独立军”的利益在里面。除了金钱之外，“独立军”还能捞个禁毒的好名声。但现在不同了，这点儿小事“独立军”不会出面帮陈培耀解决。陈培耀只能用自己的私人武装解决，但他只有四十多个人。

所以，陈培耀让王一把大钟的人全都调走。王一把字强调走后，向陈培耀保证，大钟现在是孤家寡人。陈培耀这才让刘昌带着几十个人，气势汹汹地扑过来。

这些人下车后，直接就把大钟的院子包围了。乔飞看到院子里的大钟冲回家，打开了门，从里面一下冲出几十个人来，人数并不比刘昌的少。

刘昌也没有想到。

乔飞非常犹豫，已经没有时间了。丁卓交代他不到万不得已不能冒险。这算是万不得已吗？虽然大钟手里还藏着不少人，但这些人终究是借来的。等到他们发现形势不好，把大钟捆上交给刘昌也不是不可能。乔飞现在只想尽快结束这件并不愉快的事情，然后回到国内去找谭清晓。

乔飞拿出手机给大钟打了个电话。这里只有大钟的住处才有信号。打电话的同时，他是看着大钟的。接通后，大钟问：“是谁？”

“是我，乔飞。”

“你这个时候打电话过来干吗？老板在你那儿吗？”大钟的声音并不慌张，但有一点儿急促。如果乔飞不是正看着他，会觉得他在质问自己。

“老板不在我这里，都什么时候了你还瞒着我。我现在在你对面的山上，冲下去就能到你门口。你带人打出来，我从后面打过去，我们两面夹击。”乔飞不想让大钟死在刘昌手里，如果一切都像王一安排的那样，王一和陈培耀就会结成铁杆同盟。王一一直待在境外，想抓他就要等到猴年马月了。

对于乔飞的好意，大钟并不领情：“狗屁！你和王一都不是好东西，想让我出去杀了我，对不对？我告诉你，不用你帮忙。王一也在外面吧？正好，我就是在等你们，不然我早走了。”

事出突然，乔飞并没有想到大钟会这么理解这件事情。但形势已经不容他想太多了，只能告诉大钟：“钟队长，你不信我没关系，我手下只有三十多个人，还大部分都是你的人。我先动手，把人引过来打。但我不一定是他们的对手，到时候希望你能帮我一把。”

乔飞说完就挂了电话。目前根据附近的地势，最好是把手下的人分成三队，中间一队负责上前发起攻击，另外两队埋伏在山脚。虽然人不多，但子弹还算充足，打得好的话，很可能就把刘昌灭了。

但乔飞不想那样，他只想拖延时间，让大钟的人出来一起打。刘昌的血不能全泼在自己身上。

乔飞只派出一队人下去，剩下的人全部埋伏在山腰，从上往下打要方便得多。只要刘昌还有点儿脑子，就不会派人硬攻。

下山的人由郑新带队，很快就冲到山脚，在快接近大钟门前空地的时候被刘昌发现了。刘昌看来的人不多，马上带人扑了过来。郑新也不跑，等刘昌到射程范围内的时候，先放了几枪。枪声一响，运动中的刘昌马上卧倒。这时，郑新掉头就跑。刘昌又追上来，一直追到山腰，才跟乔飞埋伏的人遭遇上。

大钟这时候也在家里的楼上，拿望远镜看着山腰上的战况。而乔飞已经从另一条路到了山脚。他突然意识到现在是大钟逃跑的绝佳时机。而在乔飞的计划里，大钟和王一一个都不能漏掉，否则就是失败的行动。

这时，乔飞的电话响了，打电话来的是大钟。乔飞钻进藏在树林的车里接通电话，里面传来大钟的声音：“乔老弟，你再挺一下，我马上就到。我欠你一条命，我绝不会丢下你的。”

“那就好，你尽快赶来，我这三十个人顶不了多长时间。”

乔飞刚挂电话，大钟家的大门就打开了，从里面冲出来几十个人。大钟端着枪跟在最后。等到他们接近山脚，乔飞发动车子绕到队伍后面，追上大钟，把大钟拉进车内。

“你疯了啊，这些人去打就行了，你过去干吗？”乔飞看着大钟问。

“刘昌不死，马上就会有援兵过来。他们带这么少的人过来，是没想到我手里还有几十个人，再加上你带的人。陈培耀不是吃亏的人，他就是借人都要来打的。”

“钟队长啊，我说你怎么一急就乱套了，赶紧跑啊！”

大钟被乔飞这么一说，顿时觉得应该跑。他抓着乔飞的胳膊说：“乔老弟，这里离中国最近，你送我一程，把我送到边境，我去中国。王一和陈培耀不敢在那里乱来。我的车不能开了，这里到处都是陈培耀的人。”

乔飞点点头说：“好，我们现在就走。”

在乔飞的计划里，大钟活不到半路。他打算先让大钟带上那一百多公斤海洛因，在半路杀了大钟，然后把那些海洛因交给王一。但他不能主动跟大钟提起那些海洛因，大钟现在太敏感了，会引起他的怀疑。

“等一下，你把车开到我院子里，我回去拿点儿东西。”

乔飞也没看大钟，点点头，把车开回院子里。此时，山腰上的枪声比中国春节时人口密集区的鞭炮声还响。大钟下车之后，带着乔飞跑进家门，翻出一个钥匙串，上面有四把钥匙。

乔飞站在哪儿看着。大钟先打开了一个小壁柜，把里面的一些书拿出来，然后在壁柜里掀开一个盖子，找到一个钥匙孔，再把小壁柜整体搬开，墙上又出现一个大壁柜，小壁柜成了大壁柜的门。

大钟一连打开四个壁柜，都是一个套一个。最后一个壁柜里，整齐地摆放着一百多公斤海洛因。

大钟拿着两个袋子让乔飞帮忙。最后，两人分别扛着一袋块状海洛因回到吉普车上。乔飞坐到驾驶员的位置上，正想着要不要让大钟死在这里，大钟坐在副驾驶的位置上看着乔飞说："走吧。"

乔飞看着大钟。大钟突然感到有点儿奇怪，也有点儿害怕，问："看我干什么？"

"别动。"乔飞说，"外面有人来。"

乔飞的话音刚落，开始有人敲门，但对面山腰上的枪声还没有停。

"糟了，陈培耀的援兵来了。"大钟紧张地说。

乔飞坐在车里，暗暗地为自己的决定后悔。刘昌应该很早就向陈培耀求援了。形势发展到这个地步，很可能会把自己都搭进去。

外面的人已经开始撞门了，再结实的大门也经不住这么撞击。慌乱中，乔飞听到山腰上的枪声停止了，郑新带的人应该是被陈培耀派来的后援全部消灭了。

没过多久，乔飞竟然听到外面有声音说刘参谋死了。听到这个声音，乔飞知道，王一也要完蛋了。

大门很快就摇摇欲坠，大钟的房子四周肯定全被包围了。这回真是插翅难逃。大钟坐在副驾驶的位置上也不说话，他也没什么好说的，已经被包在铁桶里，这坚固的铁桶首先从精神上将里面渺小的敌人摧垮了。

大钟放弃了逃跑的意念。

大门已经被撞出一道大裂缝，眼看就要倒塌。大钟一把抓住乔飞的手说："乔飞，你能在这种时候来救我，我很感激你。但我不能让你陪我死在这里，你够意思了。你坐在车里别动，待会儿大门被撞开，我把他们引开，你走吧。"

乔飞刚说出一个"我"字，就被大钟打断："出去之后想办法把这些货卖掉，以后去哪里都行，找个地方待着，好好过日子吧，别做这行了。我也不指望你给我和我弟弟报仇了。你看看，我们现在过的是人该过的生活吗？钱是好东西，但你不能光明正大地花它的时候，它就是一堆废纸，还会给你带来危险。"

大钟说完，也不等乔飞说话，就下车上了院子里的另一辆皮卡。他发动车子，把车头瞄准大门。乔飞把车熄了火，他不太敢相信一个毒贩会在最后做出这样的选择。

这个时候，已经有几支步枪的枪管从巨大的门缝里伸进来了。大钟把皮卡倒到最后，一踩油门，车子向前冲去。大钟的院子足够长，车速越加越快。

直到大门"轰"的一声倒在外面，外面的人有的被撞飞，有的被车轮碾轧在地上，几声凌乱的枪响没有阻止住大钟的皮卡，它依然像一头猛兽一样向前冲去。

后面，上百人在慌乱中追着车位射击。但车速越来越快，一直撞到山脚下的树上。后面追击的人群越来越兴奋。看皮卡的样子，大钟可能已经死了，车子只是毫无目的地向前冲，最后撞在树上。谁先冲到车前，给大钟补上几枪，大钟就算被谁杀死的，在陈培耀那里也算是一功。

谁也没有想到，院子里停着的吉普车里还有一个人。甚至乔飞把吉普车开出院子的时候，外面那些疯狂的人都没发现。就算他们发现了也没用了，因为乔飞已经在他们的射程之外了。

➡ 致命一击

乔飞回到家里的时候，发现王一的车也在外面。他对这情况毫无准备，难免有点儿心虚。但他很快就冷静下来了，迟早是要见王一的，他去大钟那里的事情也瞒不住王一。

乔飞把车子停在院子门口，走进了院子。进去之后，他首先发现的是花姨的尸体。乔飞立即退出院子，同时掏出手枪，靠在大门边。

“进来吧，躲什么躲。”王一的声音响起。

乔飞这才从墙后站出来，看到王一带着几个人站在门口。王一先开口问：“你去哪儿了？”

“我听说钟队长那里出事了，去看看。”

“看看？你的人呢？”

王一见乔飞不再说话，语气马上急促起来：“你不会真的派人去救他了吧？你知道的，他就是因为得罪了陈培耀才会死的，你要去救他，你知道你的下场会是什么吗？连我也跑不掉。”

乔飞说：“我没想去救他。他被杀死了。”

王一重重地叹了口气说：“那就好，我以为你真的这么糊涂呢。那你到底去哪里了？”

“我听说钟队长那里有事，估计是陈培耀派的人过去了，但我绝对不知道王老板你跟这件事也有关系。只是那一百多公斤海洛因还在钟队长手里，不能被陈培耀抢过去了。我们的家底薄，好不容易弄到这些货，不能再丢了啊。我是带人去了，正好碰到刘昌的人在那里砸门，就把刘昌引开，然后骗钟队长说要带他走，让他把货拿出来。再然后，陈培耀的援军又过来了，钟队长被打死，我开车跑出来了。”

听着乔飞的话，王一的脸上青一阵白一阵的。当他听到大钟死了，货也取出来了，总算是松了一口气：“货呢？”

“就在我车上，我现在去搬下来。”

“等一下，对方有伤亡吗？”

“刘昌好像被打死了。可我们的人几乎全军覆没！”

“浑蛋！刘昌好歹是个参谋，就这样死在我们手里，整个‘独立军’都不会放过我们的。”

“老板，是我的错，我没想杀刘昌。可能是他把郑新他们逼急了，才被杀了的。”

“不要再说那些了，你现在开车跟着我，我们马上去边境，从小路回中国。”

“好。可是花姨……”

“这老娘儿们是大钟派来监视你的。你看看这个。”王一扔给乔飞一个笔记本，那本子乔飞见过，但他只能当作没见过，翻开一看里面的内容，乔飞又吓了一跳。这里面记录了他的大部分活动内容，但多数是没用的。也有一些比较敏感，比如设计暗算林彩军的那天晚上，他和何超在门口的对话，都被花姨一字不漏地记了下来。

可能花姨觉得这些内容不算敏感，就没有及时送给大钟。而王一对整件事情了解得也不详细，所以也没有注意到这些。但如果让大钟看到，他一眼就可以看出乔飞对何超说的那些全是谎话。

所幸这一切都没有不可挽回。他放下笔记本，微笑着对王一说：“想不到，钟队长对我还留了一手。”

“他对谁都留了一手。行了，我们马上走，现在这里已经不安全了。我向陈培耀保证过，到大钟那里抓人不会遇到抵抗。现在是我先毁约的，他不会放过我的。”

“老板，我们这就走，是不是有点儿可惜了？今年那么多货都还没收呢。再看看有没有其他办法。”

“办法倒是有一个，就是把你交给陈培耀。他会杀了你为刘昌报仇，你愿意吗？放心，大钟是自寻死路，只要你不背叛我，我做老板的也可以为了你什么都不要。”

乔飞这才不说什么了。万一王一改主意了，真把自己送给陈培耀，就真是得不偿失了。只是走得这么仓促，也没有时间去和小唐告别。临上车的时候，他想到一个致命的问题，到现在为止，他都不知道新来的“乔梁”长什么样。只要王一稍做试探，就一切都完了。他要想办法去加油，希望小唐手里能有乔梁的照片。

“老板，我们这就回去啊？路还很远，我的车油不多了，我先去加点儿油。”

“‘独立军’好歹是个军队，他们找不到我们的话，肯定把附近可能的地方都派人把守。你不能露面了，排个手下去，多买几桶，不然不够到边境的。快点儿走吧，趁陈培耀还没反应过来。他要是把路封上，我们就完了。”

乔飞只好上车，王一派了个人开车去买柴油。临行前，乔飞走到去买油的人面前说：“多买点儿柴油，路很远。我把钱给你。”

那人推辞不要。王一在后面说：“乔队长给你，你就拿着。”

那个手下这才伸手接过乔飞的钱。之后乔飞跟着王一一路朝边境开去。他给那个手下的钱上画了一只蜘蛛，他很懊恼准备不周，不然可以准备一些密写材料。很多常见植物的汁液都能做到不留痕迹，但没有时间了。

乔飞让买油的人多买一些，也是希望引起小唐的注意。

买油的人半路追了上来。四辆车赶到边境的时候天已经黑了，他们找到一条车子可以走的路，直接进入了中国境内。刚入境没多久，前面王一的车停了下来，乔飞只好也跟着停下。

王一和乔飞站在车边，他拍着乔飞的肩膀说："到这里才真的安全了，'独立军'一般不敢过来。我们这是私人行为，陈培耀要是派人过来，那可是军队行为了。一个副参谋长派人入侵别国边境，是要惹麻烦的。"

乔飞点了点头，两人在车下抽了支烟，继续赶往瑞丽。

到瑞丽的时候已经是半夜了。乔飞本来还以为要住酒店，没想到王一在这里城边上有一个住所。乔飞跟着王一的车进了院子。下车之后，王一说："你弟弟在这里，听说他天天和我的几个小兄弟打牌，我们去看看，给他个惊喜。"

乔飞抱在怀里的拳头一紧，脸上却不敢有任何表情。他本来是想安顿好之后偷偷出去给丁卓打个电话，以确定派来的"乔梁"到底长什么样。看现在这样子，见到乔梁之前是出不去了。王一虽不至于怀疑乔飞，但作为王一这样的人，顺便试试手下也不足为奇。

王一领着乔飞来到一楼的一间屋子的窗户外面。乔飞看到里面一盏灯下烟雾缭绕，六七个年轻人在里面玩牌九。王一问："这么长时间没见到，还认识你弟弟吗？"

"我记得他不会赌钱的啊。"这是乔飞的一个冒险。如果乔飞猜对了，乔梁真的不在其中，就应该能在一定程度上打消王一的怀疑。如果猜错了，那也好解释，乔飞和弟弟在一起的时间本来就不长，不了解他这些恶习并不奇怪。

乔飞刚想开口喊乔梁，他觉得这么一喊，乔梁如果在里面，肯定会主动答应，这么一来就好办多了。但王一早有准备，他早早地对着乔飞做了个噤声手势说：“小孩子玩玩没什么好奇怪的，大晚上的别鬼哭狼嚎的。这些年轻人都是本地的小老大，可要小心，我们现在落难了，后面出货都要靠着他们，你动作轻一点儿，不要吓到他们。”

乔飞点点头，推开门走了进去。他只有极短的时间思考，怎么在这六七个人里找出“乔梁”？“乔梁”到底在不在里面？

乔飞进去后，围着桌子转了一圈，和每个人都对视了一眼，并没有人有异常的表情。

“到底是相信王一还是相信丁卓？”这是乔飞心里最大的问题，他没有时间了。相信王一，这里面就一定有一个“乔梁”。相信丁卓的话，丁卓安排来的人不可能没见过乔飞的照片，“乔梁”一定认识自己。

乔飞已经绕桌子转了一圈，两秒钟过去，他没有选择的时间了。王一在外面看着，稍一停顿都可能露出马脚。乔飞只能抬脚走出去说：“老板，里面没有‘乔梁’啊，你会不会搞错了？”

说这话的时候，乔飞的十个脚指头在鞋子里狠狠地扣着地面。这是他唯一能释放紧张的动作。

王一露出惊讶的表情，看着乔飞说：“难道搞错了？我明明听说他在里面的，我问问人。”王一伸手招呼过来在院子里站岗的一个年轻人问，“乔梁在哪里？”

那个年轻人回答：“半小时前就被叫走了，说是去吃消夜。”

乔飞的十个脚指头猛地放松开来，他又在生死线上赌赢了一次。王一笑着跟乔飞说："估计是玩累了，你们兄弟俩明天再聚，你先陪我去谈点事情。"

乔飞点点头，跟着乔飞上了三楼。王一带着乔飞参观自己的房间，说："这房子没有窗户，楼顶有一个换气机。在中国，有窗户的房子不安全，说不定在远处就有一双眼睛看着你，就算没有人看着，像我这样的人，说不定哪天有人就从窗子爬进来了，不得不防啊。"

乔飞说："这么一来，出事的时候很难逃跑啊。"

"在这里，如果大门被人盯上了，后窗就绝不能走了。从三楼跳下去，就算不死也得摔成一副麻将，肯定要被抓住。非常变态的地方是，抓住之后他们会给你治好了再判你，受一大圈罪，我这样的最后肯定被判死刑，那我还不如躺着等他们来抓我，就是死也少受点儿罪。"

乔飞听他说摔成一副麻将，心里想着以王一矮小的身材，能摔出一副牌九来就不错了。他笑着说："老板这么小心，不会有被抓那天的。"

"那可不一定，大钟够小心了吧？就是过不去小钟那个坎儿。也不能怪他，到底是亲兄弟，人这一辈子身边就那几个人能不分彼此，走一个少一个啊。"

"是啊，走一个少一个。"

"其实大钟如果只是得罪了陈培耀，我也不至于跟他闹成这样。我得罪过陈培耀很多次了，每次想想办法就能糊弄过去。但这次你看到了，大钟他自己心里有鬼，想要自己干，还想吃我的货。我的货是那么好吃的吗？你这次不也闯了祸，得罪了陈培耀，还害得我为你背黑锅？没关系，做这行闯祸是正常的，只要你诚心跟着我，闯再大的祸我都能替你摆平。"

乔飞点点头说："谢谢老板栽培，我以后多注意点儿，不闯祸就是了。"

“现在你们兄弟俩都来了，这让我想起大钟兄弟俩啊。以后可不能再发生这种事了。以后你们俩都是我的亲弟弟。”

“我们也把你当亲哥。”

“不说这些了，我们要尽快把手里的货出掉，这件事你去安排，人一定要牢靠。”

“老板，不是我不想做，而是我对这里实在不熟悉，找不到可靠的人。这里你还要多操点儿心。”

“运输的人我倒是想好了，我早年有一个兄弟，当时和我一起贩鸦片，后来他被抓了，判了整整十年。他在里面受了那么多苦，父母全死了，也没结婚，现在全家就剩他一个。这种情况下他都没有供出我，这个人可靠。我知道你们都不信任新人，大钟也是这样，你们刚来的时候总是对你们不信任。但我先说好，我这个兄弟过来你不准试探他，他为我受了那么多罪，我再试探他，会伤了兄弟的心。”

“老板，你怎么知道他没有供出你？”乔飞马上表现出了自己的怀疑。

“当时我虽然在国外，但法庭审他的时候，我有朋友在旁听。判了十年，他就老老实实地在里面蹲了十年，中间也没减刑。他要是在狱中检举了我，不至于蹲这么长时间的。”王一的口气开始有点儿不耐烦。乔飞马上说：“老板说不试就不试，我保证把他当自己人。”

王一这才露出点儿微笑说：“现在就睡吧，明天带你去见这个人。我们过来得仓促，也没给你准备房间，就在沙发上对付一夜吧。”

乔飞本来想今晚就出去给丁卓打电话的，看来又不可能了，只好倒在沙发上睡了。

天一亮，乔飞就醒了，一算时间，睡了五六个小时。看到床上的王一还没有醒，他也就眯着眼装睡。一直到王一起来喊他，他才从沙发上站起来。

两人一起下了楼，手下已经买好了早餐，乔飞和王一边吃边聊。这时候从门外进来一个年轻人，二十岁左右的年纪，戴着一副近视眼镜，黑裤子，黑衬衫，衬衫的两只袖子都是卷起来的。乔飞注意到了他的胳膊，左臂上文着一只趴在蜘蛛网上的蜘蛛。这文身是“乔梁”刚刚文上去的。王一的手下去买油的时候，引起了小唐的注意。买油的人付钱的时候，钱上画的蜘蛛已经不在网上。小唐猜到乔飞可能转移了，他将这个情报汇报给了丁卓。丁卓也发现了这个漏洞，这才紧急通知乔梁去加了那个文身。

乔飞突然想到面前的年轻人极有可能就是“乔梁”，他把左手放在肚子上，猛地从凳子上站了起来，看着眼前的年轻人。只要这个年轻人没反应，他就装作肚子疼，直接去洗手间。

那个年轻人看到乔飞站了起来，马上就叫了一声：“哥，你怎么来了？”

乔飞盯着他看了几秒，慢慢地走过去，扬起手就是一巴掌。“乔梁”顿时就被抽得侧着身倒了下去，接着，乔飞又上去连踹了他几脚，嘴里念叨着：“我叫你不学好，叫你赌钱！”

王一赶紧上来拉开乔飞说：“你这是干吗？见面就打，有你这么当哥哥的吗？”

乔飞满脸怒气地指着“乔梁”说：“你个小王八蛋，你给我记着，今天王老板在这儿，我先放过你，再让我看到你玩牌，我非把你的手给剁了不可。”

“你哥这是为你好，也别觉得委屈了。这孩子，我早就听说你来了，接你的人还是我派过去的，我们还没见过面呢。我叫王一。”

“王老板，你还没见过他啊？”乔飞看着王一，又看了看“乔梁”说，

“还不快见过老板！”

乔梁扶了扶眼镜。王一把手伸过去和乔梁握了握说：“行了，兄弟俩见面就打。乔梁，你先回去休息，我收拾你哥一顿。不过要听你哥的，不准赌钱了。”

“乔梁”本来正面直视着王一，握了手之后，他的脖子没动，眼珠却看着乔飞说：“你他妈凭什么打我？你就比我早几年从娘胎里爬出来。生孩子这种事，不讲究先来后到，我不欠你什么。生我也是爹妈自己拿的主意，一不小心就把我捣鼓出来了，别觉得我欠你什么。你爱耍大牌和别人耍去，关我屁事啊！”

“你不想被生下来，我现在就弄死你！”乔飞说着就龇着牙往上冲，被王一伸手拦了下来。

“生我之前我不怕死，生了之后我怕死了。你要是有种把我弄死，你就不至于混成今天这样了。”乔梁说着就走了出去，留下愤怒的乔飞和哭笑不得的王一。

王一微笑着把乔飞按到座位上说：“你这个弟弟，难搞啊。不过我倒是挺喜欢的，现在的年轻人，有知识，有文化，有独立性格。不像我们，我们都是棍棒下长大的。与其说喜欢，不如说羡慕。我像他这么大的时候，满脑子浑蛋想法不敢说出来，憋到最后索性做了个毒贩。棍棒底下出孝子，不也出了我这么个毒贩？”

乔飞一副气急的样子，被王一这么一说，反而笑了起来：“这小王八蛋从小不成器，书读了一半死活不愿读了，爹妈管不住，到这里有他受的。”

“现在是关键时刻，乔梁没什么经验，暂时不用他，让他先待一阵子，缓过劲儿来再说吧。”

两人吃完早饭，王一派人去请的那个刚出狱的朋友已经到了。乔飞看他的面相，年纪应该比王一还要大一些。但昨晚听王一的口气，好像这个人还没他大。这人的身材倒是五大三粗的，比王一壮实得多。乔飞上去和他握手，他那一双大手长满了茧子。

“这是我兄弟乔飞，跟我很长时间了，信得过。”王一话锋一转，又给乔飞介绍道，“这就是我昨晚跟你说的，算是我的患难兄弟了，你叫他老卢就行。以后我们真就是一家人了，这不是客套话，有我王一一口吃的，就绝不会亏待你们。”

乔飞和老卢一起点了点头，三个人在房间里待了一上午。王一列出了他认识的七八个昆明买家，最后挑出两家有实力一次吃进大约一百五十公斤海洛因的人，让乔飞和老卢选。

第一家是做进口木材生意的，另一家是做农产品进口的。当然，这都是用来掩人耳目的，本质上都是贩毒的。最后，乔飞和老卢同时选定了做木材的公司。做木材的老板叫罗虎，据王一说，罗虎的能力更强一些。合作伙伴越有实力就越靠谱，这是大家潜意识里默认的。

事不宜迟，王一虽然不在境外了，但托关系弄几车木材还不是问题。两天后，这些木材就到位了，而且还都是直接从境内的边贸公司买过来的，这样的货看上去疑点要少很多。至于货车，只要按照市场价出运费，很容易就能租到。

这两天里，乔飞和丁卓取得了联系。王一给乔飞和老卢每人在二楼布置了一个房间，他们俩成了邻居。乔飞私下里去找过“乔梁”，单独带他出去吃了顿饭。王一也知道这件事情，不过他并没有多说。兄弟俩要是老死不相往来才奇怪呢，正大光明地出去吃饭，他不会多想。

新来的“乔梁”并不能帮乔飞多少忙，他对王一的情况知道得不比丁卓多，到这里之后，王一并没有让他参加工作。

几天之后，王一把老卢和乔飞都叫到自己房间里，郑重宣布：“我们要出货了，在这紧要关头，不能有任何马虎。我们的成败就在这一次了，成了，带着钱回去，还能从陈培耀手里租到罂粟田；失败了，就没钱，没钱的话，陈培耀看都不会看我一眼的。”

乔飞和老卢都不说话，王一看了两人一会儿说：“别光听，你们谁负责？”

乔飞说：“我可能不行，老卢是老江湖，这活儿他做最合适。”

“乔飞啊，你啊你，你总是这样，谭清晓那些地，我说给你，你非要让给林彩军，出事了吧？”

“不是，老板，我是当着老卢的面，实话实说。老卢对你有恩，对你有恩就是对我有恩，我不能跟他抢功。”乔飞吃定了王一不敢把这件事完全交给老卢去办。老卢做了十年牢，进去的时候还是个贩鸦片的马仔。现在人都换了好几拨了，说他是老江湖是客套，说他是新入行都不为过。但王一也不好说不让老卢做，毕竟这人确实对自己有恩。

王一和乔飞东一句西一句地说完的时候，老卢说话了，他说：“乔老弟，我这把老骨头在里面都待硬了，这刚出来，也不懂大圈子的形势。我跟着王老板跑腿的时候，是十年前了。这十年下来，我都快分不清东南西北了，还是你上吧，我跟着你学。”

乔飞赶紧摆手推辞：“你还年轻着呢，我一毛头小子，也没什么经验。在那边我是收鸦片的，运输我也不懂啊。”

王一等了半天终于等到老卢发话了，他怕老卢反悔，马上说：“我看，老卢负责运输吧，乔飞跟我在一起，负责调控和指挥。至于酬劳，我们都是自己人，拿到钱再说，我不会亏待你们。”

王一这话倒是不假，他不是一个吝啬的人。

当天晚上，五辆货车开进仓库开始装货。所有的海洛因被装进了一根原木里，装有毒品的原木被放在车子最下面，这样过检查站的时候，如果要检查就要动用吊车。这对检查站来说，也是非常难搞的一件事情。

五辆车全部装齐之后，已经是凌晨了。这回王一倒是没有玩什么花样。乔飞看着海洛因被装进那根被掏空了的原木，又看着他们用胶水把原木封口。装好之后，乔飞记下车牌。除了老卢之外，乔飞和王一都没有走，他们俩就在货车上睡的觉。货车四周都是王一的手下，这批货不但是钱，还是王一复出的所有资本，他不得不小心对待。

他们一觉睡到中午。老卢过来说准备出发了。这个时候出发，到检查站正好是夜里。他们要经过两个检查站，过了这两个检查站之后，只要情报不泄露，大体上就安全了。王一给了老卢一沓电话卡和一部手机，让一个手下跟着老卢，但并没有告诉这个手下这次运的是什么货，只是让他听老卢差遣。王一让他们过检查站的时候一定要小心。双方约定好暗号之后，老卢带着车队出发了。

乔飞和王一返回住所，两人都是坐立不安。王一在焦急地等着老卢的消息，乔飞则是发愁怎么把货运的消息送出去。王一一直拖着乔飞，不让他离开自己的视线，这是个非常麻烦的问题。

晚上十点，老卢发来第一条信息："准备翻第一座山。"

这是准备要过第一个检查站的意思，因为第一个检查站设在山垭中间。

晚上十点十五分，老卢发来第二条信息："已经越过一座山头。"

乔飞越来越着急，从第一个检查站到第二个检查站，货车只要两个小时左右的车程。如果这段时间不把消息送出去，将错过最好、最安全的抓捕时机。如果货在检查站被查到，就只能算是运气不好，因为检查站的职责就是检查货物。但如果在路上被拦截，那就说明情报泄露了，乔飞将成为重大嫌疑人。

可能是这批货在王一心里太重要了，以至他像现在这样草木皆兵。乔飞想要出去买包烟，他都不让去。乔飞要喊“乔梁”过来，王一实在被乔飞逼烦了，说：“等货车过了检查站再说。”

王一已经把话说得很明白了，无论如何就是不能走，他只差说不相信乔飞了，只是不太好说出口而已。

随着老卢的第三条短信“现在渡江”发来，乔飞知道最好的抓捕时机已经过去了。第二个检查站依然没有查到这批原木，因为夜间检查重大货物的难度实在太大了。依然是十五分钟后，老卢发来短信：“渡江成功。”

王一重重地叹了口气说：“大体上安全了。”

乔飞也跟着叹了口气说：“是啊，过了检查站就是一马平川，再过几小时，我们应该就能收到钱了。”

王一大笑了一声说：“过了检查站，如果再被查就是我们出内鬼了。不过知道这批货的只有三个人，不会有事了。”

乔飞也跟着笑说：“放心吧，罗虎的两千万块钱，肯定是进我们的口袋了。”

“好了，也不早了，咱们俩都赶紧去睡一觉吧，不要睡太死，七个小时之后，钱就到账了。”

“好，那我先过去了。”

王一微笑着点了点头。乔飞目前又陷入了两难的选择，如果现在把车牌号汇报上去，一旦货物被打掉，王一首选的怀疑对象就是乔飞。以这批货在王一心中的分量，他不会顾及任何情面。

他同样没有太多思考衡量的时间，在经过一楼走廊的时候，他又看见那间房子里有一群人在赌博，其中有乔梁的身影。乔飞的脚步停在窗前，牙齿暗暗咬着，做出这个决定，绝对是需要勇气的。

但乔飞还是走了进去，到乔梁身边，一把抓住他的手，把他拖到门角，见四下无人，他小声地说出了要传递的情报，包括押车的老卢、货物数量、车牌号、目的地。说完这些之后，乔飞朝他屁股上踹了一脚，念叨了一句："还不给我滚回去睡觉。"

这时，王一也从房间里走出来，正好看到乔飞踹乔梁那一脚，赶紧说："你看你，你看你，你又打他，小孩子玩玩能有什么事？"

乔飞没有说话。远处，王一的手下看着这兄弟俩，碍于乔飞的地位，没敢多说什么，但每个人都憋着笑看着乔梁，大半夜发生这一幕，倒是能够给站岗的人提神。

"乔梁"相对自由得多，他回到房间没多久，就又出来了，对站岗的人说要出去吃夜宵。他有吃夜宵的习惯，每次回来还会给这些人带一份，所以哨兵很自然地就放他出去了。

他有手机，但他担心被王一监控，只能在外面找个公用电话给丁卓传递情报。

深夜，侦查组除了一个站岗的，其他人已经全部进入深度睡眠了。宿舍里的警笛以非常快的频率闪动，同时响起急促的蜂鸣声，声音不大，但那个节奏令人不自觉地从床上弹起来，起来的一瞬间，裤腰已经抓在手里，顺带把裤子提上。

三分钟后，侦查组全员已经在多功能室就位。我们的脸上并没有疲态，盯了这么久的王一终于行动了，久违的猎物使我们感到兴奋。

情报非常详尽，车牌号、出发点、目的地都很清楚。乔飞是一个出色的情报人员，抓这种车和货简单得不能再简单了。

动手的时机非常重要。情报错过了两个检查站检查的时间，如果半路拦截，乔飞就有暴露的危险。我们考虑过在抓捕货车的时候，同时打掉王一现在的老巢。但算了一下时间，发现这是一件做不到的事情。

一百五十公斤海洛因，这是极大的诱惑。只要立即行动，我们就有绝对的把握把这批货收入囊中。但我们不能这么做，于情于理，都不能让乔飞和“乔梁”身陷危局。在明知道货车已经过了检查站的情况下，他们还把情报传回来，这不只是一份情报，还有乔飞和“乔梁”对我们的信任。

不能让这批货砸在老卢手里。至于接货的罗虎，我们连夜找到昆明的人，查清了他在仓库区租用的两个仓库。至于罗虎本人，我们的人一时半会儿还没搞清楚。

“搞不清楚也要上！赵向宁留下，负责与‘蜘蛛’联络，一旦联系上，立即告诉他，任务已经完成，‘蜘蛛’和‘Q3’立即撤离。目标我们再另外想办法。”丁卓下令之后，侦查组分成三组，每组配一个机动班。九辆不同型号的越野车驶出营区大门，车上是人员和武器，还有裹尸袋。

几小时之后，在高速公路出口守株待兔的我们等到了老卢的货车。

老卢的货车很快开进了城，在城里绕了两圈之后，开进了一个仓库区。现在天刚刚亮，仓库区只有一些鸟儿在头顶乱叫，还有一些清洁工推着车，在清扫地面上留下的垃圾。现在的车子不多，货车开进的速度很慢。我和包图徒步前进，扮成生意人远远地跟着货车。

那是一大排仓库。老卢带领的五辆货车分别在附近的五个仓库前停下。我们盯死的只是老卢的车。那辆车所停的仓库门口前面就停着吊车和叉车。仓库里走出的工人和老卢简单地交谈了几句，开始用钢丝套上原木，再用吊车把原木卸下来。所有的原木都堆在仓库门口，一共二十根，一直到最后一根的时候，吊车把那根原木放到了门口的叉车上，运回仓库。

老卢跟着对方进去。根据判断，他是进去验货了。在里面没耽误多久，他就出来了。这时，包图在通话器里问丁卓要不要动手。丁卓说："秘密抓捕老卢，等他出了城再动手，绝不能让罗虎的人看到我们抓捕老卢。"

老卢和罗虎的人交谈了几句，就带着一个手下开着一辆轿车离开了。通话器里，丁卓指挥罗K带领的第三组追上去。

剩下的两组一直没有动，等了一个多小时，仓木门口的那些原木全都运进去了。丁卓给罗K打了个电话，指示他马上动手。

罗K带着另外两辆车跟着老卢的车很快就出了昆明，一直走了几十公里，他们才把老卢的轿车逼停在路边。

穷途末路的老卢和手下马上下车，翻下路肩往旁边跑去。罗K带人追上去，一边鸣枪示警，一边让他停下。

老卢停下了，但他转身就开了一枪，不过没有打到人。老卢开枪绝对是一个错误的选择，这个举动直接令他丧命。罗K见老卢转身举起手枪，喊了一声"卧倒"，然后老卢的枪就响了，紧接着，罗K和机动班大部分人的枪都响了。

老卢和那个手下当时就倒下了。罗K指挥人把两具尸体分别装进两个裹尸袋，然后向丁卓报告这边的情况。丁卓对罗K击毙老卢这件事情非常意外。老卢被当场击毙，无疑又增加了乔飞的嫌疑。但丁卓并没有多说什么，只是让他们迅速撤回。

我们剩下的两组人已经开始对罗虎的两个仓库进行清查了。我跟着丁卓检查存放原木的仓库，陈海带着另外一组人清查了另一个仓库。

一切似乎都很顺利。我们很快就在仓库里发现了已经取出来的一百五十多公斤海洛因。这个数量在那一年是全国最多的一次。

仓库里所有的人都被逮捕，在他们被塞进车里的时候，陈海在通话器里喊丁卓过去。两个仓库相隔不远，丁卓带着我一路冲了过去。那个仓库的人也已经全部被抓获。陈海站在仓库里面，他的面前放着一大摞砖块样的东西，看包装也是海洛因。

我和丁卓走过去。陈海说："清点过了，八百六十块。"

丁卓当时有点儿不敢相信地问："抽查了吗？"

陈海点点头说："抽查了十块，全是四号，应该没跑了。"

"全部运上车，机动中队的人马上就到，这里暂时交给他们接管。我们现在马上回去，先处理王一那边的事情。罗虎的事情不是一天两天的，先回去查查他的背景。"

我和丁卓走出仓库，陈海开始带人搬运这些毒品。

走出去之后，丁卓问我："八百六十块，是多少公斤来着？"

我在心里仔细算了两三遍，看那样子应该是三百五十克一块的规格，如果规格准确的话，就是三百公斤左右的毒品。

算出数量之后，我和丁卓都倒吸了一口凉气。丁卓说："这个罗虎，够得上碎尸万段了。"

我们收拾好一切之后，昆明驻扎的机动中队也到了，这两个仓库由他们接管。因为他们的驻地在这个城市，要方便得多。

我们开车返回，在回去的路上，没有人感到兴奋。即使是这种惊天大案，也没什么值得庆祝的，现在最值得关心的是乔飞和“乔梁”。丁卓给赵向宁打电话问了情况。赵向宁说信息已经发了出去，但没有收到回复。

丁卓的脸上冒出了汗，巨大的压力使他的面部肌肉始终扭曲着。

我们从这次行动开始，就失去了王一那边的所有消息。派在王一住宅周边监视的人汇报说，王一的住所没有任何动静，院子的大门也不曾打开过。

最后的挣扎

王一那边，最开始他接到了老卢的电话，说交货顺利，现在正在返回。紧接着，王一又接到了罗虎的电话，说款项已经分二十八个账户分别汇出。王一亲自查了账户，罗虎并没有撒谎。

但很快，他又接到了罗虎的电话，电话里，罗虎把他一顿臭骂之后，说自己一次损失了四百五十公斤海洛因。这个数量，足以让联合国禁毒署为之侧目。罗虎说，查缉这批货的缉毒人员就是王一这批货招去的。王一立即控制了身边的乔飞。乔飞没有反抗。

王一对乔飞、乔梁两人一顿质问。但乔飞只是面无表情地说清者自清，而乔梁彻底崩溃，表示什么都不知道，并求王一让他回家找爸爸妈妈。

王一不再把时间浪费到乔飞和乔梁身上，现在令他感到恐惧的是自己已经无路可逃了。境外暂时去不了，而境内其他地方，他的根基都不太深，并没有完全值得信任的人，所以他并不打算离开瑞丽。内地他是万万不敢去的，在边境还有地理上的优势，到内地如果被盯上就真的插翅难逃了。

他带着乔飞和为数不多的几个手下，开车从后门离开了。王一逃跑是有些本事的，他坐的是三辆车里最破旧的一辆。三辆车在路上几次分开走不同的路，尽可能地甩开那些有的或没有的跟踪者。

丁卓带着我们回到驻地后，先把海洛因入库，交给鉴定部门去鉴定。而我们要着手处理乔飞的事情。

两个裹尸袋从车上搬下来的时候，丁卓拉开其中一个，里面躺着老卢。丁卓看了一下伤口，往罗 K 那边看了一眼说："你们这是开了多少枪？"

"不知道，当时是他们率先开枪，然后大家反应都很快，差不多每人开了一枪吧。"

丁卓把右手放到头上使劲儿抓了几下，满腔怒火却硬生生地憋着，尽量用平静的语气说："'蜘蛛'和'Q3'现在已经失联，很可能是被控制了。他们绝不能出事，要不惜一切代价救出他们，或者为他们清除障碍。做完这些，我们才能讨论抓捕王一的事。"

"我们直接抓捕王一，强行把人救出来。这样虽然有点儿冒险，但最有效。"赵向宁一直以来就是这样，出发前丁卓给他的任务是联系"蜘蛛"，他没有联系上，总想着来硬的。

"'蜘蛛'和'Q3'现在在王一手上。这时候动手太冒险了，我们冒险，'蜘蛛'危险。我们不能这么冒别人的险。"丁卓坚决不同意现在抓捕王一，我们也不再提这个建议。现在确实是抓捕王一的最好时机，但不能拿别人的生命开玩笑。

此时，王一车队里最豪华的一辆车开到了山里，车上有王一的四名手下。他们把车子丢弃在边境线附近，然后徒步返回去找王一。这是王一给我们设的一个局，要造成他已经潜逃境外的假象。但他在出逃前就已经被盯上了，这点儿把戏自然没有任何作用。

王一的另外两辆车转移到一处庄园。庄园很大，大约四米高的院墙使它像一座密不透风的监狱。从大门一眼看进去，就知道这里荒废已久，一层厚厚的落叶把路面彻底盖住。这里一共有南北两道大门，因为长期无人，南门的锁都快锈住了，王一的人费了好大劲儿才打开。里面有一条南北向的主路，两侧是茂密的树林，树林中有很多纵横交错的小道。

刚进南门，乔飞就看到东南角和西南角各有一座像岗楼一样的建筑，不知道度假区修这么个建筑有什么用。正中央还有一个小院子，院墙一样很高，不过已经可以看到里面的建筑了。看房顶就知道这是一座年深日久的老式灰楼，乍一看像政府大院。两辆车开进去后，才看清它的全貌，一共四层，每层大约二十间房子，每层楼的前面都有一道走廊，风格与二十世纪八十年代末建的那一批中学很像。王一的车队一路开进来，这条主路从灰楼中间贯穿过去，直通北门。而北面的样貌几乎全盘复制了南面，也只有树林和两个岗楼。

这里以前是一家边贸公司经营的度假地，由于经营不善，被用来抵债，转给别人准备开发房地产了。不知道为什么，几年过去了，也没有动静。王一正好认识负责这里的人，就托人把这里暂时租用了。他多年前还是个小毒贩的时候，就来过这里，对这里非常熟悉。这个城市的每个人都知道这里，但又全都遗忘了这里。这是最显眼的地方，也是最容易被忽略的地方。它就像你每天上楼时走的楼梯，你知道那里有楼梯，但你很少会留意这楼梯有多少级。

王一在这里安顿好之后，马上和罗虎取得了联系。境外得罪了陈培耀，境内得罪了罗虎，王一绝对跑不掉，唯一的办法就是和罗虎谈。罗虎坚持要求王一把这两千万块钱还回去，还要王一承担另外三百公斤海洛因的损失，前前后后，王一恐怕要出六千万。现在，王一就是有一台印钞机，一时半会儿也印不出这么多钱来。

和罗虎谈崩了之后，王一将所有的怒火发泄到了乔飞兄弟俩身上。在走投无路的王一看来，怀疑乔飞是卧底不需要任何理由，而证明乔飞的清白才需要理由。他能做的就是不停地派人殴打乔飞。乔飞和“乔梁”整整被折磨了一天，到傍晚的时候，两人依然被吊在房子正中间。为了让他们看清自己的样子，王一在他们面前摆上了一面大镜子。乔飞看着镜中的自己，想起了当初林彩军被大钟折磨时的样子。

“也许今天晚上我也会死在黑枪之下吧。”他心里想到了谭清晓，想到了林彩军，想到几个月前他们三个刚到这里，还都是那么简单的人。但现在一切都不同了。他看着自己缺了小拇指的右手，从自断手指开始，他就一直在质疑自己的选择，好像所有的选择都是错误的。

王一确实对乔飞和“乔梁”失去了耐心，人他是一定要杀的，但每人给一枪好像便宜了他们，所以才把他们吊起来打。他也没想要从乔飞和“乔梁”嘴里得到什么，只是想让他们承认自己的特情身份。王一是偏执的。乔飞越不承认，他就越想让乔飞承认。整整殴打了一天，乔飞伤痕累累的身上被撒上了盐巴。最残忍的是，乔飞左手的小拇指被王一的手下用刀一点点地削光了。疼痛使他数次昏过去，醒来时看到地上渐渐腐烂的肉片，几乎又使他昏了过去。这一切没有将乔飞击倒，以前右手的小拇指时常使他感到自卑，现在左手的小拇指被人一点点地削下来，这是对身体和精神的双重打击。无论这打击来得有多猛烈，仍然击不倒一个有着钢铁意志的人。乔飞不会承认，他觉得自己一定要活着去见谭清晓。

晚上，王一又给罗虎打了电话。王一始终拒绝承认缉毒人员是自己招来的，而罗虎则咬着这件事不放。王一是不可能承认的，因为承认之后不但要赔钱，而且以后也很难有人愿意和他做生意了。

罗虎在电话里哼了一声说：“武警的人绝对是你们招来的，你不承认也没用。这批货你不负责，以后你就别想走货了。”

罗虎的话不是开玩笑。都是在这里贩毒，罗虎在边境上也是个响当当的毒贩，他有能力折腾王一，特别是现在王一也去不了境外。

王一反驳道：“我的人都很可信，怎么会招来警察呢？货是我从境外带进来的，也没有任何问题。肯定是你早就被盯上了。给你送货的老卢现在都联系不上，那是我十几年的兄弟，现在被你连累了。我不找你就不错了。”

罗虎气急反笑说：“你跟我扯什么呢？老卢根本就没有被抓。我这边都查清楚了，那天武警部队早就到现场了，一直等我的人卸货，他们在旁边看着也不动手。交易完之后，老卢和你的另外一个手下开轿车走了，之后武警部队才动手。他要不是武警的人，怎么会等他走了再动手？”

王一听到罗虎这么说，也觉得这件事情有蹊跷。不过他也懒得查了，反正老卢现在也回不来了，乔飞现在也没办法证明自己是清白的。王一觉得这么做比较省事：“我的人我自己清楚，你就不用管这么多了吧？”

“好好好，你的人我管不着。但我的钱和货你得负责，这么大的损失不能让我自己承担！”罗虎也懒得管王一这一摊子事，他只想找回自己的损失。

王一又开始打太极，说了一句“我们有时间坐下来好好谈谈”，就挂了电话。

王一知道罗虎的话有一定道理，但他的内心里拒绝承认老卢是卧底。他也不想再查下去了，查出来又怎么样呢？反正找不到老卢了，乔飞也已经这样了，杀了乔飞，一了百了，也算给自己一个交代。

王一和罗虎的通话内容被我们的人记录下来了。他和罗虎通话的时候，我们也在紧张地布置计划。

侦查组很快就拟订了计划，和单位的领导一起开会决定。因为这个计划需要很多部门的配合，必须征得领导同意。但这个计划有一些争议，有人认为这样会影响部队的声誉，从道德上来说也有一些瑕疵。甚至有人说，闹大了会被追责。

最后还是丁卓拍板。他已经是准大队长了，他的话是很管用的："前面说的这些问题是存在的，但都是小节，我们只要达到目的。后面如果需要有人负责，那么这件事我负全责。"

话是这么说，不过真追责下来，可不是谁愿意负全责就能负全责的。但丁卓已经表态，其他人也不好说太多。

会议结束，丁卓带着侦查组的人去看了老卢的尸体。他盯着地上老卢的尸体看了一会儿说："陈海，你去让内勤编个故事，就说老卢在狱中被我们策反，成为我们的特情，为了不引起毒贩的怀疑，故意没有给他减刑。他出来之后帮我们办了一起大案，办案过程中被贩毒的同伙发现卧底身份，遭到同伴枪击，不幸牺牲。"丁卓停顿了一下，继续说，"定稿之后发给我看。让支队宣传科想办法发到网上，尽量引起媒体注意，正规媒体会来找我们核实情况。他们核实情况的时候，要否认老卢是我们的特情，就说因为保密纪律，不方便多谈，但相关的案件已经结案，我们的特情人员已经撤回。同时准备一篇辟谣文章，先不发，等破案之后通过正规媒体发出去。"

"是。"陈海答应之后朝内勤跑去。

“侦查组带上老卢的尸体，跟我去芒市。”丁卓往车库走去。芒市距离瑞丽只有一百公里左右的路程，时机一到，我们可以以最快的速度到达瑞丽，抓捕王一。这一百公里是留给王一心理上的安全距离，逼得太近，我们怕他逃走。

第二天一早，芒市殡仪馆里，穿着军装的人来来往往地忙碌着。老卢可能不是世界上死得最风光的毒贩，但绝对是死得最一身正气的毒贩。巨大的黑白遗像挂在悼念厅里，老卢的尸体躺在冰棺里，虽然没有盖国旗，但四周摆满了鲜花。悼念厅里，巨大的横幅上写着“卢进烈士永垂不朽！”，门口挂着挽联“浪子回头一腔热血感天地，悬崖勒马忠肝义胆泣鬼神”，有士兵二十四小时为他站岗守灵。

当地驻军的很多军官过来悼念这位“烈士”，但场地是严格保密的。上午，灵堂刚搭好，陈海就打来电话说，有媒体找宣传科求证老卢是不是特情人员，宣传科按照约定的说辞，否认了这件事情。紧接着，陈海扮成群众，给各家媒体打去电话，说网上关于老卢的消息是真的，部队已经在芒市秘密给老卢举办追悼会了。

陈海这个电话，令很多当地媒体纷纷派人到芒市殡仪馆求证。但他们都被卫兵挡在了外面，卫兵对记者提出的所有问题都不予回答。记者们也没有办法，因为这么严肃的事情，部队不愿说肯定有原因。涉军的消息又不能胡乱报道，当然也不能偷拍报道。

又过了一天，当地有一部分报纸开始出现辟谣消息，大致就是记者根据网上所传消息向边防部队求证，被部队否认了。有消息指出，边防部队在芒市殡仪馆举行了追悼会，记者赶赴芒市求证，发现确实有边防部队人员在此举行追悼会，但现场被封锁，不知道死者具体是谁。

报纸出来的时候，王一还坐在家里思考怎么对付罗虎。他没有心情上网，更没有心情去看报纸。罗虎说要来找他，这让他坐立难安。至于乔飞和乔梁，他早就准备杀了，但又觉得把他们交给罗虎处置比较好。反正他要钱没有，把乔飞交给罗虎，让他自己找乔飞要去吧。

我们做出这个消息，就没打算王一能第一个看到。但罗虎一定会看到的，因为贩毒的圈子里，总有人非常关注这些新闻，也会互相通报。根据前面监听到的罗虎和王一的对话，罗虎知道这个消息之后，一定会通知王一。这个判断是正确的，因为还没到中午，我们就拦截到了他们的一个电话。

罗虎："我就说老卢有问题，你还不信，你是不想承担责任吧？"

王一："老卢宁肯坐十年牢都不肯供出我来，怎么会有问题？"

罗虎："我告诉你吧，老卢被你那个手下发现是卧底，他把老卢打死了。现在边防部队正给老卢开追悼会呢。"

王一："你当我是三岁小孩啊，卧底还能开追悼会？"

罗虎听到王一的话，开始大笑。他想要卖弄一下本事，所以并没有告诉王一互联网和报纸上的消息，只是说："你弄不到的消息，我能弄到。你派人去芒市殡仪馆看看就知道了。不过，追悼会是他们内部秘密搞的，不对外开放，一大群记者都被挡在外面。我在芒市的兄弟在远处用望远镜看到的——'卢进烈士永垂不朽！'等过几天我去找你的时候，把照片带给你看，你就不要再抵赖了。"

王一有点儿惊讶："你没有骗我吧？"

罗虎："你自己派人带着望远镜去看看就知道了。"

三四个小时后，王一派出去的人说，殡仪馆确实守卫森严，举行追悼会的地方不准任何人进出。但他们带回了用望远镜在殡仪馆外拍下的照片，有老卢的名字，也有他的遗像和条幅。

王一看到这些东西，就对老卢破口大骂。但他更急于解决的是乔飞的问题，现在的证据证明了乔飞的清白。王一不是变态杀人狂，原本他不打算查下去，直接杀了乔飞，算是给自己找一个具有确定性的答案。现在这个确定性的答案来了，卧底是老卢。至于乔飞，王一陷入了两难的纠结中。杀了乔飞，显然有些过分，但都把他折磨成这样了，不杀又不好下台。

乔飞浑身是伤，坐在地上，面前到处都是血。他的精神倒是不差，一眼就看到王一进来了。

王一走到乔飞面前，看了他一会儿，问："乔飞，你有什么想对我说的吗？恨不恨我？"

乔飞看了王一半分钟，用沙哑的声音给了王一一个特别务实的回答："有人是卧底，货丢了，我有责任。你要杀我，我无话可说，谈不上恨你。谁让我之前要跟着你呢？但死之前我要把话说清楚，我不是卧底。说清楚这一点，死就死了。但乔梁跟这件事情没有任何关系，你放过乔梁吧，他还是个孩子，什么都不知道。"

哪怕是王一这样一个恶贯满盈的人，也总是个人。乔飞毕竟救过他的命，和当初的大钟一样。他现在还能够考虑东山再起的事情，那是乔飞给他争取到的资本。现在看到乔飞这样，终究还是觉得对不起他。最主要的是，他突然想到有一件事要让乔飞去办，现在他身边没什么得力的人，只有乔飞去最合适。他说："你跟了我这么久，我怎么忍心就这么把你杀了呢？算了，不管你是不是卧底，我都不追究了。赶紧起来，把伤口处理一下吧。"

不管怎样，乔飞和"乔梁"获得了自由。王一专门请人做好了饭菜，请他们吃了一顿，甚至给他们道歉。王一自己也已经到崩溃的边缘了。

现在罗虎咬着不放，要和王一谈判。

王一自顾自地吐了一大堆苦水，最后说：“这个罗虎，一步都不让，他再这么折腾下去，我拍拍屁股走了，他不也没办法？”

乔飞和“乔梁”两人都不说话，只顾低头吃饭。王一看着他们说：“你们倒是说句话啊。”

乔飞抬头说：“老板，你让我做什么都可以。但这件事我不知道怎么办，全听你的。以后我就给你当个打手，打架我可以，但我管不了大事，万一哪天再有情况泄露，我们兄弟俩可扛不起这么大的罪过。”

“乔老弟，你这话就见外了。出了这么大的事，我有点儿猜疑也是正常的。你理解一下哥哥，虽然你们吃了点儿苦，但我不也没想杀你？这要换成别人，有十个头都被我砍了。”

“老板，你放我一条活路吧。我没有什么大志向，你要愿意放我走，我现在就走；你要不愿意放我走，就让我在你手下打杂吧。卖命的事我敢做，但给你当副手，我是万万不敢了。我不能好了伤疤忘了疼啊。”

“好了，不要再说了。你继续当你的队长，这件事情就这么过去了。乔梁先等等，我们现在的形势非常不好，等以后再给他安排事情。”王一见到乔飞发脾气，其实心里是很受用的，如果受了这么大的委屈还没脾气，那他就该防着乔飞了。但他不想把时间浪费在这种事情上，所以语气一下子严肃起来。

乔飞见王一想发火，做出一副退让的样子说：“那现在是什么情况？”

王一说：“现在我们卖给罗虎的货丢了，罗虎自己囤了三百公斤的货，也被边防部队顺手打掉。罗虎查到了老卢是卧底，现在责任全是我的，他咬着我退这两千万块钱，还让我赔他自己的三百公斤货。我现在恐怕是做不到。”

“做不到我们就跑吧，两千万块钱够我们重新起家了。中国也不安全，你看一到星期天，满大街都是穿军装的。我看到这些人就想跑。”乔飞一边吃，一边漫不经心地说。

听乔飞这么说，王一明显有点儿不高兴了，他说：“跑到哪里去？我在国外连个正式身份都没有，外面有陈培耀，里面有罗虎。他们一旦安排人举报，把我以前做的案子抖出来，中国向国际刑警发的红色通缉令马上就来了，我们俩都跑不掉。现在只有‘独立军’的地盘才是最安全的，那是片法外之地。”

“唉！”乔飞听出了王一语气里的不悦，放下筷子，深深地叹了口气。

接着，王一说出了他的真实想法：“和罗虎谈判，就离不开陈培耀从中帮衬，不然罗虎一定狮子大开口。只要陈培耀说话，事情就好办多了。毕竟罗虎只是在昆明贩毒，大部分货源都在陈培耀手里，他清楚陈培耀的本事。现在最要紧的，是和陈培耀的关系。”

乔飞用衣袖擦了擦嘴巴：“你不是说只要有钱，就能拉拢陈培耀吗？我们现在有两千万，不少了，他的胃口再大，把这么多钱拿给他消消气还是没问题的吧？”

王一摇摇头说：“钱是不少，但这两千万全吐出去，我们就什么都没了。到时候如果没钱，陈培耀就不会把罂粟地承包给我们。”

乔飞笑了笑，看着王一：“王老板的意思，是让我去找陈培耀？空手套白狼把他争取过来？”

“也不是空手套白狼，我可以给他五百万。只要他肯帮我把罗虎这件事摆平，以后我承包他的地，该多少钱就出多少钱。”王一的目的被乔飞一语道破，觉得非常不好意思。

“怪不得把我放出来了。”乔飞几乎要笑出声来，“我既然跟了王老板，自然要听你的差遣。但五百万是绝对请不动陈培耀的。”

“五百万最高了，罗虎那边多少还要赔点儿。请不来也没办法，等两天吧，你身上还有伤。虽然这件事很急，但不能委屈了你。”

“都是些皮外伤，不耽误的。很急的话，我今天晚上就动身，明天就能到陈培耀那里。我这一去，就不一定能回得来了。凭运气吧，我要是回不来，‘乔梁’就拜托给你了。我不想让他贩毒。他虽然跟着我们到现在，但手还是干净的。我希望王老板能放他去过正常人的日子，他不适合干这行。”

王一被乔飞这一番话说得直点头：“你放心，我保证安顿好他。”

交谈结束后，乔飞和“乔梁”一起去处理了伤口。路上没人的时候，“乔梁”告诉乔飞已经和丁卓联系上了，丁卓让他们立即撤离。但乔飞没有同意撤离。乔飞让乔梁转告丁卓，千万不要动手，大鱼还在后面。

晚上，乔飞就出发了。王一派车把他送到边境。他步行偷越国境，成了真正的自由身。王一要从境外找朋友来接他，被他随便找个理由拒绝了。但还是有人来接他。

开车来接乔飞的是小唐，两人见面后不免一番叙旧。之后，乔飞让小唐向丁卓转达了他的打算。小唐最后疑惑地问：“陈培耀能答应去中国吗？”

“恐怕不会答应吧，当年杨茂贤被抓之后，这些人就不敢再去了。陈培耀这辈子都没去过中国，为了一个王一，他应该不至于冒险。”

“杨茂贤当年死得不冤。杨家的人倒是挺有意思的，公开说要拿钱赎他。谁敢收这钱呀？赎回不成，他们又把小钢炮架到中国国门前威胁，没见过这么作死的。”

“这些贩毒的一个个看上去见多识广，又是参谋长，又是总司令的，听着很风光，其实这些人可能长这么大都没出过山，那点儿山野见闻不算什么见识。稍有点儿见识的也不好意思弄一门小钢炮威胁一个国家。”

小唐一边开车，一边和乔飞闲聊，最后他问：“既然确定了陈培耀不会去，你这次冒这么大的风险去找他干什么？”

“陈培耀不去没关系，他愿意派人过去主持王一和罗虎的谈判就行了。这个罗虎是昆明一害，藏得特别深，这次被找出来不容易，再让他潜下去就难抓了。”

小唐把乔飞送到城里，自己开车走了。乔飞找到一处公用电话，给陈培耀打了一个电话。

开始是陈培耀的手下接的。乔飞自我介绍之后，手下向陈培耀转达了乔飞想见他的意思。陈培耀开始是拒绝的，最后听到乔飞说要给他五百万，陈培耀才让手下告诉乔飞，让他过来当面谈。

乔飞租了个车赶往指定地点，那是一个豪华的大院，像一座小型的皇宫。这是陈培耀的住所，四周的山头上隐隐约约可以见到岗楼。接待乔飞的不是陈培耀，而是一个穿着军装的中年人。那人自我介绍说是个参谋，叫鲍家成。乔飞当时就想到了刘昌。

两人的谈话很快进入正题。对方一听乔飞说让陈培耀去中国，立即就拒绝了，语气很坚决。鲍家成还让乔飞带话给王一，让他趁早跑路，只要再踏进这里一步，一定让他死得很难看。

乔飞没办法，他告诉鲍家成，给五百万，外加一吨鸦片。其实乔飞手里没有一吨鸦片，但几百公斤总是有的。这些鸦片是乔飞之前埋起来的，王一以为他交给了大钟。

鲍家成一听这话，立即就来了精神。因为杀了大钟之后，王一逃跑了。陈培耀派鲍家成清点了大钟留下的鸦片，然后又算了算王一那些地的产量，发现少了很多。陈培耀一直以为是被鲍家成贪污了，没想到在乔飞手里。即使是对陈培耀这个级别的人来说，一吨鸦片也是极具诱惑力的。

鲍家成为了洗清嫌疑，马上打电话给陈培耀，汇报了乔飞说的那一吨鸦片。乔飞坐在旁边，看到他的脸上写满了兴奋。想来也是，这些天他饱受怀疑，现在终于洗清了，这是件值得高兴的事。但他没高兴多久。看在一吨鸦片的份儿上，陈培耀勉强答应派一个手下去中国主持王一和罗虎的谈判，派的人就是鲍家成。至于他自己，他说，即使给他一吨四号白粉也不愿去。十多年的时间其实不长，在很多人心里甚至像是昨天发生的事情。十多年前杨茂贤的被捕，让这些人至今心有余悸。

乔飞只能勉强答应。陈培耀让乔飞先给鸦片和钱。乔飞手里的鸦片根本就不到一吨，现在给就直接露馅儿了，况且自从大钟死了之后，乔飞并不打算让王一知道这些鸦片的存在。乔飞说服陈培耀的理由很简单，他说："我们要是想跑，何必来找你？既然我们想和你恢复关系，以后还想从你手里承包点儿地，肯定就不会跑的。还有，这批鸦片是我当时没来得及交给大钟的。王一不知道这批货的存在。现在全部给你，但你不能让王一知道我给了你这些鸦片。他现在缺钱，知道了估计不会同意全都给你们。"

陈培耀确实不担心王一和乔飞赖账，这两个人以后还得靠着他的地生活呢。陈培耀手里就是地多，只是他有军队背景，不方便亲自打理，承包出去是最好的选择。所以，陈培耀答应这次事情平息之后，把王一以前承包的地再次承包给王一。

乔飞告诉陈培耀王一想要的谈判结果，王一愿意给罗虎五百万块钱，以后每年给他三百公斤鸦片，一直给三年。陈培耀觉得这个条件并不过分，罗虎应该会答应。双方很快谈好，鲍家成打算明天晚上入境中国，让乔飞先回去准备。后天谈判，谈判结束后他立即返回。

结束之后，乔飞就回去了。他没有再和小唐见面，因为在这里不知道谁会是陈培耀的人。晚上，乔飞一个人从边境线入境中国。有一段山路需要步行，下山之后有车在那里接他。走到一半，乔飞坐在路边，看着缺失小拇指的双手，失声痛哭。最困难的时期已经过去，苦难快要结束了。可是他只想哭，长期的精神压力几乎将他压垮。对他来说，尽情地哭上一场就是最大的享受了，这或许是几个月以来他最轻松的时候。

当天夜里，乔飞回到王一暂住的庄园，汇报了此行的结果。虽然没见到陈培耀，也没有请到陈培耀，但花五百万能让陈培耀派个人来也不错了。对罗虎来说，陈培耀派来的人和陈培耀本人差别不大，因为都是他惹不起的。就像对一只蚂蚁来说，被猪踩还是被大象踩一点都不重要，反正自己都招架不住。

王一前后联系了七八个朋友，这些人有贩毒、贩枪的，有开赌场的，甚至还有一个是做炸药的，炸药一部分卖给一些黑矿，但多数卖往境外，发战乱财。这些人答应借给王一一些人，前后算算，一共能凑六十个人。事关面子，以后还要和罗虎做生意，不能给他一种光杆司令的感觉。

乔飞和另外一个人去接这六十个人。乔飞本来以为能接到三十个人，但最后只接到二十个。那个卖炸药的告诉乔飞，说现在人手出去送货了，让乔飞明天上午来接人。乔飞也没说什么，带着人就回去了。

王一早就想好了这六十个人的分配，让乔飞带三十个人负责外围，剩下的三十个人跟着自己在内院警卫。最后说到“乔梁”的时候，乔飞想让“乔梁”跟着自己，但王一说让他在内院有事，乔飞也不好多说。

傍晚，乔飞简单地了解了一下自己手下这些人。为了让他们熟悉整个庄园的情况，乔飞带着他们走遍了外院的每一个角落，外院四个角的岗楼上，乔飞分别指定了一个人站岗，当然，这要明天才会实施。

外院走完之后，乔飞又带着人去了内院，路上看到王一，乔飞说为了防止意外，先带他们了解一下大楼的结构。王一点点头，没有再说什么。

乔飞先带他们到楼顶，俯视一下整个院子的全貌，然后从四楼往下，一直看到一楼。这里的房间除了用于暂时居住的五间房，其他全都被锁上了。门锁上全都披着一层铁锈，但窗户没有窗帘，可以看到里面遗留的一些落满灰尘的家具。

二楼逛完到一楼，他们像之前一样从大楼中间的楼梯下来，到一楼之后直接往西走。乔飞走在最前面，走到最西侧的时候，他觉得最西侧的一间房门有哪里不对，仔细一看，才发现那是一把新锁。再看一眼，发现这间屋子的窗子是有窗帘的，看上去是一条被单挂在里面，不过一眼就可以看出是新挂上去的。现在用于居住的五间房都是把原来生锈的锁砸了住进去的，也没有换新锁，因为本来也没打算在这里常住。现在这把新锁是做什么用的?

乔飞怕身后的人看出什么来，也没敢停留，带他们很快地逛完之后，就让他们回到外院的临时帐篷里了。

吃完晚饭，王一和乔飞确定了一下明天谈判的细节后就去睡觉了。这么多天的折腾，王一也很累，他每天晚上都要吃一种叫右佐匹克隆的安眠药才能睡着。这种药的效力很强，吃下去只要十分钟左右就能睡着。

王一睡了以后，乔飞回到自己的房间，把这里的建筑结构简单地画到纸上，又写了一些庄园的人员配置情况。“乔梁”后半夜要将这些东西送给外面的人。

做完这些，用了一小时左右的时间，乔飞起身，走到一楼最西面的那个被新锁锁上的房间外。这是一把简单的挂锁，简单得甚至让乔飞对它失去了兴趣。如果这房间里有什么秘密，王一怎么会用这么简单的锁呢?

乔飞转身离去，很快又莫名其妙地觉得懊恼，仿佛自己犯了什么不可饶恕的错误。乔飞觉得可能是那把锁引起的，越复杂的锁安装起来就越困难，也许是王一来不及准备呢? 他又回去，这种简单的挂锁，他可以用铁丝轻而易举地打开。

乔飞打开挂锁，拿出手电，用手捂住光源，只从指缝里露出一点点光。整间屋里空荡荡的，除了地上的灰尘，什么都没有，不像是藏着什么惊天秘密的样子。

乔飞看到窗帘下的地面上有很多乱七八糟的脚印，他把指缝打开一点儿，手电的光一下子亮了很多。他看到地上的脚印是从门口进来的，只有两个方向，一条通往窗户，另一条通往房间的西北角。

通往窗户的脚印是安装窗帘时留下的。乔飞的注意力放到了西北角的脚印终点，他小心翼翼地走过去，快到旁边时才看到那里的地上有一个长度大约一米的正方形钢板盖。

乔飞蹲在钢板盖前，犹豫了一会儿要不要打开。他几次把手放上去，但都停在了半空中。乔飞也不知道自己在害怕什么，但明天的事关乎很多人的生死，这个盖子如此神秘，他不可能不打开。

最终，乔飞的手还是放到了钢板的活动把手上，慢慢地掀开了钢板。掀开之后，用手电一照，乔飞才发现这是一个地下室入口，钢筋焊成的楼梯笔直地垂到地面。这些楼梯上同样布满了灰尘，也有很明显的脚印。

为了防止手电的光乱跑，乔飞关掉了手电，摸索着从楼梯一直下到地下室的地面上，站定之后，凝神听了大约一分钟，打开手电。

这是一个巨大的房间，里面立着四根柱子，可以看到水泥地面上被灰尘掩盖的烟头，只有几个稀疏的脚印通往远处。乔飞回想了一下刚才下来的过程，确定脚印的方向是西侧。他慢慢顺着脚印向前走去，走过这个房间之后是一道很长的走廊。乔飞走了大约五分钟，才看到另外一个和刚才的房间一样的房子。脚印还在向前，他不敢走得太快。这里一片漆黑，乔飞能感觉到从墙上传回的脚步声，像是另一个人在他的旁边紧紧跟随。乔飞甚至几次回头，也有几次向后挥手，他觉得身后一定有人。手中的手电在这仿佛无边的黑暗中像只萤火虫。

一直走到第三间屋子，在看到钢筋焊成的梯子的一瞬间，乔飞有种回到第一间屋子的感觉。那梯子和他刚才下来时用的一模一样，他觉得自己产生了幻觉，身后好像站着一个来取他性命的黑衣人。乔飞再一次一记摆拳打回身后，但除了无边的黑暗，那里什么也没有。他觉得这是个身手敏捷的对手，完美地规避了自己所有的攻击。

紧接着，乔飞的手电掉到了地上，他感觉到是有人把他的手电夺走了。乔飞没有时间去看这人是谁，接连打出一套直摆勾拳，然后飞起一脚向前踹去。这一脚没有踹中他的敌人，反而使自己重重地摔到地上。

趴在地上的乔飞努力回想刚才的一切，不远处，掉到地上的手电平静地发着它本该照出的光，光的方向正是刚才乔飞看到的楼梯。

乔飞确定这不是他下来时走的楼梯。在他的印象中，下来之后他一直往西走直线，绝对没有回头。如果这样都能走回出发点，那就真的是见鬼了。

乔飞起身，从地上捡起手电。他决定顺着楼梯爬上去看看。上面同样是一块钢板盖，从下面可以轻易地顶开。

上去之后，他才发现他到了另一处从未来过的地方——一个很小的房间，里面同样空荡荡的，落满灰尘，只有墙角放着一些不知是谁丢弃的衣服和饮料瓶。门是木质的，虚掩着没有上锁。

乔飞打开门，发现外面好像很熟悉。他走出去，四周观察了一圈才发现自己已经在庄园的外面，而庄园在西侧。面前的小屋四周杂草丛生，显然是被废弃了。

乔飞不知道这个度假地修这么隐秘的地下室是做什么用的，但他知道，王一一定来过这里。王一把这里当作了他的逃生通道。

乔飞没敢耽误，马上把一切恢复原状，原路返回。回到房间之后，时间已经不早了，乔飞看着桌面上之前画好的图纸，犹豫了很久，他也不知道自己在想什么。他把图纸和一些东西全部封装，然后带着这些东西去找“乔梁”，让他立即把这些东西送出去。

丁卓带着侦查组的人在芒市看到这些东西的时候已经是后半夜了。整栋建筑结构我们早就了解得非常清楚，乔飞手画的那些东西直接被放到一边。我们主要看了王一谈判时整个庄园的警戒情况，引起我们注意的是这次借给王一打手的这些人：贩毒、贩枪、开赌场、做炸药，几乎全都有犯罪嫌疑。抓王一的同时，这些人也要顺手打掉。这和我们想的没有多少出入，所以一切按原计划实施。我们各自散去睡觉，丁卓一个人留在那里，整理乔飞送来的这些文件。

第二天一早，乔飞去找那个卖炸药的，领回了昨天他说给的那十个手下。此时，丁卓带着侦查组的人和当地的一个机动中队也已经全部到达瑞丽。我们出发的时候，丁卓把赵向宁和罗 K 派出去了，具体去了哪里没人知道。

乔飞把十个人带回庄园。王一忙得火烧眉毛，让乔飞自己准备外院的警戒。王一对借来的这些人没有抱什么希望，借来充充门面而已，真出事了依靠他们那是一点儿用都没有。

乔飞把外院的警戒情况安排好之后，出去了一趟，回来的时候听手下说，鲍家成和罗虎已经到了。乔飞问了鲍家成和罗虎分别带了多少人，得到的回答是加一起十五人。乔飞看了看内院的大门，确实被从里面锁上了。

我们已经分组完毕，陈海带一个机动班，为一组，负责北门。老狗熊带一个机动班，为二组，负责南门。丁卓带着我和包图还有一个机动班，为三组，我们没有特定的任务。剩余的机动中队士兵负责外围警戒。

此时，外院全部在乔飞的控制之下，一共三十名手下。不过，这些人极不负责。乔飞让他们开门，他们就开门，乔飞当着他们的面把丁卓带领的三组领进外院，他们也毫不怀疑。乔飞让南门的十五个人集合他们就集合，所以他们全部被轻而易举地拿下。

北门的情况一模一样，前后只用了十分钟。这座庄园的整个外院被我们兵不血刃地控制在手里。

但这只是计划内的行动，真正的硬骨头在内院。王一带的人和他的关系要比外院的近一些，可能会有些斗志。另外，鲍家成和罗虎还有十几个人，这些人一定会拼命护主。

此时，内院大门紧闭，乔飞也进不去，所以再想用刚才拿下外院的方法混进去是不可能了。陈海已经带人到了内院北门，丁卓则带着人负责内院南门。

丁卓要求对大门进行定向爆破，这是最快的方法。很快，南北两门被装上炸药。

“十、九、八……三、二、一，爆！”通话器里，丁卓的声音未落，南北两门同时传来剧烈的爆炸声，大门轰然倒塌。

丁卓在通话器里下令：“外围警戒缩小包围圈至外院院墙附近。”

通话器里传来应答之后，又响起丁卓的命令：“各组按照预定计划，一分钟后开始进入内院搜索。”

按照乔飞之前传来的消息，谈判被安排在二楼。

一分钟后，我们进入内院。由于爆炸过后我们推迟了一分钟进入，此时内院的树林里已经有不少对方的人了。按照之前的计划，主楼后面是北侧，由陈海的一组清理。二组清理南侧，三组负责消除主楼内的火力。

陈海的一组和老狗熊的二组跟对方打得越来越激烈。大楼正面的阳台上有零星的几个人，不时探出头来朝我们射击，但大多被丁卓带着三组封锁在楼里不敢露头。

大约过了三分钟，陈海在通话器里报告：“北侧已经清理完毕，击毙五人，七人投降。一名战士腿部中弹，已经送出去止血。”

“三组封锁大楼楼梯口。”

“是！”

很快，老狗熊报告：“南侧清理完毕，二组无伤亡，击毙三名嫌疑人，七人投降。”

“二组、三组，立即搜索主楼。”

打到这个份儿上，已经没什么可搜的了。主楼上的人发现楼梯口被封锁后，纷纷举枪投降。

四层楼很快被搜完了，没有发现鲍家成、王一、罗虎等人的影子。事情发展到这里，没有出乎我们战前的预料。

在乔飞给我们传回图纸前，我们就已经看到内勤找来的图纸了。我们对这个地下室很熟悉，所以甚至没有看乔飞给的图纸。刚才所做的一切，都是为了把他们逼进地下室。

可能是因为内院的大门被爆破之后，王一走得很急，连地下室入口的钢板都没有盖好。丁卓决定，一组、三组进入地下室搜索，二组老狗熊带人在洞口警戒。我们掀开钢板，扔进去一颗震爆弹之后，打开夜视仪红外开关，一组和三组顺着洞口的楼梯滑了下去。

眼前的场景顿时绿油油一片，唯一的区别就是绿的程度不同。根据乔飞给的情报，王一的人并没有装备夜视仪。在这种黑暗环境中，我们占很大优势。

地下室地形简单，一道长廊连接三处开阔空间。我们的搜索逐步推进，第一个房间里什么都没有。搜索到第二间房的时候，我和陈海在最前面，我们走得很小心，一边观察地上的脚印，一边注意柱子后面。

突然，第二间房的四根柱子后面同时出现很多光源，陈海大喊一声“卧倒”，马上跳到一边举枪射击。一时间，枪声在这个密闭空间里响作一团。这种近距离的互射非常惨烈，而且很难发挥人数优势。近距离的射击可以看清子弹洞穿人体的过程。我在夜视仪里清晰地看到一个被我击中头部的人迸出墨绿色的脑浆。

根据推测，这下面不到二十个人。第二间房里大约七八个光源很快被消灭，第三间房里又冲出几个光源。这次由于有一定的距离，这五个人很快被我们打死。虽然这场遭遇战平息得很快，但有三名机动班的战士受了伤，两名是腿部中弹，一名是大臂中弹。丁卓立即安排人原路将他们送出，并指示二组的老狗熊在出口接应。

我们继续推进，在第三间房里发现了我们要找的人。王一、罗虎、鲍家成全都在这里，还有三个不知道是谁带来的手下。这些人的战斗力确实比王一找来的那些废物强得多。

不管怎样，他们投降了。所有人都戴着手铐蹲在了墙边，其中包括“乔梁”。他一路跟着王一到地下室，现在还没有表明他的身份，主要是防止王一等人知道真相后过于激动。

王一对这里很熟悉。这个地下室以前是这个庄园的一个赌场，名副其实的地下赌场，王一以前经常来这里赌钱，后来和庄园一起荒废了。王一并没有告诉乔飞这个赌场，他以为只有自己知道这里还有另外一个出口，并且亲自下来看过，这确实是一条非常好的逃生通道。其实很多年前，这里的情况就被当地公安抓赌的时候掌握了。丁卓早就防着这一手，他提前派了罗 K 和赵向宁等在洞口外面，就等王一上来了。

老狗熊收到丁卓的指示，把伤员从地下室接上去，然后留下一部分人守住洞口，他亲自带人把伤员送出去止血。乔飞这时到了洞口，洞口的战士刚才就见过乔飞。乔飞走过来告诉他们说下面还有伤员，老狗熊让他下去接应一下。洞口的战士没有说什么就放他下去了。

丁卓正准备把人带上去，这时乔飞从后面走了过来，两只手插在口袋里。

丁卓远远地看到他，疑惑地问：“乔飞？你怎么下来了？”

“你们的行动很快，比我想得要快。”乔飞的眼睛里看不出喜怒哀乐。按说他应该感到高兴，可他此时的平静让人感到诡异。

“已经结束了，撤回吧。”丁卓说。

蹲在一边被上了手铐的王一听到丁卓和乔飞的对话，感到怒不可遏，他对乔飞破口大骂，一度挣扎着想站起来，却被陈海一枪托砸到地上躺下了。

乔飞没有理王一，他突然露出一点儿笑容问丁卓：“我的任务结束了吗？”

“是的，结束了。”

“我完成得好吗？”

“你完成得非常好。”

“那我可以做一些自己想做的事了。”

“你想做什么？”

“我们一起上路吧，这三间房子里全都是炸药，你说我想做什么？”乔飞一直保持着非常诡异的微笑。

丁卓一直面无表情地看着乔飞：“你为什么要这样做？”

“这就说来话长了，你是我的老首长，在场的好几位都是我以前的战友。带你们一起上路前，我应该把话说明白。”

“没关系，你说，我听着。”

“你们没做错什么，错的都是我。我不该废掉自己的一根手指，从那时起我就后悔了。我不知道我的选择是对是错。最后你们都在特勤大队，只有我在荒芜的边境上浑浑噩噩地待满服役期。后来的事情你们知道了，我做的这一切，自己都不知道是为了什么，我也不知道我做的是对是错。这两天，我一直在想我的选择是对是错。最后我想明白了。如果我是对的，你们就一定是错的。而要证明你们是错的，就必须让你们全都去死。这个理由说得够明白吗？”乔飞的右手从口袋里掏出炸弹的遥控引爆器，举过头顶，像是一座雕像。此刻，他不像个杀人犯，更像个被压抑太久、失去自由太久的可怜人。

入口位置，老狗熊送完伤员回来，听说乔飞进去了，隐隐觉得不对。他顺着楼梯下来，慢慢地走到第三间房，站在乔飞的身后。夜视仪里，乔飞的身影举着遥控引爆器，那也只是个绿色的坐标。

老狗熊给丁卓比了一个“九”的手势，他有九成把握把乔飞一枪击毙。

丁卓看到老狗熊的手势后，同样用手势命令老狗熊不准开枪，他对乔飞说：“放下你手里的东西，一切都还有机会。”

乔飞笑着摇了摇头说：“你们都是好人。像王一这种人渣，抓他干吗？直接杀了一了百了，抓回去浪费人力，还要喂他粮食。我们一起走吧，死亡是快乐的，相信我。”

丁卓深深地叹了口气：“那我也告诉你吧，在你送回那张图纸之前，我们就找到了这里的图纸，看到了这个地下室，而你送回去的图纸上没有这个地下室。开始我以为你不知道这个地道，但我仔细看过你的图纸，原本应该是地下室的地方有铅笔点上去的三个点，你几次下笔，想给我们标出这个位置，但最后你并没有这么做。你怕我们提前控制这里，耽误你的计划，对不对？从我看到那三个点开始，就在这里做了安排。抱歉我不能通知你，因为我并不知道你的目的。”

乔飞在发呆，最后他自言自语：“那又怎么样？炸弹已经装上了，你们跑不掉了。”

丁卓向乔飞走近一步：“你今天来安装炸弹，锁住外面的出口导致王一潜逃失败，这一切都是在我的眼皮底下进行的。放下你手里的引爆器，你现在要是按下按钮，不但炸不死我们，你还会被判入狱，你将失去一切。”

这一切来得太快，乔飞整个人都不知道该做什么了。丁卓慢慢地从乔飞举起的手上取下了那个引爆器。乔飞和王一一样被戴上了手铐。

在丁卓的命令下，罗K和赵向宁在上面打开第三间地下室的出口，乔飞这才相信丁卓说的全是实话。

王一的案件至此告破。之后的三年里，王一、罗虎、鲍家成三人先后被执行死刑。此案另有一百二十六人被起诉。

我和乔飞最后的对话

至于乔飞，由于部队开出了一系列证明，结合他本人在任务中长期压力导致的精神问题，检察院决定对他不予起诉，但必须强制接受治疗。

乔飞的亲弟弟、真正的乔梁在云南陪了他大约一年。这期间，我们时常去探望乔飞，他康复得还算顺利，至少表面上看是这样。

乔飞回来之后，从未提起过谭清晓，他好像忘了这个人。而谭清晓也再未出现过，她好像也忘了乔飞。

乔飞的事迹通过乔梁传回了家乡，消息在那些一知半解同时又爱看别人笑话的老乡嘴里，自动变成了几个关键词：乔飞、贩毒、上法庭、精神病。

乔飞的父母通过乔梁告诉乔飞，和乔飞断绝一切关系，并勒令乔梁立即返回。

乔梁本来还想留下照顾哥哥，但被乔飞赶了回去。乔梁回去之后经常给乔飞打电话，后来渐渐地少了，半年后，兄弟俩彻底断了联系。

没过多久，医院允许乔飞出院。

丁卓的意思是，要派几个人一起把乔飞送回去，顺便为乔飞正名。

乔飞倒是一副无所谓的样子："正什么名？"

"你不是毒贩，我们还你清白，我们可以请你们当地武装部出面。你不要有负担，这是我们欠你的。"

"我本来就不是毒贩，还用你们给我正名？"

丁卓哑口无言，最后只好派我一个人把他送回原籍，乔飞同意了。

我和乔飞从昆明上火车。一路上，乔飞跟我说了他所经历的事情，并要求我用笔记下这一切。乔飞说的，我自己看到的，我都写了进去。

火车到终点的时候，我把几乎写满了字的两个笔记本放进背包，陪着乔飞下车。我跟着他走，一直走到他家的所在地。那是一片看上去很安静的地方，小区的居民年纪偏大，也不像大多数小区一样透着一股钢筋水泥的冰冷。小区里的树下有很多老人在乘凉聊天。

我和乔飞经过这些老人身边的时候，我知道他们认出了乔飞，但没有一个人和乔飞说话。不过，乔飞抬头挺胸地走过他们身边的时候，也是一副满不在乎的样子。

很快就找到乔飞家了，敲了门却没有回应。乔飞最后主动去找原来的邻居问了才知道，他全家人把房子卖了搬家了，没人知道他们去哪儿了。

这个消息令我感到惊讶，但乔飞还是那副满不在乎的样子。他要带我去喝酒，我们从下午一直喝到晚上，临走时又买了一些酒。他把我带到那间已经不是他家的房子前站了一会儿，最后，他带我到楼顶。通往顶层的门是锁上的，不过这对我们来说不是障碍。

我和乔飞在楼顶上坐了两个小时，没人说话。喝完酒之后，我们下来，乔飞执意让我返回部队。

临走时，我把在车上写完的两本东西递给他。他笑着拒绝，说："你写的东西，还是你留着吧。"

我说："这算是给你立传了。"

"你差点儿就给我树碑了。"乔飞说，"是树碑还是立传，其实没什么区别，传就是碑，碑就是传。"

扑朔迷离的手机遥控交易

整个运送过程都是遥控指挥、差时交易，这样一来，每一条线都是独立的，很难根据一条独立的线索，人赃俱获地将贩毒网络一举端掉。

夏天，晚十点，特勤大队。

晚上十点是部队熄灯的时间，熄灯号悠悠响起的时候，灯火通明的部队大院一瞬间隐入黑暗。

熄灯之后，我开始脱衣服上床，准备睡觉，这时写字台上突然传来紧急集合的铃声。写字台上有三个铃，其中一个的来电铃声是轻装紧急集合哨音。这声音响起，意味着我刚脱了一半的军装要加速脱下，换便装。

便装、夜视仪、手枪、实弹夹、防弹衣在车上。带上这些东西，整个侦查组的人像子弹一样冲进多功能室。组长丁卓站在桌前，表情严肃，参谋陈海背着手，站在窗前一动不动。

“别坐下了，刚刚接到老许的电话，怒江边上停着一辆桑塔纳轿车，贵州牌照，非常像是来接货的，现在没时间了，我们立即去现场。罗K开086，我开613。”老许是我们在当地的一个线人，给过我们不少有价值的情报，他在当地有着广泛的人脉，按说还算可靠。丁卓下完命令，率先向车库冲去。除了罗 K 外，我们其他人跑向篮球场等车。

侦查组一共八个人，丁卓在特勤大队是副大队长，也是侦查组组长；陈海在特勤大队是排长，在侦查组是参谋。罗 K 是驾驶员，老狗熊是侦查组的班长。剩下包图、芒果、赵向宁，还有我，我们四个都是新兵。

我们开了两辆车，把车子停在远处，我们下车，分散开来，慢慢地接近桑塔纳轿车。从夜视仪里，我们看到轿车静静地停在江边，看不到里面有几个人。

我们的计划是先看一会儿，如果对方真是贩毒的，最好等交货的时候再抓人。问题是，十分钟都没到，桑塔纳就开始掉头往回开。

来都来了，当然不能让他们走。我估计桑塔纳轿车驾驶员看到黑夜里突然出来六个端着枪的人也吓坏了，正在掉头的车子就那么斜着停在沙滩中间。趁着这个间隙，我们立即冲上去。车窗慢慢地打开了，里面有两个人。丁卓走到驾驶员旁边说："我们是边防警察，不要怕。"嘴上这么说，但大半夜里遇到六个抱着八一杠、穿着便衣的人，说不怕是不可能的。三米外就是怒江，要是遇到抢劫的，车里塞点儿石头，连车带人丢进怒江，都没人知道。

丁卓说完，就这么直勾勾地看着驾驶员，驾驶员和副驾驶坐在座位上都不说话。就这么盯着看了两分钟，丁卓突然开口："说吧，交货的什么时候来？"

"什么交货的？"驾驶员嘴上这么说，却连头都不敢抬。

"这大半夜的，你以为我们不想睡觉啊。没一点消息我来堵你干吗？知道我怎么堵这么准不？有人把你卖了。"丁卓这话听在我耳朵里完全就是胡扯，但那驾驶员听着就完全不是这么回事了。他坐在驾驶室里，头越来越低，副驾驶也举着手不说话。

接着丁卓说出了那句普及率最高、百试不爽的话："你早点说，罪轻点，你要不说，我早晚把这案子给破了，到时候你后悔都来不及。"

"十点半。"驾驶员声音很小，像是怕被人听见。

丁卓看了看表：现在快十点四十了，交货的人还没来。

"就是怕有事，过了时间还没来，所以打算回去了。"

"没想到被我们堵了？"丁卓嘴角挂着笑，"交货人见过你们没有？"

"没见过，就是让我们在这里等，拿到货送到昆明就可以了。"

"下车。"丁卓用枪指着车里的人。

这时，坐在车里的人突然抬头看了丁卓一眼，车子猛然加大油门。丁卓快速把手伸进车内抓钥匙，可还是慢了一步。我站在车子的右前方，意识到桑塔纳要跑，赶紧让开，左前方的赵向宁反应慢半拍，索性跳起来，从汽车引擎盖上一个前滚翻落地，避免了被卷入车底下。落地后，赵向宁举枪就要射击，被丁卓叫住。

"交货人还没来，咱们枪一响，这锅粥就全完了。"丁卓看了一眼桑塔纳逃跑的方向，"罗K，一辆桑塔纳轿车朝你的方向去了，把它给我截下来，尽量不要发出声音和光。"

"罗K收到。"

这里是沙滩，桑塔纳要想上路，必须从前面的路口上去，而那个路口有罗K和老狗熊分别开一辆越野车守着。丁卓相信他们跑不掉，下完命令之后，他带着我们朝罗K的方向跑去。

两分钟后，我们到了罗K的位置。这时，两个接货人刚被罗K和老狗熊拿下，唯一的路口被两辆越野车堵死。

丁卓停下来问罗K："没伤着他们吧？"

"骨头很硬，下车就跟我们干，副驾驶的胳膊被一腿抽断喽。想叫，被老狗熊一手刀干趴下了，还晕着呢。”罗 K 一口四川话，说完指了指被铐在旁边的两个人。

夜视仪里，副驾驶已经晕了过去，驾驶员蹲在地上。丁卓慢慢地靠近，一边走一边问：“搜过身了没有？”

“搜过了，只有烟和打火机，没有武器。”罗 K 颠了颠手里的钥匙，“车子钥匙在我这里哈。”

丁卓走到嫌疑人身边蹲下来，拍了拍已经晕过去的副驾驶的脸，又转头看着驾驶员说：“还想跑吗？”

驾驶员不说话，蹲在地上摇摇头。

“别老想着跑，这么轻易就让你跑了，我早就该被赶回家了。”丁卓从罗 K 手里接过桑塔纳车钥匙，“把你们接货的规矩告诉我。”

“没有规矩，就是电话联系，让我们在这里等，等到之后，把货送到昆明。”驾驶员已经有点儿发抖了。

“电话呢？”丁卓问。

罗 K 从布袋里掏出三部手机递给丁卓，驾驶员从其中一部手机里找出一个 138 开头的号码，交给丁卓。

丁卓看了一会儿说：“你陪我上车，去接货。最好老实点儿，不然第一个倒霉的就是你。”

驾驶员不住地点头。

丁卓把驾驶员塞进副驾驶的座位，亲自开车。老狗熊身材最小，缩在后排，防着驾驶员使坏。

桑塔纳很快被开到原来的位置，我们在车外三十多米的地方潜伏，用夜视仪紧盯着桑塔纳轿车和江面。预定的交货时间过去了半小时，交货人一直没有出现。这个时候交货人出现的希望很小了，肯定是出了什么事，导致交货人不敢来了。

我们在通话器里商量着要不要撤离的时候，接货人的手机响了。丁卓拿着手机，看了一下号码，看着驾驶员说："老实点，知道怎么说吧？"

驾驶员点点头，丁卓把手机递给他。

通话结束，丁卓在通话器里通知我们：交货方让驾驶员把桑塔纳向前开一百米，以确定身份。

桑塔纳缓缓地向前开去，我们尽量隐蔽前行，跟上桑塔纳。

大约十分钟后，怒江的江面上出现两只竹筏，慢慢划了过来。等对方的人靠岸后，驾驶员走下车，对方伸头朝车里看了一眼。幸好天太黑，他们没有看到后排一身黑衣的老狗熊。这时，我们手里步枪的准星紧紧跟着车下三人的头部。为了丁卓和老狗熊的安全，只有对方稍有异动，我们就必须当机立断地将对方全部击毙。

还好，对方检查过后觉得没有问题，将随身的一个塑料袋递给了驾驶员。驾驶员刚刚接到手里，我们在旁边预设的四个强光电筒突然打开，交货的两人明显一愣，我们迅速靠近。还没到他们身边，其中一个交货的人骂了一声，拔出手枪就朝驾驶员射击。

"哎！"事出突然，驾驶员情急之下不知道怎么为自己辩解，只来得及发出这一个音符。

"乒！"为了制止对方行凶，我先开了一枪，击中拔枪人的肩膀，他手里的手枪应声落地。驾驶员此时已经吓得瘫坐在地上。

我们冲过去将两人制伏，丢进车里，打开他们的背包，看到用胶带包裹着的四块固体并排摆在里面。我们打开其中一个，里面全是碎晶体，乍一看很像冰毒。

在返程的路上，我拿电筒又照着看了一次，发现这些晶体的透光性并没有冰毒好。我最先想到的是纯度问题，但越看越不像，我用手指蹭了一下，放在舌尖上一尝，竟然是甜的！

我把袋子递给丁卓，丁卓会意，也尝了一下，紧皱着眉头不说话。

回到营区，找内勤取出化学试剂，仔细地试了一遍，果然全都不是冰毒。如果判断没错，这些全是冰糖。

最直观的结果就是我们被对方钓鱼了。

初步审讯用了一个小时，结果也是令人奇怪的，已经抓获的四个人，全都认为自己运送的是真正的冰毒。根据送货人的招供，这些“冰毒”是在东海园酒店二楼的房间里放着的，是上线用电话指挥他们去酒店门前第二根柱子下的石头底下取的房卡，然后去房间取的货。

取到货之后，他们又接到上线的指令，将货运送到怒江沿岸，在上线指定的渡口渡江。这期间，这些货并没有离身，不存在中途被调包的可能。

而接货人这边，接到的指令就是把货带到昆明，再按照指令将货放到指定位置，就算结束。他们再根据指令到一个地方取酬劳就是了。

整个运送过程都是遥控指挥、差时交易，这样一来，每一条线都是独立的，很难根据一条独立的线索，人赃俱获地将贩毒网络一举端掉。

我们抱着悲观的态度查了他们手机里仅有的几个电话号码，无一例外都是一次性号码，没有任何登记信息。接货的桑塔纳是接货人自己买的二手车，车牌是假的。

了解到这些之后，我们顿时觉得无从下手。如果对方做这个局只是为了引开我们的注意力，那么真正的毒品很可能已经过江，运往昆明或者内地。

最后一根稻草如果再抓不住，这根线到这里就算断了。附近还有一个渡口，如果对方两批货同时出的话，那么真正的毒品很可能从另一个渡口通过。

我们马上驱车前往，为了节约时间，我们派出两辆车，罗 K 开车往西侧的渡口，我们前往怒江东侧上岸的地方。如果对方一切顺利，现在货肯定已经过江了。所以，临走之前，我们通知了内勤，检查一下路上的摄像头，将这段时间过往车辆的车牌记下来，看一下有没有重复出现的车牌。这里夜晚车本来就少，偶尔有几辆，大多数也是长途，很少有往返的。

罗 K 的车子到西岸之后，不出所料地没有查出任何踪迹。我们到东岸也顾不上被发现灯光，打开电筒在沙滩上迅速搜索，很快找到一片凌乱的脚印，对比这些脚印，很容易就看出来和刚才的配置一样，交货和接货的分别有两个人。顺着脚印，不远处就找到轿车轮胎的痕迹。

没过多久，内勤打来电话告知，最近两个小时内，有二十三车次往返通过路口，其中十七辆货车、五辆轿车。这五辆轿车里，有一辆往返通过两次，二十二点二十五分开往江边，二十二点四十分折返。所以一共二十三车次。

往返两次的车是四川牌照的红色雪佛兰，川 D 开头，属于四川省攀枝花市。如果不出意外的话，现在那辆车正在去往 B 市的路上。

得知这些情况，丁卓来不及遵守逐级上报的规矩，马上打电话给支队，请求支队派驻扎在 B 市边上的机动中队帮忙盯住这辆车。因为是特殊情况，支队值班参谋当即在电话里表示跟支队长汇报一下，如果不出意外，马上就能办好。

支队那边办妥后，我们立即开车前往 B 市。这次丁卓没有开车，换包图开。一路上罗 K 和包图尽量加速，幸好夜间路上车少。

丁卓坐在副驾驶的位置，向大队长汇报了情况之后，又叮嘱我们注意路上其他车，看看有没有可疑的。因为这种情况下，目标车辆后面很可能有盯梢的车辆，一旦目标车辆被抓，盯梢的车辆会将这个消息传回，这样整条线就断了。

从这里到 B 市，即使车速加到最快至少也要三个小时。走了两个多小时后，我们接到机动中队的电话，表示已经见到那辆川 D 开头的红色雪佛兰，并报告了位置。

丁卓不断地催促罗 K 加速，快到市区的时候，丁卓又接到机动中队的电话，说目标车辆中的两个人现在在市区一家大超市外的烧烤摊停车买烧烤，估计要逗留十五分钟左右。

罗 K 说："够了！"

大约十分钟后，我们赶到现场，和机动中队的兄弟完成了无声的交接。

机动中队的带队队长发信息给丁卓说："现在能不能撤离？"

丁卓想了一下，转头问我们："一路上没发现可疑车辆盯梢吧？"

"没有。"说完我又向四周看看，确实没有 辆车是跟着我们或者跟着目标车辆过来的。

丁卓回信息说："帮个忙再走……"

我拿着电筒，下车买了两罐啤酒，顺便近距离观察了目标车辆的轮胎，轮胎表面的花纹与江边沙滩上的痕迹一致。挡泥板上还有些沙子若隐若现，这更印证了我们之前的猜测。

很快，目标车辆里两个男人买完烧烤上了车，车子穿过 B 市，朝省城方向开去。出了市区大约三公里，路灯越来越暗，路上也没了别的车子，只有我们的两辆越野车和那辆红色雪佛兰。这时，目标车辆中的人好像发现了我们，他们开始加速。

丁卓拿起通话器，通知包图：“他们加速了，我们两辆车全部靠左方跟上，保持车距，不要怕他们逃，要防止他们急刹车。”

丁卓的话说完的时候，路上已经没了路灯，对方如果不是傻子，应该已经明白我们的意图了，只是苦于一时半会儿甩不掉我们。

两分钟后，前方亮起了红色灯带，一排钢筋焊成的阻车器挡在路面上，两侧全是排水沟，雪佛兰插翅难逃，只能乖乖地停下。

我们迅速下车，八个人成合围之势，雪佛兰还想倒车，被丁卓一枪打爆了左前方的方向胎。枪声把他们吓得不轻，他们当即停下，向我们举起了双手。

按我们之前的判断，车里有两个人，从风挡玻璃看进去，正好驾驶座和副驾驶座一边一个。包图和丁卓同时拉开两扇门，将两人扯了出来。老狗熊看两人已经被上了手铐，想上车看看毒品藏在哪里。

他一拉开后座的车门，就传来一声清脆的枪响。我的心凉了半截，本能地卧倒。我和老狗熊本来是并排站着的，我的眼睛盯着后座，余光看到老狗熊被子弹打得后退了几步。正好看到一个黑影在对面窗户上一动，我没时间犹豫，当即开了一枪，惨叫声从里面传来的时候，我马上把枪口抬高，对准座位水平位置又开了两枪，里面的惨叫声变成了努力呼吸的声音。我知道击中了，就从车门后方伸进一只手，抓住衣服把里面的人一把拽了出来。芒果看到人被我拽出来，整个人一下扑了上去，按住对方的双手。

我这才抬头看了一眼老狗熊，他穿防弹衣的习惯救了他一命。他穿的防弹衣都加陶瓷板，能防微冲的九毫米手枪子弹，所以被手枪击中，他也就后退了几步而已。

这次是我们大意了，因为从沙滩的脚印到烧烤摊买烧烤，这两个时间段，后排座的这个人都没有下车。

丁卓叫了武警医院的救护车之后，向机动部队的兄弟道谢。人家十来个兄弟本来应该正在睡觉呢，被我们打扰起来忙活一通，挺不好意思的。丁卓道谢之后，机动部队的兄弟马上收了阻车器撤回。

武警医院的救护车来得很快，将被我打伤的人抬上救护车带走。这人会由武警医院专门派人盯着，剩下的两人坐在我们的车里。

现在的情况还挺复杂，对方明显是差时交付的高手，如果继续采用控制下交付的办法，最好的结果就是到省城之后，再抓一次接货人。省城那种地方，人多眼杂，只要接货人被抓，消息马上就能传到上线耳朵里，这条线最长只能延伸到这里。这不是我们要的结果，幕后的人还没抓到。

经过审讯，两人交代，货就藏在车子引擎盖下的空气滤清器里，一共四块，和之前的冰糖一样的包装。

丁卓坐在副驾驶的位置，问了一会儿话，两人说的情况与之前带假冰毒的人一样，将货带到昆明，按着电话指令交货。

丁卓问："你们能联系上你们的上线吗？"

"他让我们没事不要给他打电话，给了我一个号码，到昆明之后打这个电话联系。"

丁卓从刚才搜身搜出来的东西里翻出一张字条："是这个吗？"

"是的。"

丁卓一把拍在方向盘上，咬着牙说："太狡猾了！"

丁卓思考了一会儿，把罗K、包图还有我叫到一起，我们讨论了几分钟，一致决定揪出上线才是最重要的，虽然这个过程可能有点儿冒险。

回到车上，丁卓从搜身搜出来的东西里找出雪佛兰驾驶员的手机，递给他说："打电话给你的上线，告诉他，你的车半路坏了，让他派人来修。"

事情已经到这个份儿上，驾驶员自然知道该怎么做，也没犹豫，立即就拨通了电话。

第一遍没人接，丁卓说暂时别打了。

接着丁卓让包图去开那辆雪佛兰，他开我们的帕杰罗，罗杰开着猎豹，将三辆车向前推进两公里，然后把雪佛兰停在路边，我们的两辆越野车从岔路开进了旁边的树林里。

这时我拉开车门，想在树林里抽支烟，一只脚刚落地，雪佛兰驾驶员的电话就响了。丁卓立即做了一个噤声的动作，示意驾驶员说话。

驾驶员按照丁卓的要求，说车子坏了，并报告了现在的位置。他的"上线"在电话里问哪里坏了，驾驶员说就是打不着火，也不知道哪里出了问题。"上线"在发了一通脾气之后让驾驶员在原地别动，其他没有任何表示。

雪佛兰还在路边放着，老狗熊和芒果坐在里面，

丁卓示意我们看好这两个人，他向雪佛兰走去。过了一会儿他回来的时候，说雪佛兰的燃油泵已经被弄坏了。

这是揪出上线最好的办法。根据抓获的嫌疑人的供述来看，"上线"的整个安排天衣无缝，没有一个环节是暴露自己的，要么到省城线断了，虽然货丢了，但他人还是好好的。这样的结果对我们来说，并不是最好的。抓货是治标，抓人才是治本。

一个多小时以后，一辆车开着车灯在距雪佛兰六七百米的地方停下，看不清车型。这时雪佛兰驾驶员的电话响了，对方问在什么位置，驾驶员说："你再往前开几百米就看到了。"

车灯很快靠近雪佛兰，这时可以看清来的是一辆面包车。

面包车停下，驾驶员伸头看了一眼，提着一个工具包就走了下来，这时我和包图马上冲上去把他按住。有了老狗熊的教训，其他人举枪慢慢地接近车子，小心地查看了一遍车内的情况，确定这次只来了修车师傅一个人。

我们把修车师傅带到路边树林里，老狗熊和芒果开始佯装修车，以防对方派人来查哨。不经意间的一辆车开过，就可能将这里到底有没有在修车的消息报告给幕后的人。

把修车工带到树林之后，经过简单的审讯，我们发现这人并不知道自己的客户是个毒贩，只是有人打电话喊他来修车而已。

“给你打电话的人，你认不认识？”

“以前见过几次，但不是很熟。”

“他是哪里人？”

“我只知道他是L县的，经常来B市，我叫他白哥。”

“你以前有他的电话吗？”

“有。”

“他这次给你打电话用的是以前的号码吗？”

“是的。”

以上是丁卓最后问他的话。我查看了他的手机，发现手机通话记录里他和“白哥”只通过一次话，但这个号码和“白哥”之前联系下线毒贩的号码并不是同一个。也就是说，他联系维修工用的很可能是他的常用号码。

丁卓带着我走到树林边，确定驾驶员听不到之后，给我们的线人老许打了个电话。老许是个老混混儿，附近几个县吃黑饭的他认识不少。

老许表示L县有很多姓白的，他和不少人经常在一起赌博。他的手机通讯录里就有三个，但核对之后，都不是“白哥”的号码。

“要不你帮忙找一下这个号码是谁的？”丁卓想让老许去试试看。

“要找也要等到天亮，你跟派出所打个招呼，我开一场赌，多打听几个姓白的号码。”为了掩饰自己的真正目的，老许这样做也是可以理解的，否则在圈子里到处打听姓白的手机号码，即使我们把“白哥”抓了，老许也暴露了。这样老许以后在当地的日子恐怕就不好过了。

“你现在就打听，这个时间点聚赌的理由你自己编。派出所那边都是我们边防武警，这个好办。”案件进展到这一步，时间就是一切，多拖一分钟对我们都非常不利。

“那好，我试试看。”

电话挂断。红色雪佛兰一直停在路边。时间过去了一个小时左右，丁卓让修理工给“白哥”打电话，说车子修好了。

这一次电话只响了两声就接通了。

“白哥，车子修好了。”

“噢，哪里坏了？”

“燃油泵的电源线被磨断了，接上就好了。”

“那好，辛苦你了。谢谢啊。”

“不客气。”

电话挂断后，雪佛兰驾驶员的电话又响了，这时对方换了一部电话。

“车子修好了吧？”

“修好了，接根电线收了我两百块钱，明天吃饭的钱都没有了。”

“货送到之后，两百块钱根本就不算钱。赶紧去吧，到了给我打电话。”

“好。”

他们准备挂电话的时候，丁卓的电话突然响了！

丁卓迅速掏出电话，我扫了一眼，应该是老许那边来了消息。丁卓按了接听键跑到一边。

那头的“白哥”明显也听到了这个声音，紧张地质问：“什么声音？”

雪佛兰驾驶员看了我一眼，解释说：“哎呀，闹铃，刚才那个人在修车，我们睡了一会儿，三弟就设了个闹铃。”

“那怎么响一下就没了？”

“都醒着呢，就关了。要不我再放一遍给你听。三弟，你过来，把你刚才那个铃声再放一遍给他听一下。”他故意大声说，丁卓在远处听到，当即挂了电话走了过来，示意我打他的电话。

这时电话那头说：“算了算了，小心点儿，赶紧去吧。”

这才挂了电话。

电话挂了之后，丁卓让我们赶紧上车，老许那头打听出这个号码的下落了。L县，白龙，三十五岁左右，有老婆和一个八岁的儿子。有了这个信息，内勤通过公安网轻而易举地获得了白龙的住址。

芒果戴着手套，把货取下来。我们将雪佛兰开到支队，暂时存放，抓获的两个嫌疑人也暂时关进了支队侦查队。

这时天已经快亮了，我们的两辆越野车在支队加满油后，火速奔赴L县抓捕白龙。

我们到L县的时候，已经是上午八点多了。白龙的住处是一座平房，铁门，门没锁，应该是从里面闩上的。很可能是因为昨晚被打扰了，现在在家补觉。

为了尽量减少暴露的可能，我们并没有通知边防派出所，主要是担心他们没有时间准备，行色匆匆容易暴露。

我们在白龙家附近晃悠，如果他出门，我们会根据他的照片，将他抓捕。

八点半，白龙家的铁门打开，走出一个女人，应该是白龙的老婆。赵向宁被派去尾随，回来以后，赵向宁说她买了三份米线。

那女人回到自己家后，门没有再闩上，只是虚掩着。我们八个人分开，零散地在他家附近盯着。

“丁副，现在要不要动手？”丁卓除了是侦查组组长之外，还是特勤大队的副大队长，所以包图这么叫他。

“再等等，她买了三份早点，屋子里可能有三个人，但不一定有白龙。”丁卓一向谨慎，不见兔子不撒鹰。如果白龙不在，就会打草惊蛇。

又等了半个小时，眼看红色雪佛兰预定到达省城的时间就要到了，再这么拖下去，白龙发现货没有按时送到，一定会有所警觉。

“罗 K，带着芒果去弄出点儿动静来。”

“好嘞。”罗 K 无所谓地答应着。

一分钟后，罗 K 和芒果在大街上吵了起来，两人的演技都很好，声音也越来越大，在这个县城的角落里，整条街应该都能听到。两人吵得脸红脖子粗的时候，白龙老婆走出来看了一眼，又走了进去。这时我看到他家窗户上还有一张脸，和内勤传来的照片一模一样。

“丁副，确定了，白龙在屋里。”我在通话器里小声告诉丁卓。

“罗 K，停下。”罗 K 和芒果入戏太深，眼看已经推搡上了，丁卓赶紧制止。在这地方动手，如果有白龙的人，一眼就能看出是军队的身手。

接到指令的罗 K 和芒果骂骂咧咧地结束了争吵。丁卓开始下令：“陈海、罗 K、田浩，你们三个进去把白龙带出来。剩下的人跟着我负责外围警戒，包图、芒果守住他屋后的两扇窗户，老狗熊、赵向宁守住前面的窗户。所有人都要注意四周，白龙是个地头蛇，叫一嗓子这街上都可能有人替他卖命。进去的人注意，里面可能有武器，不要强攻，不行就撤出来，反正他跑不掉。”

我们三人慢慢地靠近白龙的住宅，通话器里丁卓的声音再次响起：“尽快解决，我马上通知边防派出所的人，准备过来接管白龙的房子。今天周六，孩子在家，最好不要吓到孩子。”

陈排“嗯”了一声。

到了门前，我右手扶着腰后皮带里的手枪，左手试探性地推了一下门，竟然没有闩。

就在我准备用力将门推开的时候，里面突然有人顶了一下门，将门关死。我马上后退一步，拔出手枪的同时一脚将门踹开，里面的白龙被弹了回去，趴在堂屋的桌子上，回头看着我们。

“我们是边防警察，请你跟我们回去配合一下调查。”陈排明显顾及白龙的老婆和孩子在场，并没有将毒品的事情全部说明，只是亮出证件和身份。

此时我们三人都已经拿枪指着白龙，突然听到一个孩子放声大哭。我转头看了一眼，一个七八岁的男孩坐在床上，床头柜上放着半碗没吃完的米线。

这时陈排瞪了白龙一眼，再看看孩子。白龙会意，无力地点点头，陈排示意我们将枪收起来。我和罗 K 收起枪，站到白龙身后。

陈排走到孩子身边说：“我们是你爸爸的朋友，找你爸爸有点儿事，不要害怕。”陈排说着，摸了摸孩子的脸，“待会我们和你爸爸出去办点儿事，你不要哭啦。”

孩子的哭声渐渐止住，正当我们松了口气的时候，里屋突然冲出一个女人，举着菜刀就朝罗 K 扑了过来。所幸我们面对着里屋的门，但事发突然，距离太近，我们的注意力又全在孩子和白龙的身上。要躲已经来不及了，罗 K 左手格开迎面剁过来的菜刀，抓住女人的右手，紧接着伸出右臂，在女人右臂下一挑，迅速将白龙的老婆制住。

白龙反应过来的时候，突然从桌子旁边的木板凳上站了起来，顺手把板凳举过头顶，朝罗 K 砸了过去。我马上扑了上去，抓住白龙的脖子，往下一带，同时抬起右膝，用力地顶在白龙的胸口。白龙胸口吃痛，腰部力量瞬间被卸得一干二净，举起的板凳无力地朝下落去，正好被我伸手接住，顺势放在了地上。

虽然陈排刻意挡住了孩子，没有让他看到父母被制伏的瞬间，但我相信，一个八岁的孩子凭直觉和听到的打斗声，至少也能判断出我们大致的来意。

一瞬间，孩子哭得更凶了。

陈排见安慰对孩子实在没什么效果，便抽身迅速将屋内搜索了一遍，没有发现毒品和武器等违禁物品，只找到几部手机。

“带走。”陈排抱着孩子率先走了出去，我随手找了一件衣服将白龙的手铐盖住。罗 K 并没有对白龙的老婆使用警械，就这样带了出去。

此时边防派出所的人也已经赶到，我们迅速朝越野车走去，包图和芒果迎了上来，帮我们押人。

街上的人群看到边防派出所开的警车和穿军装的军人，开始朝这边聚集。这时，人群中突然冲过来两个男人，叫着想从我手里夺人，包图和芒果正好站在我旁边。

我感觉到白龙上臂肌肉一紧，我心想不好，我一边按住白龙，一边盘算着他要是想跑，我就先把他打晕再说，在他戴着手铐的情况下，我有十分的把握一下击中他的颈动脉。

那两个人连白龙的衣服也没有摸到，就被迎上去的包图和芒果放翻在地，同时被扣住手腕，发出一阵惨叫。这时，老狗熊和丁卓，还有派出所的警官都赶到了。

原来这两个人都是白龙的亲戚，看到白龙被抓，不问青红皂白就想上来抢人，看样子他们并不知道白龙贩毒。所以临走的时候，丁卓将这两人交给了当地派出所，还特意和派出所交代说不要太为难这两个人了。

白龙被抓回去之后，有那几部手机在，事实清楚，证据确凿，自然一审就全都招了。第二天，此案所有涉案人移交支队，等待被起诉和审判。

视频里的神秘夜行人

我想起一向沉默寡言的老狗熊很久以前说过的一句当时我觉得像是耍流氓的话：没有漏洞就是最大的漏洞。

2007 年，冬天。

这起案件是边防检查站查到的。两名嫌疑人（夫妻，昆明人），一辆别克轿车，毒品海洛因七百克，用黄色胶带包裹，再用磁铁吸附在轿车底盘上。男人叫陈东，女人叫孙丽。

这起案件很普通，检查站几乎每天都能遇到类似的情况，这一次的不同之处是，嫌疑人坚称只是去 R 市旅游，对毒品毫不知情。

“毒品包装上没有留下指纹等任何蛛丝马迹，对方整个行动构思非常缜密。这个案件的处理需要慎之又慎，稍有差池，都可能导致截然不同的结果。”

大队长在多功能室通报完案情之后，甩下这句话走出门去。

看完检查站的审讯笔录后，我们第一时间去了嫌疑人在 R 市入住的东海园酒店，查看了二楼嫌疑人住的房间，询问了负责打扫房间的保洁员，已经过去一天了，按照酒店的打扫频率，不会再留下任何痕迹了。

不过此行也不是毫无收获，我们获得了酒店最近几天停车场的监控视频文件，这是最可能获得案件线索的东西。

回到单位，我们就开始看最近五天的停车场视频，从嫌疑人陈东住进酒店那天开始，先锁定陈东的车子，然后快进。监控录像右上角的时间拼命滚动，一直到大前天凌晨两点，我们发现了异常。

从视频里可以看到，此时停车场门口道闸关着，岗亭里亮着灯，但保安已经趴在岗亭里的桌子上睡着了。这时，一个身高一米七五左右的人，穿着黑色的衣服，戴着黑色手套，提着一个黑色小包，快步走进停车场。他的黑色衣服上有一块暗红色花纹，但只有在灯光照到的时候才能隐约看到一点儿。

这人快速接近陈东的车子之后站定，转头向四周看了一眼，确定没人，直接躺下，滑进车底，十秒没到，人就出来了。这时，他手里的小包里已经没了东西，被他折叠起来塞进了口袋。

看到这里，已经基本可以推定，这人在陈东的车底放的正是那七百克海洛因。

现在的问题是，这个人是谁。

视频里人的衣服像专门为夜行准备的，通体黑色，迎着灯光时一闪而过的似乎是红色，似乎又不是。

丁卓将视频送到内勤给苏姐，让她试着看能不能提高一点清晰度。一个多小时以后，苏姐拿过来几张彩印的图片，说最清晰只能还原到这样了。看苏姐的表情就知道，这图不比视频上清晰多少。

图片里可以看到黑衣人左边胸口有一个半圆的深红色标记，另外一半不知道是被衣服遮住了还是原本就没有。一般的衣服不会在这个位置做标记，这很可能是一件制服。看服装的样式，更像是酒店或者娱乐场所的服务员。

有了这个信息，调查的方向就很明确了。侦查组再一次来到R市，拿着这几张彩印图片，去当地的派出所和公安局打听。我们在当地也有线人，为了谨慎起见，不到最后关头，没必要去找他们

我们用了八个小时左右，就在派出所边防民警的帮助下找到了星城酒店——离嫌疑人陈东入住的酒店仅五百米左右，中间隔了一条马路。我和包图来到一楼大厅，里面稀稀落落经过几个客人，看上去和普通的酒店没什么区别。

令我关注的一点是，这家酒店一部分男服务员的服装与视频上那个人穿的一模一样。等办理手续的人离开吧台之后，我和包图走上去，包图询问服务员酒店房间价格等普通信息，我在旁边随意地看了一眼酒店的引导牌。

一楼是大厅，二楼、三楼是客房，四楼是健身房、KTV、酒吧、游泳池等娱乐休闲设施。我把牌子指给包图看了看说："这酒店还不错哈。"

包图点头，开了三楼三天的标间，付了房钱和押金之后，我们拿着房卡上楼。进门后，包图打开背包说先打扫一遍房间，也就是用反窃听探测器把整个房间过一遍。床铺、沙发、插座、洗澡间、镜子，甚至水壶底座都查了，确定安全后，我们去四楼转了一圈。现在是下午，四楼的娱乐场所只有稀稀落落的几个人。

晚上，我和包图在街边随便吃了点儿东西，给丁卓打了个电话，就回到酒店，直接上了四楼。此时，四楼已经逐渐热闹起来，酒吧放起了音乐，健身房的跑步机开始转动，KTV 里不时传来崔健听了都会哭的《一无所有》。

转了一圈，其他地方一无所获。但我们发现，一个挂着"45"门牌的房间，门口有服务生站着，一部分客人点点头就能进去，还有一部分

被服务生拦下，但打个电话也就进去了，最后有少数几个想要进去，被服务生拦在门外，甚至有人想要冲进去，也被冲过来的黑衣保安给挡了回去。

看这情形，这个门只有熟人或者有可靠的人介绍才能进去，这让我和包图十分好奇。当然，更多的是兴奋。眼前的房间，在我看来就剩下最后一层纸。捅破了，里面就是毒品。

我和包图为了不引起注意，也没有试图走进那个门。我们要找个更自然的机会。我们乘电梯下了地下二层的停车场，里面灯光暗淡，走路都有回声。在里面找了一圈，在大停车场角落里找到了我们要找的地方。一个小停车场，四周被挡了起来，只有一个入口和一个出口，都有人把守。

我和包图试图进去，但被保安挡住了，问我们是干吗的。包图说是普通客人，来找一个安全停车的地方。保安指了指外面，说酒店客人的车在外面随便找一个位置都能停，里面是预留的，不对普通客人开放。

这个回答对我来说一点儿也不意外，反正本来也没想着他能放我们进去。包图在和保安交谈时，我朝里面看了一眼，一共有四五辆车，但所有的车牌都用黑布包住了。

我和包图撤了出来，在远处盯着。不久，来了一辆别克，和保安打了个招呼就从入口开了进去，然后入口处的保安从身边的箱子里取出两块黑布跟了进去。

不久，车里走出四个醉醺醺的年轻人，朝着电梯的方向走去。我和包图对视一眼，迅速跑到楼梯间，按开电梯门，然后分立电梯两边，等着这四个人进入电梯。

四个人到电梯门前停了一下，看我们的眼光有点儿诧异。包图打了个手势，微笑着说：“请。”

“服务越来越周到了，这里都有服务生了，哈哈哈……”领头的光头年轻人哈哈大笑，一股酒味迎面扑来。

电梯门关上了，光头看着我说：“你这衣服，不是四楼的吧？”

我笑着说：“刚来的，还没发衣服，先在车库锻炼锻炼。”

电梯在四楼停住，电梯门打开之后，我和包图同样分立两侧说：“请。”

四个人大步走了出来，我们俩跟在后面，慢慢接近那扇门。

这四人应该是常客，到门口时，服务生笑着对他说：“虎哥，今天咋这么多人呢？”原来服务生是个东北小伙儿。

“今天我朋友过生日，他们还没到，我请了些兄弟先过来玩玩，我带来的人，生面孔没事吧？”被叫虎哥的人说着，指了指身后他带来的三个人。我和包图对视一眼，心中暗喜。

服务生笑着说：“那当然没事了，您请进。”

我们就这样混了进来，这时走过来一个服务生，将我们引进包厢，里面的设施与 KTV 类似，一张桌子，一排沙发，一台点唱机，墙上挂着电视。唯一不同的是里面放着一个盖上的巨大垃圾桶。

都坐定之后，大家就互相开玩笑、叫骂了一会儿，我和包图站在旁边。没多大会儿，三个服务生端着三个托盘走了进来，我和包图对视一眼。

服务生放下托盘就出去了，托盘里放着白色粉末和两张卡片，还有一些吸管和糖果。

光头说了一声“开搞”，就拿起卡片把白色粉末切成一条，然后堵住一个鼻孔，另一个鼻孔用吸管猛地将白色粉末吸了进去。

他吸完后看了看我和包图，笑着说：“怎么了，你们还不走，是不是也想打一条？”

我和包图笑着摇摇头，准备出去。光头这时塞过来两百块钱，摆摆手说："去给我们准备几支'冰壶'，待会儿我们的人到了要用。"我和包图这才反应过来，这是小费。

对我和包图来说，里面已经没什么可看的了，房间里十分钟后的情形可以想象出来。里面的人会产生幻觉，鼻涕口水齐飞，然后进入癫狂状态，享受这毁灭之路。

这家酒店涉毒已经是事实了。我们回到房间以后，带上所有东西离开了酒店，找到在外面的侦查组组长丁卓，将情况汇报回单位。然后，罗K、赵向宁跟着我和包图再一次进入酒店地下停车场内的那个小停车场，到凌晨四点，一共出来十几批疑似吸毒的人。我们跟着查到了这些人的住处。确定酒店四楼已经关闭之后，我们开始轮流休息。

第二天，派来的机动部队全部到位，穿便衣在酒店附近徘徊，支队参谋长也到了现场。确定酒店老板正在酒店里之后，在丁卓的部署下，机动部队几乎在出现的同时就封锁了酒店的所有出入口。我们在车里最后一遍验枪之后，走出了汽车，带领机动部队和三个女兵进入酒店抓人。

进入酒店后，丁卓亮出证件："我们是边防警察，现在怀疑你们涉嫌售卖违禁物品。根据《中华人民共和国人民警察法》第十二条之规定，依法对你们实施搜查，请予以配合。谁是这里管事的？"

从酒店工作人员里走出一个穿着西装的年轻人："我。"

丁卓走到他面前，看了看他的工作牌："大堂经理，你们老板现在在哪个房间？"说完又示意机动部队将这里的电话线和网线拔掉，所有工作人员的手机暂时收缴，并对现场进行检查。对所有人搜身，女性服务员搜身由女兵执行。

"老板大概一个多小时前去了308房间，和几个朋友打牌。"大堂经理回答。

“308 房间内部大致的布局图有没有？”

“有。”大堂经理说着，到吧台电脑上找出几张图片。图片上的房间与我和包图住的类似，进门左手边是洗澡间和厕所，右手边是一个衣柜，挂着两件睡衣。再往里就是一张沙发，沙发对面是一台电视。电视挂在墙上，墙后就是一张床。

“带上房卡，跟我走。其他人在下面不要动，不要害怕，没有犯罪就不会有事。”

大堂经理在罗 K 的监视下走到吧台，开了一张房卡。留下机动部队的一位同志看守酒店工作人员，其他人跟着丁卓直奔三楼。

大堂经理将我们带到 308 房间门口后，就被丁卓安排人带了下去。

丁卓指了指我、包图、罗 K、芒果，然后五指并拢，指了指自己的后脑勺，接着手心向上做了一个握拳动作，这手语的意思是：“田浩、包图、罗 K、芒果，依次跟着我进入，执行抓捕。”

我们用手语表示明白，闪身到门两边，以防对方从猫眼看到我们，同时丁卓开始敲门。

“谁啊！”里面传来不耐烦的声音。

“麻烦你把门打开，找你有点儿事情。”丁卓站在门前一动不动。

酒店老板从猫眼里往外看了一眼之后，可能是看到丁卓穿着便衣，所以也没多少警觉，当时就打开了门。

“你……”他只说出这一个字，就被丁卓一把抓住脖子顶在墙上，丁卓用腿一钩，他就“哎哟”一声侧躺在地上。

紧接着我们冲了进去，坐在沙发上的另外三个中年男人还没来得及站起来就被按住了。

“别动，边防警察。”丁卓一边掏出手铐一边说。

我们将另外三个人铐住后，我转脸看到丁卓还在拿着手铐盯着酒店老板。

“太胖了，给我大号的手铐。”丁卓一脸无奈地说。

控制了酒店老板之后，机动部队开始对酒店四楼进行搜查，大约一个小时之后，搜出了 K 粉（氯胺酮）一千三百克、麻古两百多颗，另外还有吸毒工具若干。同时，另一支派出去的机动部队传来消息，昨晚被我们跟踪的吸毒者已经全部归案。

酒店老板被带回，他承认了自己开设吸毒场所一事，并且说出了酒店内涉及此事的工作人员，承认自己派人多次出境购买各类毒品。在不存在串供的情况下，对酒店老板的初审结果与酒店涉毒服务生的交代几乎完全吻合。

令我们意外的是，他们不约而同地否认曾向内地贩运毒品。他们看了视频后承认，那天晚上向陈东车底投放毒品的人穿的衣服是星城酒店的，但所有人都表示不知道此事。这是令人奇怪的，按照惯例，在不存在串供的情况下，犯罪事实已经确凿，不会出现所有人都否认的情况。

当天晚上，在特勤大队的例行会议上，我们讨论了这件案子。大队长说：“星城酒店的这个案子，讨论的结果是大部分人都觉得和陈东的案子可能没关系，但嫌疑总还是有的。侦查组这一次虽然没能把陈东的案子查明白，但至少打掉了一个涉毒场所，还不错嘛。不过，陈东的案子还要继续查，尽快查清，不能无限期地拖下去。”

坐在会议室里，作为侦查组的一员，我觉得有点儿尴尬。

“黑衣人到底是谁？”这个像武侠小说里的疑问，此时盘旋在所有侦查组成员的头上。

此时，我们将目光重新放回到陈东身上，当我坐在这个年轻人面前的时候，他低着头一言不发。我不知道自己面前坐着的是一个罪犯还是被冤枉的好人。他的话不多，但每一句都咬定了自己并不知道轿车底盘上的毒品是谁的。他对自己前几天的行程交代得非常清楚，所有的言辞都是对他自己有利的，看上去没有一点儿漏洞。

我想起一向沉默寡言的老狗熊很久以前说过的一句当时我觉得像是耍流氓的话：没有漏洞就是最大的漏洞。

面前的陈东再一次引起我们的怀疑，丁卓连夜派出罗 K 和包图，去往省城调查陈东的家庭情况。

第二天中午，我们接到罗 K 打来的电话，传来一个非常重要的线索。陈东的父亲得了尿毒症，因为没钱治疗，十五天前从医院回家等死。

了解到这些情况之后，再次面对陈东，我虽然对他抱以同情，但他身上值得怀疑的地方再一次变多。我们需要尽快地将案件查清，如果陈东是清白的，那么希望他早日回到家里照顾父亲；如果毒品是他的，那么不管他有什么理由，都要为自己的行为付出代价。

从陈东车上取下来的那块毒品，现在是唯一的线索。那个黑衣人朝车底放毒品的时候，戴了手套，所以毒品外部的黄色胶带上没有留下任何指纹。但是，包裹这块毒品的时候，那卷黄色胶带上会不会留下指纹？黄色胶带在哪里？黑衣人穿的衣服在哪里？

这是侦查组的疑问，而这个疑问是有机会查清的。

我们再一次回到 R 市，找到当地环卫所，说明来意。环卫所非常配合，迅速将所有当班的环卫工人聚集到一起。丁卓从手提箱里拿出一卷黄色胶带和一套从星城酒店拿来的衣服，问这些人最近几天有没有在街上看到过一样的东西。

得到的答案是没有。

环卫所的工作人员又联系了已经下班的工人，得到的仍然是否定的回答。

最后一个地点——东海园酒店。检查过这家酒店，矛头是直指陈东的。

到酒店后，我们说明了身份，由于前几天星城酒店的事情，东海园的大堂经理显得有些紧张，马上打电话喊来酒店老板。

老板非常配合地按照丁卓的要求，找来负责打扫二楼卫生的两个阿姨，陈东住过的房间就是她们打扫的。

“你们前几天有没有在房间里发现什么东西？”丁卓坐在椅子上看着对面的两个保洁阿姨。

两个保洁阿姨摇头，同时说：“没看到。”我坐在旁边，看到坐在右侧的阿姨面部肌肉不自觉地抽动了一下。

“就是这样的。”丁卓说着，从箱子里拿出胶带和衣服，“我们在查一个很重要的案子，如果你们看到，现在给我，就跟你们没什么关系，也不会惹什么麻烦。但如果你们隐瞒，最后被我们查到，你们是会被怀疑的。”丁卓尽量将语气放平缓。

坐在左侧的阿姨还是摇头，而右侧的阿姨犹豫了一下说：“我前几天是在客房的厕所里看到一卷胶带，就拿回家了，我也不知道现在还能不能找到。但衣服我没有看到。”

丁卓马上站起来说：“带我们去你家。”

在车上，丁卓问阿姨那卷胶带带回去之后有没有用过，阿姨说自己没用过，不知道家人有没有用。

到她家之后，家里也没人。丁卓让我们站在客厅和门口，他陪阿姨进屋找，很快，丁卓便戴着手套拿出一卷胶带来。我取出随身携带的陈东车底那块毒品的照片，包裹毒品的黄色胶带不规则的切口，像是被人用力扯断的，皱巴巴地揉在一起，而从阿姨家翻出来的这卷胶带的切口位置同样也是皱巴巴的。肉眼看上去还算吻合，但还需要进一步做技术鉴定，才能准确地判定这是否就是包裹毒品时用的那卷胶带。

“从你发现胶带到现在，有没有用水洗过，或者用布擦过？”丁卓小心翼翼地将胶带放进箱子里固定，转头问阿姨。

“没有动过，我拿回来就扔柜子上了。”

“谢谢你，我们先走了。”丁卓说完带我们上车。

胶带拿回去之后，交给了技术部门。经过鉴定，这卷胶带与陈东车底上的胶带切口完全吻合，可以确定两件物证之间的直接关系。同时，在这卷胶带上提取到了指纹，经过对比，指纹正是陈东的。

面对这些证据，陈东低头认罪。

根据陈东交代，他三个月前来过 R 市一趟，曾听朋友说星城酒店可以“溜冰”（吸食冰毒）。他父亲得了尿毒症，需要大笔的医药费，所以他产生了贩卖毒品的想法。而作为一个云南人，他知道边境地区毒品价格非常便宜。

他曾听朋友说有人去边境旅游，不小心车子底盘上被人放上了毒品，结果被抓了，等案件最终查明才被放出来。于是，陈东想模仿一下，自导自演了一出“冤案”，带着老婆去 R 市旅游，买来毒品，然后去星城酒店偷了一套服务员的衣服，夜里将毒品放到自己的车底下。

陈东想，如果被抓获，就说自己不知道车底盘有毒品。这样一来，我们查案人员必然会进一步调查。而他故意将车停在有摄像头的地方，就是想将我们的视线引到星城酒店去。他认为星城酒店涉毒的案子一破，自己的案子也一定会被安在星城酒店头上。

在将嫌疑人移交到市里的时候，星城酒店的老板和陈东分别坐两辆车。在等车的时候，星城酒店的老板得知面前站着的就是陈东，他的目光凝聚在陈东的脸上，久久不愿移开。我怕他情绪失控，拍了拍他说："干什么呢？"

陈东低着头，没看星城酒店的老板。

临上车前，星城酒店的老板那脂肪堆积的眼眶里竟然泛出了一点泪光，咬牙切齿地看着陈东说："你他妈坑谁不好非坑我！"

一次成功营救人质的失败行动

我知道，丁卓这句话只是理想主义的美好假设而已，这里是边境，如果这次让他们逃了，他们转眼就出境了，要抓回来非常困难。

2008 年 6 月 22 日，连续几天的暴雨使得怒江几百米宽的河道很快充满，浑浊的江水顺着河道滚滚而下。

三天前的夜里，大雨毫无预兆地倾泻下来。毒贩可能也因为大雨而放假休息了。整个边境线像是瞬间被大雨按住了暂停键，这几天一克毒品也没看到。

傍晚，吃完晚饭，雨小了很多，手伸出去，隔几秒才能有一滴落在手上。我把特勤大队的高倍望远镜连同支架一起搬到楼顶，给望远镜撑了把雨伞，观察不远处乡村的路，看看有没有形迹可疑、疑似罪犯的人。

一支烟抽完，没有任何可疑的人出现在我的镜头里，远处的村庄罩上了一层炊烟，偶尔有一两个人端着碗出来看看，就又回去了。

此时我发现雨已经停了，收起伞，走下楼去，正好二楼楼梯旁边就是图书阅览室。我进去转了一圈，随手拿起一本军事小说看了起来，前面写得还行，但没看几页，作者就像吸了毒一样进入癫狂状态，主角开始被孙悟空附体。

我看不下去了，合上书。这时楼下不知道谁说了一声：又下雨了。

我想到望远镜还在楼顶，这是很值钱的宝贝，按我当时的工资来算，不吃不喝估计也要几十年才能还清。

我冲上去撑起伞护住望远镜，它很重，雨又太大，我一个人搬怕淋上雨水，楼下也没人，于是我打电话给芒果（常规部队不允许有个人通信设备，特勤大队任务特殊，所以单位配发了手机），让他过来给我撑伞。

"雨太大，宿舍没伞，我出不去。"

"你没雨衣啊？"

"雨衣打开用几分钟，回来还要晒干才能叠，太麻烦了。"

"别废话了，风太大，伞撑不住，望远镜进水就完了。"

芒果懒洋洋地答应了，在他还没来的这段时间，我又用望远镜扫了一圈。当镜头对准怒江岸边的柏油路时，我看到了这样的画面：中年男人，黑色西装，背着黑色塑料袋，卷起裤管，运动鞋。

我不明白毒贩为什么都爱这么穿，反正我无数次看到过这样的装束。

我来不及想太多，马上打电话给丁卓："三号监控区有人！"

"马上通知侦查组，便衣轻装到篮球场待命，我通知罗K。"

"是。"我挂掉电话，立即拨通了芒果的电话。

"你急什么啊，我刚穿上雨衣。"

"脱了吧，丁卓命令，侦查组便衣轻装到篮球场集合。"紧接着，我听到电话里乒乒乓乓的一阵乱响，侦查组已经行动了。我也顾不上望远镜是否淋雨，扛起来就往楼下冲，把望远镜放到通讯员门口，喊了一声通讯员"把水擦掉放回去"，就冲回了宿舍。

回到宿舍的时候，侦查组的人已经换好衣服出来了。芒果看到我说："枪和子弹已经给你带出来了，你快点。"

我跑到床头柜前，取出便衣和鞋子，也来不及从楼梯下楼，直接从二楼跳了下去——楼下是前几天搭棚子剩下的一堆草。

我跳到下面，正好和侦查组其他人会合。罗K和丁卓开着两辆地方牌照的越野车急刹停在我们面前。上车之后，我换上便装。芒果将防弹衣递给我的时候挤了一下眼睛，他一定是偷偷替我将防弹衣里的陶瓷板取了出来。

车像子弹一样冲出营区，丁卓开的猎豹在前，罗K开的帕杰罗在后，我坐在丁卓的副驾驶位置给他指路。丁卓说："打电话通知监控室，跟住了。"

电话打到内勤，说了半天，我们的车子都快要到三号监控区域了，他们才搞清楚情况。挂了电话，后座的赵向宁嘟哝了一句："几十个摄像头看不到一个人，眼睛长哪儿去了这是。"

他的话刚落音，内勤打来电话说："那人上了一辆银色轿车，牌照看不清楚。车子向B市方向开去了。"

"追上去！"通用频道传来丁卓低沉的咆哮。

两辆车开始冒雨加速，雨刮器刚在风挡玻璃上画出一道弧线，立即又被雨水覆盖。五分钟后，一辆银色POLO轿车进入我们的视线。雨实在太大，走的又是盘山公路，左侧就是悬崖，前车的速度也就维持在时速四五十公里左右。

"我超上去，你在车后，我打开警报时再动手。"这话是说给罗K听的，丁卓说完一踩油门开始超车。

猎豹刚刚超过对方的银色POLO，警报声突然响起，同时后面的罗杰在喊话器里喊："边防检查，前面的车辆请停车。"POLO车中的人被突如其来的声音吓得不知所措，不顾我们的猎豹在左前方，开始加速。丁卓一打方向盘将车并入右边车道，POLO此时骤然减速，罗K也跟着急刹车。顾不上刺耳的刹车声，我迅速打开手枪保险，以应对随时可能发生的交火。

紧接着POLO加速，想从右侧挤过去，可能是太急，一下子撞到我们的车，猎豹开始剧烈地甩尾。我伸手抓住把手，打开车门，此时“咚”的一声响起，猎豹的前进戛然而止，刚好被路桩卡住，差点掉下悬崖。

POLO和我们的车一样失去控制，撞在右侧山体上。我下了车，这时罗K也带着帕杰罗里的人一起走了下来，趁里面的人被撞得七荤八素、还没恢复的时候砸开车门，把里面的人拖了出来。

我们现场对车身进行了检查，从POLO车的备胎里取出了三块海洛因，目测规格每块大约三百五十克。确定了毒品之后，我们迅速将人带回了单位。

审讯室内，三名嫌疑人分别被关押在三个房间里。丁卓对带头的嫌疑人进行第一轮审讯，内勤的苏姐坐在旁边记录。我和罗K整理嫌疑人的随身物品，并进行登记。初审将决定这个案件能否继续延伸，所以非常重要。

“你叫什么名字？”

“叶金。”

“货从哪儿来的？”

“不知道，以前在火车上认识一个女的，时间一长我们就好上了。我也不知道她是哪里人，她经常住在R市，我就经常来找她。后来熟了，我没钱，她就让我帮她带货，我不知道这货是什么，反正她给钱我就帮忙带。”

“货要送到哪里？”

“我不知道，到了昆明自然会有人联系我。到时候再找我拿货。”

“你家里还有什么人？”丁卓紧皱眉头，旁边的苏姐飞快地记录。

“有个老母亲。”

“给你货的女人在哪里？”

“不知道，我每次见她都是在宾馆里，也没有她的联系方式，都是她联系我，每次号码都不一样。”

“那女人叫什么名字？”

“她让我喊她梅姐。”

“前天这个时候你在哪里？”

“你到昆明之后住在哪里？”

“你以前是做什么工作的？”

……

如果单看笔录纸上的文字，丁卓的询问乏善可陈。如果身临其境，就会觉得没那么简单，他总是在嫌疑人刚说完一句话的时候，紧跟上另一个问题。问话时，眼睛死死地盯着对方。用他在理论课上的话说，怎么问并不重要，关键是不要给他思考的时间，打乱他的思路，不要让他猜到你的下一个问题，最失败的审讯就是你还没提出问题，对方就已经想好了答案。提出一个问题之后，要看对方怎么回答，回答时的每一个表情、每一块面部肌肉的动作都要仔细观察。

在丁卓的连续提问下，嫌疑人的小动作越来越多，回答时停顿的时间越来越长。

“你说的这些情况与我们已经掌握的完全不符，你的家庭情况我用二十分钟就能查清楚，希望你主动交代事情的真相。事情已经到了这一步，无论你交不交代，我们都会查下去，你捂不住的。”

丁卓并没有对嫌疑人说实话，我们在抓人之前并没有掌握嫌疑人的任何情况。但这丝毫不影响这句话成为一颗炸弹，在嫌疑人的心中引爆。听到这些话，他彻底蔫了，闭上眼睛，低着头一言不发。丁卓也不再出声，同时对我们做了一个噤声的手势。一分钟后，嫌疑人抬起头说："给支烟。"

丁卓扔了一支过去，平静地看着他。

他把烟点燃抽了两口，说："我和她没上过床，我有女朋友。她也有个男朋友，前阵子刚从东北过来找她。我和她就是在火车上聊得来，她让我做她干弟弟。后来我带着女朋友去找她玩，她和她男友带我们出去（境外）赌钱。我输了很多钱，找她借了十二万元，她翻脸说要抄我家。最后没办法，我就帮她带毒。我们说好了，我帮她带十公斤毒品到昆明，我就不欠她钱了。这是第一次，只是探个路，就被你们抓了。"

丁卓问："那你刚才为什么骗我？"

"她知道我家在哪儿，她让我带货前把我女朋友叫去了，说是陪她住两天，其实就是做人质。"

丁卓眉头猛地皱了起来："她们现在在哪儿？"

"在L县，芒古寨子，有一个地下室，就是我拿货的地方。"

"地下室多大？多少人？"

"三四百个平方，六七个男人，女人就两个。"

"里面有没有武器？"

"没有看到。"

"还有什么其他东西？"

"有大大小小的一堆塑料桶，还有一个锅炉。"

"锅炉？"丁卓顿了一下说，"是不是有很多玻璃管的锅炉？"

“对对，就是有很多玻璃管。”

丁卓朝我打了个手势，带我走进另一间审讯室，挨个儿审了另外两个人。有了第一个人的口供，另外两人很快就招了，他们只是受人指使，负责开车接那个人到市里的车站，其他情况一无所知。不过，现在首要的事情显然不是这个。

丁卓走到苏姐旁边，对她说：“另外两个人我找人看守，你们内勤负责通讯，如果他们接到电话，就让他们敷衍过去。”

苏姐抬头说：“好。”

丁卓挥挥手朝门外边走边说：“货留下，罗 K 带上叶金的随身物品。我去和大队长申请任务，你们全副武装待命，我们要去一趟 L 县。”

越野车里，叶金坐在后排中间，他的两侧分别坐着我和芒果。丁卓一言不发地启动越野车。此次我们的防弹衣没有偷工减料，这一次任务目标是突入地下室，危险性很大，所以丁卓会随时检查陶瓷板的安装情况。

天黑了，雨也停了。打开车窗，外面带着泥土和绿叶味道的空气吹进车里。这空气的味道让我想起服役之前的生活，这是农村特有的味道。但这注定只能是一闪而过的念头，对于我们这样的职业来说，关键时刻大脑是不允许跑题的。

我们的车后面是罗 K 的车，再往后的车队是特勤大队一半的主力。支队参谋长等人也正往目的地赶去，当地的一支机动中队已经全部待命。此行的第一任务是解救人质，其次是抓捕案件中的所有目标人物。

晚上九点，我们到达距芒古寨子七公里左右的机动中队。丁卓带着侦查组的七个人下车，走进机动中队的多功能室，和机动中队的朱队长互相敬礼握手之后，朱队长带我们来到刚刚堆起的沙盘前。

这是我见过的唯一有沙盘的机动中队。此时，机动中队巨大的沙盘上，目标区域附近的地形地貌一览无余，可见机动中队平时的基本功相当扎实。除了颜色和灯光，其他细节非常专业，一草一木、一船一水都没有放过，堆这个沙盘的参谋士官一定是个非常厉害的人。

我们站在沙盘旁边，朱队长指着沙盘给我们讲解附近的情况，目标建筑是一栋两层小楼，小楼前面有一个小院子。

“这房子具体有多少年了我们不知道，只知道一年前内部有过施工，但我们是机动部队，所以并没有关注这件事。这是捞沙人在这里盖的房子，但他们只有冬天才来采沙，现在夏天怒江水位升高，采沙队就走了，现在不知道房子有没有人住。这个房子往东两百米，就是这个渡口。”朱队长将指示棒从建筑物上移到怒江边上的几条破船边说。

丁卓吸了口气说：“渡口附近的船坞有没有人住？”

“这个时间恐怕是没有人了，接到支队命令，我们也不清楚你们任务的具体情况，就没有派人去查。”

“内部施工……”丁卓皱着眉头自言自语。这是一条非常重要的消息，短时间内又无法核实。一所近期被改造过的房子，很可能是制毒场所。这种情况下，大批部队进入是极为危险的。

丁卓询问了我们的意见，赵向宁说直接打进去，先把人按住再说。赵向宁的答案在我预料之中，他总以为枪能解决一切问题。老狗熊一向稳重，建议先包围这个建筑。问题是里面有人质，一旦进入僵持状态，假如对方足够专业，我们将陷入两难的境地。罗K、包图还有芒果和我的意见是，先从侦查组派三四个人抵近侦查后再行动。

这个意见也被丁卓否决了，他有两个理由：这里是村庄，如果被人发现，那么我们连对方是村民还是毒贩都不知道，这会增加新的麻烦。

另外，对方在地下室，抵近侦查不会有任何帮助，反而有可能打草惊蛇。

这时支队的领导也到了，参谋长主持开了个短会，有二十多分钟，最后决定的方案是最保守的，但对我们来说也算是冒险。

方案是机动中队全员与特勤大队二分之一的人将目标建筑物围住，侦查组进入建筑内，营救人质，逮捕目标。

整个方案非常简单，但我认为这是最好的现场指挥。命令只告诉我们要做什么，具体怎么做由我们自己决定。没有人能预料到临战时的每一个细节，因此，所有的命令都可能是错的。这种情况下，命令应当尽量减少，以免对执行人造成干扰。

部队出发，侦查组的八个人全副夜战装备，率先抵近建筑周围。观察了周围地形后，我打开夜视仪的红外开关，发现二楼的窗户都没有玻璃。这种情况下，如果先攀上院墙，就可以轻易进入二楼。我们决定从二楼突入，避开一楼，因为从一楼进去会遭到上下夹击。

此时包围建筑的士兵已经就位，由罗 K 和赵向宁从两侧率先进入，相互掩护。其他人紧随其后，我最后一个进入，因为先进入的人一旦接敌，我要给他们提供火力支援。我趴在距离建筑物七十米左右的草垛上。夜视仪里，他们小心翼翼但义无反顾地接近目标建筑。我知道，我的身后有上百名荷枪实弹的士兵，但侦查组的每一个人都知道，外围警戒的这些人在当前情况下，能守住就不错了，并不能给我们什么实际帮助。

罗 K 和赵向宁接近院墙后，迅速攀上，接着伸手扣住窗户。我手里的步枪保险早已打开，全神贯注地盯着窗口，一旦有人，无论是谁，只要他有武器，我一定会在第一时间把他击毙。

所幸，罗 K 和赵向宁几乎同时攀上窗口，跳进房间。接着耳机里传来三声叩击，表示他们安全，其他人接连进入。我也收了枪，最后一个进入二楼的房间。

从夜视仪里就可以看到，二楼已经很久没人进来了，几张被肢解的桌椅板凳上落满了灰尘。我们没有停留，直接交替掩护着到达一楼，分头搜索，确认一楼和院子都安全后，我们找到了地下室的入口。

入口的门没有锁，一切顺利得让我感到压抑。这与我以往的经验严重不符，没有哪个制毒场所会如此松懈。推开那扇门时，丁卓打了个注意安全的手势，我们互相竖了竖大拇指。我们以前没有这个习惯，这次能如此统一地互相鼓励，至少证明了所有人对即将到来的事情都产生了不好的预感。

我和芒果率先进入，确认安全后，后面的人跟上交替掩护前进。

到达地下一层后，我们发现这里的空间很小，遇到的第一扇铁门没有上锁，进入后仍然是很小的空间，只有一扇门。第二扇门还是没有上锁。陈排推开第二扇门，发现里面的空间仍然很小，但我已经闻到海洛因的味道了。到第三扇门的时候，最前面的罗 K 已经需要慢慢呼出口气才能拉开了。

拉开第三扇门，前面突然变得极为开阔，陈排和芒果面向后警戒，丁卓和我在第三扇门的两边警戒。罗 K 和老狗熊两人迅速进入，我们紧随其后。

地下室空旷得令人恐惧，我们侦查组的八人背靠背站在这广阔的黑暗里，缓慢地移动着观察周围，夜视仪里绿色的光芒好像来自地狱。我不知道会从哪里突然冲出人来朝我开枪，或者被我击毙。

这个空间至少有三百平方米，中间有四根方形柱子，地面上摆放着六七个蓝色塑料桶，角落里有一台蒸馏器发出“刺刺”的声音，还有一个工作台。台上并没有像电影里制毒工厂那样的瓶瓶罐罐，只有几个盆，加上一台压缩毒品的模型机器。另一侧是两张床、两张沙发、一张桌子、一台电视机、一个烧水的电炉子、几个保温瓶和茶杯。地上一个筐里塞满了方便面的包装袋。

确认这个空间里空无一人之后，留下陈排、老狗熊、芒果三人警戒，丁卓带着我们四个接近疑似制毒配剂与工具的东西。塑料桶里还放着半桶搅拌过、用来提取吗啡的鸦片，角落里的蒸馏器温度设定为85摄氏度，这是吗啡合成海洛因最重要的一个温度数据。

未完成提取的鸦片、刚开始工作的蒸馏器，这些说明了人一定刚走不久。我马上想到我们一路进来时没有来得及上锁的门，表面他们很可能是从正门逃走的。

我刚想说话，就被丁卓抢了麦，不过他是对外通信："一号，内部安全，没有发现嫌疑人与人质。就目前的情况判断，他们很可能是从正门逃走了，应该还没有走远，请立即搜索附近区域的一切可疑人员与车辆。完毕。"

"收到，侦查组搜索完毕后立即撤回。一有其他情况请立即汇报，完毕。"

"收到。完毕。"

听到通话器里的对话，我们已经打算撤回了。这时候罗K走到蒸馏器旁，踢了一脚地上蒸馏器的排水管。

这个动作引起了丁卓的注意，他带着我们顺着地上的水管往下走去，发现地上有一个直径一米左右的圆形井盖，水管穿过井盖通往地下。

我和赵向宁从两边抓住井盖的环，其他人持枪警戒。我们猛地拉开井盖，发现底下是一个狭小的空间，大约只有三四平方米，其中一面墙壁上有一扇木门。没等命令，赵向宁就跳了下去，他用手拉了一下木门，结果是从外面锁上的。

赵向宁打了个撬棍的手势，芒果将撬棍递给他的同时也跳了下去，持枪在左侧警戒。赵向宁用力把门撬开，前面是一条通道。

赵向宁第一个钻进通道，到达通道出口之后，通报安全。包图留下警戒，我们接连走进通道。通道的大小大约像个边长两米的正方形，四面都是水泥，长度大约只有三十多米。

穿过通道，我们发现出口处是一个被从内向外推倒的草垛，十米之外就是怒江，江面上漂着一小堆一小堆的干草。

事情的走向出乎我们的预料，从外侧锁上的门，洞口被推倒的草垛，十米之外的怒江，这一切说明嫌疑人已经从这个逃生通道将人质带走，最大的可能是从这里乘船渡江了。我们之前对地下室的搜索过于粗糙，对案件的判断完全错误。这是一次完全失败的行动，人质被嫌疑人带走，我们负有主要责任。

这是我所有的内心活动，这令我感到沮丧。

这时，突然听到芒果指着江面说："看那儿！"

江面上有一艘快速划动的船，距离我们大约有一百米。我本能地举起枪，才发现夜视仪里只有一艘非常小的船的影子若隐若现，人都看不清，更没有办法区分人质与嫌疑人了。所以我只能无奈地放下枪，关上保险。

突然耳边传来一声枪响，我本能地卧倒，同时打开保险……

我发现除了丁卓之外，所有人都卧倒了，这枪是丁卓开的。

开完枪后，丁卓大喊："船上的人听着，你们跑不掉的。我向你们保证，只要在中国的土地上，无论追到哪里，我也要把你们抓回来！"

我知道，丁卓这句话只是理想主义的美好假设而已，这里是边境，如果这次让他们逃了，他们转眼就出境了，要抓回来非常困难。

这时，包图突然指着远处的渡口说："那里有船！"

我们赶紧冲过去，渡口停着一艘木船，上面有渔网，看来是当地人打鱼用的木船。但是这艘船不大，装不下八个人。最后丁卓决定让四个略胖的人留下：芒果、罗K、包图、陈排。

丁卓带着老狗熊、赵向宁和我，我们脱掉了防弹衣和衣服，只留内裤。这是权衡之后的决定。我们有两个风险，要么被枪击中，要么我们落水。在这样的江面上划这样的破船，落水的概率明显很大。如果我们还穿着防弹衣，自然是会沉下去的，即使穿着衣服也很难游回来。所以，那天夜里的江面上出现了最诡异的一幕：一艘破船上，四个穿着内裤、戴着防弹头盔的男人抱着枪，拼命划船去追另一艘船。

船上只有两支船桨，只能两个人拼命划，除了往前划，还要拼命抵抗江水流动带来的力量，所幸还是渐渐追上前面的船了。

现在的距离只有五十米左右，我们夜视仪的视线和射程可以将他们完全覆盖。虽然水上射击对精度会有很大影响，但是我有把握击中他们。现在的问题是，他们的船也不大，小船上挤得很满，一旦射击误差，很容易伤到人质。还有一个问题是，到底哪个是人质?

所以我不敢射击。从前面那艘船的表现来看，他们逃走的时候，慌乱中应该也没带武器，或者只带了手枪，子弹不多，不然他们早就开枪了。

前面的船虽然有四个人在划，但是船体很重，所以我们的距离越来越近。我打算等到距离足够近的时候，能够分辨出他们的性别，同时又能保证射击精度，就可以开枪了。

但是，正当距离越来越近的时候，对方突然从船上扔下来一个人，同时传来一声女性的惨叫。

人质落水了。

这是选都不用选的问题，虽然猎物近在咫尺，但我们只能掉转船头，朝下游追去。我隔着船开了几枪，但船身摆动太大，只打伤了对方一个人。他们的船体中了一枪，但并没有使他们沉船。

我们必须尽快追上人质，这个季节怒江暗流涌动，一不小心，人质说不定就这么消失了。

最终我们追上了人质，把她拉上船来。此时对面的船已经靠岸，船上的人钻进了丛林。赵向宁强烈要求追上去，但丁卓考虑之后觉得我们带着人质是不可能追上的，所以只能返回。

最终还是让他们跑了，由于我们的一系列失误，才导致了这个结果。整个侦查组难辞其咎，只能老实地接受处分，每人关一星期禁闭。但是，整个侦查组关禁闭显然是不现实的，于是这次处分只停留在大队长的计划里，并没有公布，更没有执行。

虽然我们救下了人质（当时没有其他选择，总不能让人质就这么淹死在怒江里吧？），但是让嫌疑人从眼皮子底下溜走，总会有心结的。之后的很长一段时间里，我总是对这件事情念念不忘，也总能听到别人提起这件事。

女毒贩的人生滑铁卢

前面等待梅晓梅的是一个岔路。梅晓梅后来认为这是她人生的岔路，可惜当时她并不知道。

难得一个清闲的傍晚，吃完晚饭半小时后，我们有一个长跑训练。特勤大队后面有一条路通往西北方，大约五公里处有一座破败的庙宇。其实就是一座破房子，从来没见过僧人，也没人知道最后一个僧人是在什么时候离去的。由于那里距离特勤大队正好五公里，于是它就成了我们长跑的坐标，来回正好十公里。

我们进去过那座破房子，里面黑漆漆、凉飕飕的，那种阴森的感觉使我每次都偷偷打开步枪的保险。虽然所有宗教里我最喜欢佛教的文化，但本质上我是个无神论者，所以我不相信佛祖会保佑我。

这次长跑和往常一样，反正这个强度的训练对每个人来说都不是什么难事。特勤大队在位数本来就不高，这次一共也就二十多个人跑。我们都没穿军装，每人就穿一身篮球球衣加运动鞋。

每次跑在最后的人，下一次跑步时要背个双肩包负重。这一次背双肩包的人是芒果，出发前他的包里面装的是配重的砖头，排长检查无误后吹哨开始跑。刚开始，芒果、包图、赵向宁还有我四个人冲在最前面。

出去两公里左右就是一个小卖部，芒果将背包里的砖头给了小卖部老板，从小卖部里买了点儿饮料和酒，还有些零食。然后我们一路高歌，冲到小庙后面，开始喝酒、吃零食，等后面的人快赶上来的时候，我们估计正好吃完，再接着跑。

每人一小瓶酒，地上放着几袋花生米和蚕豆，晚风吹来，别提多心旷神怡了。人就是这样，平时一瓶酒加这点儿零食对谁都没有吸引力，但当你吃着这些东西，想象着后面气喘吁吁跑步的人的时候，就会觉得特别幸福。正当我们吃得开心的时候，突然所有人都停了下来。

但已经晚了。

都怪我们太大意了，得意忘形是要付出代价的。我们听到“嚓嚓”声的时候，一支枪管已经对准了赵向宁的头部，同时传来一句：“跟你们说啊，都给我老实点儿，我这枪可好使了。”

这是一支枪口都生锈的土枪，看上去最大的威力也就是那种靠弹簧发射钢珠的成人玩具。我瞟了一眼持枪的人，一张又胖又油的脸像倒车镜一样，两侧有几道新疤痕，发型像是刚被雷劈过一样，每一绺头发都固执地指向不同的方向。他身后的背包沾满泥巴，衣服是新的，只是上面一团团污渍和肘部的磨损非常明显，布满血丝的眼睛里充满警惕。这人一看就不是刚进山的。这意味着，他很可能在这里等我们很长时间了。

从现在的情况来看，他只有一个人。不过乍一看他人高马大的，很有气势，出场带着东北口音的台词也有一股黑道的感觉。总之，这人和路边随便抓来的普通人不一样，要么非常厉害，要么非常愚蠢。

被枪指着的赵向宁坐着没动，我们其余三个人举起双手站起来，直勾勾地看着他，但我们的注意力其实是在周边其他区域。我实在想不明白，一个人单枪匹马弄这么一把破枪怎么就敢来找我们的碴儿。

确定附近没有他的同伙，而周围又都是树林，视线受阻导致远距离不构成威胁之后，我朝赵向宁递了个眼色，举在头顶的右手手指轻轻一拨。他会意之后整个人往后一躺，避开脑袋右侧的枪口。同时我迅速冲过去，抓住持枪人的右手，朝着他右侧腋下一个肘击。

这人吃痛，闷哼了一声，腋下受创使他龇牙咧嘴，但发不出声音来。我抬起他的右臂，以我的肩膀为杠杆，把他的右臂往下一掰，枪应声落地。包图、芒果和赵向宁三人警戒外围。

这人从出现到被我们收拾妥当，眼睛总是盯着地上的零食。

包图打开他的背包，他说："妈呀，那不能开。兄弟我跟你说，我没想把你们怎么着，我就是想……"

赵向宁抓起一把树叶用力塞进他嘴里，同时抬手就是一巴掌，幸好被芒果一伸手给挑开了。

包图看了他包里的东西之后，脸上露出诡异的微笑，难以置信地盯着还在嚼树叶的人说："运货的？"

他把嘴里的树叶吐干净，说："我跟你们说啊，你们少管这事，我是为你们好。旅游就好好旅游，别没事找事。"

"旅游？"包图笑着说，"你看我们像游客吗？"

"干啥？不能吧，不是游客，你们还是警察啊？"

"你猜对一半，我们是边防警察，武警部队的。"

话说到这儿，我看他眼泪都快出来了。

后面跑步的人很快就到了。排长看了看地上的花生米和酒瓶，朝芒果瞪了一眼，就叫车把人带了回去。

审讯室里，这位中年男人看着面前的鸡蛋面，声泪俱下地讲述了自己悲摧的经历。

魏贵阳，河北人，初中毕业后去吉林打工，认识了一个酒吧迎宾姑娘梅晓梅，没多久两人就在一起了。两年后，梅晓梅无故失踪，魏贵阳多方打听，仍然杳无音信。半年后，梅晓梅主动联系魏贵阳，声称自己在云南做生意，要求魏贵阳到 R 市相聚。

魏贵阳立即辞去工作，坐了一星期的火车到了 R 市。魏贵阳找到梅晓梅之后，发现她并没有做什么生意，而且魏贵阳也想不明白，只有小学文化水平的梅晓梅是怎么用这么短的时间把生意做大的。梅晓梅每天只是带着魏贵阳到处玩。大多数时候，魏贵阳都是独自住在出租屋里，魏贵阳并没有在意梅晓梅到底是做什么生意的。

就这么过了将近一年，有一天梅晓梅突然打电话给他，说自己的生意遇到了麻烦，现在人跑去了缅甸，她让魏贵阳跟着她派来的人偷越国境去缅甸。到了缅甸之后，魏贵阳才知道，梅晓梅也是被人从东北骗过来的，过来之后没多久就开始跟着人贩毒了。后来做得越来越好，她就在中国边境的一个农村买了个带地下室的破楼，把地下室改成了制毒场所。但是没过多久，这个制毒场所就被打掉了，梅晓梅逃往缅甸。

他说到这里，我们侦查组的人面面相觑。所有人都还记得去年夏天的“622 制贩毒案件”，主要犯罪嫌疑人渡江逃跑，而根据“622 制贩毒案件”嫌疑犯叶金的供述，那起案子的主犯被称作“梅姐”。梅姐渡江逃跑之后好像人间蒸发了一样，我们判断她可能是逃去缅甸了。所以，这个“梅姐”的名字至今还在我们的国际警务合作名单里。如果这个梅晓梅就是“梅姐”，那也太巧了。

魏贵阳和梅晓梅后来的事情就简单得多了。梅晓梅的制毒窝点被打掉以后，由于人手紧张，她把魏贵阳接到了缅甸，和他说，赚到钱就回老家结婚，过丰衣足食的日子。魏贵阳想了几天之后就答应了，他为了这个女人从东北跑过来，说明还是很重视这份感情的。

“那你怎么出现在这里，还拿枪对着我们？”

听到这句话，魏贵阳拿着筷子的手停在半空，上面还夹着面条，眼泪顺着脸颊流到面条上。我在旁边看着，觉得这才是真正的以泪洗面。

“我迷路了……”

“手机也没电了，我在山里转了两天，最后看到那个房子，就进去休息了一会儿。但进去之后发现房子就在路口，我怕被人看到，就躲到房子后面的草丛里去了。傍晚你们就来了，我看你们有吃的，我当时很饿，就想弄点儿东西吃，我真没想到是你们啊……”

“你认为梅晓梅会跟你回老家结婚？”

“会啊，她告诉我赚够了钱就回去。”

“那我告诉你，下一轮的国际警务合作名单上就有她，即使她不回国，我们也会把她抓回来的，她怎么敢跟你回去结婚？如果她真的想和你结婚，怎么会将你卷进来干这种马仔的活儿？朋友，你被骗了。”

丁卓一说完，魏贵阳就怔住了，他不相信梅晓梅会欺骗自己。爱情就是这样，深陷其中的人从不知道这是最好的洗脑工具。丁卓的话并没有令魏贵阳惊醒，反而引起了他的警觉，他不再提及关于梅晓梅的任何事情。而且我们无论怎样都无法说服他，他以为这些事情是我们编造的。

直到我们拿出叶金的照片，根据“622制贩毒案件”嫌犯叶金当时的供述，他与“梅姐”的男友是见过面的。魏贵阳见到叶金的照片之后开始沉默，他沉默了整整一夜。我们回去睡觉了，丁卓带着赵向宁陪了他整整一夜，这一晚上丁卓又跟他说了什么我不知道，我只知道一夜过去了，魏贵阳开始承认认识叶金。经过对比，他与叶金两人的口供大致相同。

但是，他的结论是他也没办法帮助我们抓住梅晓梅。因为梅晓梅自己现在不带货了，她只是组织策划马仔运货，而她只要暗中盯着马仔就行了。在梅晓梅眼里，她根本就没有将魏贵阳当作男友，只当他是个运货人、马仔。因此，梅晓梅绝不会将所有行动告诉他。

昨夜的口供最有用的就是魏贵阳供出了梅晓梅的另一个身份——“盛玉芳”。根据魏贵阳供述，梅晓梅有很多张不同的身份证，都是她花钱从网吧老板处买来的真身份证。这些身份证往往是去上网的客人遗留在网吧的，有一个好处就是发证机关确实是公安局。

魏贵阳说，梅晓梅最近常用的是“盛玉芳”这个名字。于是我们就根据这个名字开始查。在内勤苏姐的帮助下，用了半个小时就锁定了目标。

R 市有二十万人左右，叫盛玉芳的不到十人。最近频繁入住酒店的只有一人，现在入住的是 R 市御花园酒店 503 房间。

这时，内勤把魏贵阳那部已经充满电但并没有开机的手机拿了过来。丁卓犹豫了一下，打开手机。短信提示音不停地响起，丁卓看到有二十多个未接电话。

丁卓把手机递给魏贵阳，教会了他该怎么说之后，拨通了那个号码，但提示关机。

“等着她打过来吧。魏贵阳，你跟着我们去一趟 R 市。”丁卓说完，让罗 K 去取车。罗 K 走的时候又回头看了魏贵阳一眼。不光是罗 K，魏贵阳给我们每一个人的感觉都好像没有和盘托出，他的眼神里有着犹豫和茫然。如果他给我们的情报是假的，那么真实的情况又是怎样的？不管怎样，我们都要去一趟才能验证情报的真伪。

到 R 市的时候正好是中午，御花园酒店在城市南侧的边上。我们分两路，赵向宁和老狗熊进去御花园盯着503房间，其他人在御花园酒店对面的一家酒店开了两个五楼的房间。进入房间之后，我架起望远镜，与老狗熊确定了503房间的位置，发现503房间窗帘紧闭。现在时间紧迫，从这里很容易就能出境，随便一耽误可能就又落空了。

“喂，你好，御花园酒店。”丁卓拨通电话之后，对面传来这个声音。

“你好，请帮我转接503房间，我是她的朋友，谢谢。”

“好的，请稍等。”

电话里重新传来“嘟——嘟”“嘟——嘟”声，响了四五声之后，出现了一个满是疲惫的女人的声音，看来是在睡觉被吵醒的：“喂？”

“喂，你好，请问您的房间需要打扫吗？”丁卓的普通话瞬间标准了起来。

“不需要。”说完这句，对方就挂了电话。

确定屋里有人就行了。没过多久，我从望远镜里看到对面的窗帘被拉开，拉开窗帘的竟然是一个留着络腮胡的男人！紧接着，一个女人从男人身后环腰抱住他。

我把丁卓叫来，把望远镜转向他。他看了之后朝芒果招招手，示意他把魏贵阳带过来。魏贵阳看了望远镜里的情形之后，房间里开始出现奇怪的磨牙声。虽然他没有说话，但现在基本可以确定这个女人确实是梅晓梅，而这个男人才是梅晓梅真正的男友。魏贵阳从来都不是。

“让我来接吧。”说这话的时候，魏贵阳语气平静，仇恨化成的坚定好像要从眼睛里流出来。

丁卓将手机拿到魏贵阳面前，看着他：“你知道怎么说吧？”

魏贵阳说：“你放心，我会帮你们把这件事办好的，我就是想留一条命，看着他们死。”

拿到电话之后，魏贵阳很快进入状态，他的语气变得非常轻浮，说了一分钟左右。魏贵阳解释了自己迷路的事情，表示自己已经出山，可以坐车去交货。梅晓梅的语气很平和，没有责怪魏贵阳，只是让他多加小心，甚至都没问魏贵阳有没有被跟踪。

电话挂了不久，老狗熊在通话器里说，梅晓梅和一个男人从503房间出来了。丁卓交代老狗熊盯住他们，同时让罗K和芒果迅速下楼，开车在附近接应。

我用望远镜盯着御花园酒店门口。梅晓梅出现了，她穿着红色风衣，身高一米六五左右，短发，瓜子脸。她旁边的男人穿着灰色风衣、牛仔裤、皮靴，络腮胡，大约比梅晓梅高十厘米。

丁卓一边打开箱子拿出步枪，一边在通话器里说："他们可能怀疑魏贵阳了，如果他们有什么动静，一定要当场按住。"

所有人都在通话器里回应了丁卓的命令，我紧张地用望远镜盯着楼下的梅晓梅。

几秒钟后，他们并没有跑，而是并排走进御花园酒店一层旁边的咖啡馆，找了靠外墙的一个座位坐了下来。从我的这个角度，透过玻璃可以看到梅晓梅手里饮品菜单上的单品价格。只是梅晓梅背对着我，我看不清她的脸，她对面的男人的脸倒是能看得很清楚。

我将看到的情况汇报给丁卓。他拿起通话器："老狗熊，你进去陪他们喝杯咖啡，记得要发票。"

"是。"

"罗K在车里待命。"

"罗K收到。"

再一次僵持下来，咖啡馆里的客人来来往往。梅晓梅和对面的男人有说有笑，一直不见动静。过了大约半小时，梅晓梅对面的男人离开桌子，但并没有从门口出来，看样子像是去洗手间。这时梅晓梅朝吧台挥了挥手，走过来一个女服务员，两人说了几句。服务生走开，很快又折返回来，将梅晓梅身后的窗帘拉了起来，一下子遮挡住了我的视线。

我赶紧转头对丁卓说："窗帘被拉上了！"

我现在还记得丁卓紧张的表情，我汇报给他的消息不但意味着梅晓梅想跑，还意味着老狗熊也可能有危险。

"老狗熊，汇报你那边的情况。"

耳机里先是响起一阵窸窸窣窣的声音，随后传来老狗熊的声音："服务员，洗手间在哪儿？"

听到老狗熊这句话之后，我松了口气，但紧接着老狗熊发来了一条短信："想跑，咖啡馆有后门。"

丁卓收到短信后，命令罗 K 开车到咖啡馆后门盯梢，芒果留在正门。我们也开始在房间里收拾装备，冲到停在楼下的车上。因为时间紧迫，过程中暴露了魏贵阳被衣服盖住的手铐。

此时根据罗 K 汇报的消息，梅晓梅和那个男人已经上了一辆帕萨特。罗 K 开着帕杰罗，载着老狗熊和芒果正在后面跟踪。

我和包图坐在后排，中间夹着魏贵阳。赵向宁坐在副驾驶的位置上，他正在试图说服丁卓早点下手。可丁卓驾着车，一直都紧皱着眉头，应该也在权衡这件事情。赵向宁的判断并不是没有道理，梅晓梅好像发现被跟踪了。如果这样的话，现在抓捕是唯一正确的选择。

但这里是闹市，一般来说我们是要尽量避免在闹市抓人的，一来容易伤及群众，二来梅晓梅在这里被抓，完全无法封锁消息，她身后的其他同伙只要几个小时就能彻底从这个国家消失。我们的工作时常面临这样的选择，而目标人物不会给你太多的思考时间。

罗K开着帕杰罗在前面跟着梅晓梅的帕萨特，我们的猎豹则远远地跟着帕杰罗，中间间隔不到一百米。

丁卓没有说话，但他降低了车速。前面的赵向宁拍着大腿叹了口气。

“罗K，跟紧他们。”

“明白！”

丁卓掉头，将魏贵阳送到附近的机动中队暂时关押。我们开车追到罗K附近，丁卓看着前面罗K开的车说：“还好，还好。”

前面等待梅晓梅的是一个岔路。梅晓梅后来认为这是她人生的岔路，可惜当时她并不知道。

前面的岔路就在那里，向右直通缅甸，向左通往一个巨大的仓库群，中缅贸易的货物大多在这里转运，有木材、矿产、中药，当然，还有海洛因。

如果梅晓梅向右走，证明她已经察觉到被跟踪了，我们要立即实施抓捕。向左走则证明她并不明确地知道自己被跟踪，只是感觉到一丝危险，想要尽快出货。如果她向左走，我们就要跟她去仓库。我们是希望她向左的。因为这里距离边境线只有两公里左右，如果她向右的话，凭车子硬闯，也很容易出境。

没有多少时间思考，或者根本不用思考，她向左走了。这证明梅晓梅根本就不知道自己已经被盯上了，她只是根据魏贵阳的一个电话靠直觉想快速出货而已。很多人都说女人的直觉比男人厉害，我觉得这是胡扯。男人应该也是有直觉的，只是女人更相信直觉。不信你看，上一次直觉救了梅晓梅一命，这一次直觉将送她一程。

二十分钟后，一眼望不到边的仓库群出现在我们面前，往来的货车见缝插针地往前挤。每个司机的脸上都写满了焦急，不时会有人把头伸出来骂几声。

这里从建成那天开始，无论白天黑夜都是一片忙碌，发动机的轰鸣声从没有停过。货车底盘的传动轴永远在转动，尾气永远在排出。这些货车承载着这个国家的改革开放，它为这个国家带来了财富，尽管这财富里有罪恶。它为这个国家带来了血液，尽管这血液里有污染。人们永远在追求，永远在得到，永远在失去，永远不满足。这就像一个死结。

我不敢想太多，我们伪装成边贸商人。梅晓梅提前下车，那个男人开着车继续走。我们也只好下车，只有丁卓和罗K开着车跟着那辆帕萨特。我不时问问木材的价格与货车运费，或者叉车、吊车的租金。我们一直不远不近地呈半圆形包围着梅晓梅。这里太乱了，跟踪不易被发现，但非常容易跟丢。

梅晓梅来到角落里的一个小仓库前，那个男人开着帕萨特也到了。仓库门前停了一辆货车，货车上装满了地板条，旁边坐着两个男人，他们站起来和梅晓梅交谈了大约十分钟。之后他们一起进入仓库，几分钟后又出来，带着三捆地板条，塞进那辆车为地板条预留的空间里。

这一切，都被芒果腋下的针孔摄像机录了下来。

“测试通话器。”丁卓说。

通话器里接连传来“罗K收到”“老狗熊收到”“芒果收到”……

“听我命令，包图、赵向宁负责控制货车司机，其他人跟我抓捕梅晓梅和那个男人。命令一下，两组同时行动，动静不要太大。如果他们有武器，不要给他们开枪的机会。”根据以往的经验，货车司机一般不会有武器。沿途检查站很多，武器只能增加暴露的风险。梅晓梅则很可能带着武器。

我们开始收缩包围圈，慢慢地接近他们，等待着丁卓的命令。这时，货车司机已经给货车盖好篷布，准备钻进驾驶室。梅晓梅和那个男人见一切安排妥当，转身朝自己的帕萨特走去。从我的角度看，她正好迎面向我走来。我摸了一下腰里的枪，回想了一下丁卓的那句话：“不要给他们开枪的机会。”以这地方人口的密集程度，朝天放一枪，子弹都可能砸死人。

想到这里，我下意识地朝梅晓梅看了一眼，这一眼正好和她对视上。我知道坏了，这种地方，对视就代表着发现了对方。

“暴露了。”我在通话器里说。

“上！”丁卓没有犹豫。

我们朝梅晓梅冲了过去，梅晓梅和那个男人朝不远处的帕萨塔冲去。

我们晚了一步，最快的罗 K 一拳打在后窗上也没能阻止帕萨特离去。

所幸的是这里只有一个出口，帕萨特很快就遇到了早已等在那里的丁卓。丁卓开着猎豹，和梅晓梅的帕萨特头对着头，谁也没动。我们在后面迅速接近帕萨特。

突然一声枪响，猎豹的风挡玻璃上出现了一个白色圆盘，圆盘中间有一个黑色的点，那是子弹射入的地方。不知丁卓有没有受伤。

我掏出手枪拼命向前跑，猎豹和帕萨特的车门几乎同时打开，梅晓梅想要弃车逃跑。

梅晓梅下车后立即看到了我们。因为我们太显眼了，附近的人群都向远处跑去，只有我们在向前冲。

又是一声枪响。

这枪是朝我开的，只击中了一个逃跑的路人。

没有时间犹豫，枪响之后我卧倒在地，连开三枪击中梅晓梅的腹部。

对面的丁卓也开了两枪，和梅晓梅在一起的男人应声倒地。

梅晓梅还没有倒下，她摇摇欲坠地靠在帕萨特上看着我们，持枪的右手缓缓抬起。这时候芒果已经冲到了她的旁边，但她的注意力在我身上，并没有注意到芒果。

两拳，来自一个快两百斤的胖子——芒果的两拳，使得梅晓梅耳朵撕裂、下巴脱臼、鼻梁骨折。她当时就晕了过去，脸上和嘴里都是血。

正当我以为事情就要结束时，那个已经倒下的男人又慢慢地跪了起来。

没等他举起手枪，丁卓又开了一枪。

男人被当场击毙。

梅晓梅和那位受伤的路人被送往医院。路人的左肩中弹，没有伤及要害。梅晓梅除了腹部中弹外，还有些外伤，医治之后，不耽误她上法庭。

包图和赵向宁负责抓捕的货车司机没有抵抗。

梅晓梅和魏贵阳的最后一面应该是在法庭上见的。

同乡古哲的亡命之旅

我深吸一口气，再慢慢地吐出来，现在的情况，只有在我的位置可以从上到下一枪打爆刘夏勇的脑袋。

他坐在椅子上，用双手扶着椅子，嘴唇发乌，眼神呆滞。他抬着头，深呼吸，每一次深呼吸都像在叹气，将空气慢慢地吸进去，再一股脑地吐出来，偶尔还朝着天花板扯动一下本来就颤抖的面部肌肉，似笑非笑。他叫古哲。

一天前，检查站的监控显示，检查站的士兵在口岸检查过往车辆的时候，一个男子从天而降。他从两米多高的大巴窗户上跳了下来，向检查站的士兵冲了过去。

士兵很快就发现了冲过来的古哲，警戒哨的士兵朝古哲举起了手里的“七九微冲”。

古哲在快要冲到检查士兵面前的时候跪了下去，嘴里喊着“救命”，然后就被移交到了我们单位。

此刻，古哲坐在审讯室里，面色平静。可听到他说第一句话的时候，我就僵在那儿不能动了。他的口音和我老家的方言一模一样，只能是我们县的人。因为我们那个地方，五十公里以外的方言都是不同的。

令我无话可说的是，他不但和我同县，还和我同时报名入伍，但他政审没有过，所有没去成部队。也就是说，我在县武装部报名入伍或者在县医院做入伍体检的时候，可能见过他，但我一点儿也不记得了。

我第一次遇到这种情况。缉毒工作十分敏感，我脑子里冒出的第一个念头是自己最好不要参与这起案件。

无论是案发前的勾结，还是案发后基于同乡关系说不清道不明的同情而产生袒护，对一个军人来说都是致命的指控，可以轻易地葬送我的职业生涯，或者将我送进监狱。无论是对我自己，还是对我的部队来说，最务实的选择就是不要参与。

当我正式说出我不想参与的时候，所有人都表示同意。在影视作品里，如果遇到这种情况，一般当事人都会强烈要求自己参加，以证明自己很“行”。如果当事人要求不参加，就会有很多人拍着他的肩膀说：“我相信你能行的。”毫无疑问，这种无事生非的做法在实际工作中非常愚蠢。

所以，关于这件案子，我是结案后看他们的报告以及询问得知的。

要说清古哲的事情，得从 2005 年说起。

2005 年，我辍学入伍。那一年，与我同县的另外一个镇上，有一个待业青年也报名参军。我们在各自的乡政府报名，然后到同一个县城武装部接受体检和政审。

在此之前，我和古哲的命运几乎相同，同样在农村长大，同样接受落后的教育，同样因为对学校失去兴趣而退学，甚至在同一时间报名参军。

命运的玩笑在我不知不觉间发生，政审的时候，我过了，古哲没有过。可以说，从这一刻开始，我们在命运上分道扬镳。政审过或者不过，由审查人员审查后决定。而这一审查，决定了两个孩子未来的命运。

我来到了这个四季如春、风景如画，又遍地毒品、暗藏杀机的地方，这里的美丽与罪恶令我不知道是爱是恨。而古哲参军失败之后，赶上了那个地方的一个时代。

那片到处是山的地方发现了石英矿，很快，商人携带着资本拥入这里。无数石英砂厂拔地而起，给这个几乎与世隔绝的地方带来一片生机。

有了石英砂厂就得采矿，而这些公共资源是没有人监管的，所以当地人就去买来炸药，在山上找一个好位置，炸出一个坑来，就是一座石英矿，自己就是矿主。就这么容易。

古哲成为矿主的时候，我正在受训，或苦或累或狼狈，我记不清了，但和当时的古哲比，肯定相差几百个档次。那些没有成为矿主的人，贷款买了货车，去山上拉石英矿的石头，约定一车要给矿主多少钱。古哲只要躺着收钱就行了，只要他会基本的数学，就永远衣食无忧。这期间，他花钱盖了当地第一座三层别墅，并且结了婚。

一个人如果长期无所事事，就想找点儿刺激。古哲的钱来得太容易了，只是买点儿炸药去山上放一炮，后面就只剩数钱了。这样来的钱也容易花出去。我不知道古哲当时是怎么想的，但他确实从县城去往大城市，有了自己的圈子，从唱歌跳舞到嗑药吸毒。从摇头丸到可卡因，再到冰毒、海洛因。开始别人说不会上瘾，他们告诉古哲，有人吸了很多年也没事，古哲信了。当古哲发现自己上瘾的时候，就明白一切都无可挽回了。因为成功戒除海洛因的例子一般只存在于励志故事里。

很快，古哲就没钱了。但他借得到，一夜暴富使他在小县城里有了一些名气，借些钱不难。没过多久，债主们发现他无力偿还，就再也没有人借给他钱了，同时债主们也加快了讨债的步伐。

吸毒的支出和债主讨债的力度迫使古哲做了一个决定，他背着家人卖掉了自己的轿车和石英矿。把父母和妻儿都赶进以前的三间破瓦房之后，古哲在自己的新别墅里撒了最后一泡尿，按下冲水按钮的那一瞬间，感觉到自己的一切都被冲走了。他卖了最后一样能卖的东西。

如果说毒瘾使古哲的一切都无可挽回的话，那么现在就是这个家庭的一切都无可挽回了。

变卖一切能变卖的东西，用得到的钱买来毒品，摧残自己。钱挥霍起来很快，还债加吸毒，八十多万块钱一个多月就没有了。

古哲的老婆应该是很绝望的，她觉得自己需要重新选择一次，所以她带着孩子走了。

古哲的母亲应该是很绝望的，她不能抛弃自己的儿子，她没走，但她疯了。

古哲的父亲应该是很绝望的，他也不能抛弃自己的儿子，但他也想走了，他打算带着自己的老婆和儿子一起上路。

他买来老鼠药，掺在饭菜里，看着古哲和自己那个已经疯掉的老太婆吃下去。他不想看到妻儿离世前的挣扎，所以他出了门，到后山上那个被古哲卖掉的石英矿旁边，上吊自杀了。他没能亲眼见到妻儿离世，但他相信在黄泉路上能等到妻儿。

可古哲和他的母亲并没有死，因为发现及时，被救了回来。事后，古哲在抽屉里发现了一封遗书，父亲上吊前交代了事情的经过。

古哲无数次地想过戒毒，但也只是想想而已，他连尝试一次的勇气都没有。

很快，古哲又收到了一条消息，离家出走的妻子也死了，死在外地的一个出租屋里，孩子去向不明。

多年以后，我回到老家，特地去古哲家那个镇子打听过。人们对古哲一家的评价是：该死的不死，该疯的不疯，该失踪的不失踪。

是的，对这个家庭来说，古哲是罪魁祸首，但这个家里所有人的结局都比他惨。可见所谓恶有恶报，不过是人们在受到侵犯无法自保时的自我安慰而已。

古哲确实不想活了，他说自己想过很多次自杀，不知道他为什么没有死成。可能是因为他的母亲，也可能是因为那个下落不明的孩子，或者因为他内心对死亡的恐惧。不管怎样，他的内心一定非常矛盾。毒瘾让他生不如死，但亲情又令他求死不能。

或许也不是亲情，因为没过多久，他的母亲也死了。

古哲就这样在生死边缘徘徊着，他不知道自己什么时候才能走过这座命运的独木桥。这时候，只要有一只手拉他一把或者推他一下，对他来说都是足以改变一生的。

很快，这只手就来了。

王贵，古哲在市区认识的人，也是自始至终给古哲提供毒品的唯一卖家。可以说，他见证了古哲从一个富人变成穷光蛋的整个过程。古哲现在还欠他八万块钱的毒资。

王贵来了之后没有打他。王贵知道，现在的古哲，你就是真把他打骨折也榨不出一分钱来。所以，王贵这次来是和古哲谈生意的。王贵一直在市里贩卖零散货，算是整个贩毒链条上的最末端，就是从贩卖零散货的毒贩子手里买点儿毒品，再通过自己认识的人卖出去。在整个贩毒利益链里，他只能算是吃点儿残羹剩饭而已。

但王贵也赚了一些钱，之后渐渐对现状心生不满。通过关系，王贵认识了云南的一个货主，对方答应给他供货，条件是王贵要派人来边境取货。王贵自己是忙不过来的，他需要帮手。但贩毒这种事，肯定不方便公开招聘。

他非常明白自己圈子里的人是不能信任的。毒贩最了解毒贩，也最不了解毒贩，谁也吃不准谁跟公安有没有关系，说不定哪天自己被抓了，还不知道是谁搞的鬼。王贵放眼四周，就只有古哲最合适：资深瘾君子，缺钱，全家死绝，随时都能举起手机给自己拍一张全家福，用这样的人没有后顾之忧。说白了，哪天不想用他了，直接杀了沉到河里去都没人找他。最重要的，他是眼睁睁看着古哲陷进泥潭里的，没有什么比这更可靠。

这就是王贵最初的算盘。

他们商定的条件是：古哲负责把毒品从边境运往昆明，这是最危险的一段路。货到了昆明，只要不被盯上，运往内地要容易得多，基本不会被查到。

根据毒品的种类和纯度的不同，古哲每次能拿到一到三万块钱的报酬。

于是，古哲如期来到了云南。

王贵联系对方，约定交接货的地点。王贵没多少钱，加上双方还没有建立起足够的互信，第一次只买了两万块钱的货。

双方的交货地点在云南省盈江县山里的一个小村子后五百米处，那里有一根电线杆，就在电线杆旁交货。古哲按约定找到电线杆，来交货的是一个五十多岁、黑瘦干瘪的中年男人。他先点了钱，然后从腰里抽出一块海洛因交给古哲。

古哲拿出事先准备好的通条，用力扎了进去，如同很多电影里描述的一样验了一下货。古哲算是有经验的瘾君子，是不是毒品总是能分辨出来的。确认之后双方互相点头。在古哲准备离开的时候，对方把古哲叫住了。他走到古哲面前，递给古哲三颗花生，同时说："你回去以后可以给你老板试试，觉得好的话可以找我买，价格好谈。"

事情就坏在这三颗花生上，他当然不是来推销农产品的。

不管怎样，对古哲来说，第一次交易就这么成功了。

回到边境的小县城，古哲联系了王贵，告诉他已经拿到货了。王贵嘱咐他尽快到昆明，并表示等古哲到昆明之后，他也会动身来昆明取货。

古哲要尽快考虑清楚，怎么藏匿这块海洛因。在老家的时候，王贵只是大致说了一下这边的情况，说拿到货之后要过两个检查站。在没有被盯上的前提下，如果经过这两个检查站时都没有被查出来，就基本算过关了。

王贵告诉了古哲几种藏匿毒品的方法，王贵以为很隐秘，古哲也以为天衣无缝。王贵的方法是，将毒品分散藏匿在腰带、皮鞋、皮包等地方的夹层里。这种方法在边防检查站工作人员的眼里，是已经过时很久的土办法了，只有最初级的新手才会用。而贩毒行业的人员折损率非常高，导致业内毒贩都是新人，所以用这种办法藏毒的人一直都有。

不过他们也没办法，没有车的毒贩能藏毒的地方一共就那么点儿，浑身上下加一个包，确实没有太多的地方可藏。

古哲将毒品藏好之后，想起了那三颗花生。他掏出花生，下意识地捏开了一颗。

不出古哲所料，每颗花生里都放了四粒麻古。麻古是冰毒的衍生品，成分与功效都与冰毒相似，只是外形比较规范，像一颗颗逍遥丸，颜色也各有不同，大多数为红色，经过人工添加香料后闻上去有一股雪茄的味道。

古哲带着海洛因和麻古上路了。

大巴车越来越接近检查站了，古哲像个病人一样，开始难以抑制地发抖。这种情况随着大巴和检查站距离的拉近，越来越严重。

古哲觉得自己完了，他现在这样子，一不小心就有可能被送医了。检查站的人当然一眼就能发现异常。

大巴车在距离检查站三百多米的地方停下了。这个时间段正是车辆通行高峰期，所有出入境车辆都排着长队等待检查。这时候检查站忙不过来了，加上过往边境的货车大多数运的都是一些货物，比如鳝鱼之类，还有一些水果，如果这么堵着检查，司机的损失会很严重。

于是，检查站开始放行。

古哲乘坐的大巴就此躲过一劫。

但古哲的颤抖并没有停下来，大巴双排座上的另一个乘客看到古哲的样子，起身换了一个座位。古哲抖得越来越厉害了，因为他知道下一个检查站在等着他。

这个世界上同时中两枪的人数不胜数，但在同一个位置中两枪的人几乎没有。在下一个检查站，这辆大巴一定会被检查，因为前一个检查站没来得及检查的车辆的车牌号会通过互联网即时发到后面的检查站来，这些车辆将会是第二个检查站的重点检查对象。

古哲必须想办法自救，他唯一能想到的办法就是口袋里的麻古。虽然麻古与冰毒一样，有极大的不稳定性，但这是他唯一的赌注。

大巴经过加油站的时候，司机问乘客需不需要上厕所，古哲起身下了车。

进入加油站的厕所后，古哲发现，加油站的厕所并不是封闭式的。于是他绕到了厕所后面，掏出香烟包装盒里的锡纸，在锡纸上高温熔化了一颗麻古……

上车后，古哲还保持着清醒，麻古控制住了他的颤抖，或者说麻古让他不再因为恐惧而颤抖。

据古哲交代，在大巴快到检查站的时候，他产生了幻觉。他觉得刚才走开的那个邻座的人要杀他，车上的其他人全是对方找来的帮手。

在大巴进入检查站之后，检查站的士兵上车检查，他觉得那些士兵也是假的，是被人请来谋害自己的。

于是古哲迅速从车窗跳了出来，冲到检查站地面执勤的士兵面前求救。古哲的样子，对检查站的士兵来说并不陌生。他们将古哲带到检查室，很快就搜出了毒品。

古哲被移交到我们单位的时候，已经清醒过来了，看他的样子也已经接受了被捕的现实。这时他反而没有了恐惧，他的眼睛里流露出的是一种听天由命的轻松。

接下来就是本篇开头那一幕，我申请退出这个案件，并得到了批准。

古哲交代了一切之后，侦查组开始讨论案件延伸的问题。

第一个目标是王贵。有了古哲提供的居住地址，王贵的照片很快被投影到会议室的幕布上。

对王贵的抓捕有两个方案，第一个方案是与当地警方合作，这样的话，我们只要提供线索和证据即可。但考虑到王贵此时可能已经启程来云南接古哲，这个时候再将线索通报给当地警方，显然是多余的。如果他来云南，我们就在云南抓人，一步到位。

要确定王贵的行程，最好的办法是让古哲与王贵联系。古哲很配合，算好的时间到了之后，就给王贵打了个电话。古哲按照丁卓的指示说自己已经到昆明了，王贵说自己已经在去贵州的路上，他要经过贵州去找一个朋友，然后两人一起来取货。

电话挂断之后，丁卓带人立即启程去往昆明。我站在单位的楼梯上，看着他们押着古哲上车，目送两辆越野车驶出营区。

丁卓带人到昆明后，直接去了一家宾馆，在那里等了三天。三天后的上午，王贵打来电话，说自己大约中午到昆明，他指示古哲下午一点在昆明火车站前面的金牛下交货。

王贵是个没什么经验的毒贩，第一次来云南，他对昆明的地标建筑并不熟悉，估计火车站前面的金牛雕塑还是他那个贵州朋友告诉他的。

约定的时间是下午一点，丁卓带去的六个人除了罗K驾驶一辆帕杰罗在远处应变之外，其他人全部穿便衣徘徊在昆明火车站的金牛雕塑附近。古哲也被解开了手铐和脚镣，手里提着手提袋，站在金牛雕塑下左顾右盼。

一点零五分左右，古哲的手机响了，古哲拿起手机，得到远处丁卓的手势后，古哲接通了电话。王贵玩了个小花招，他让古哲向南走，到第二个十字路口的酒店门口交易。王贵不知道的是，他们此时的通话一字不落地进入了丁卓的耳朵。

电话挂断后，在丁卓的示意下，古哲提着手提袋向南走去。丁卓通知罗K开车去往第二个路口，同时五个人的便衣组也开始向南缓慢移动。他们离王贵并不是很远，火车站人来人往，各个方向的人都有，并不怕引起王贵的怀疑。

很快，古哲走到第二个路口，看到那家酒店。酒店门口有两只石狮，当便衣组发现口袋里的照片与靠在石狮上抽烟的男人一致时，丁卓给古哲使了个眼色。

古哲会意，走上前去。五十米的距离，古哲走到一半，王贵就发现了他，笑嘻嘻地迎了上来，伸出右臂，搂住古哲，左手拨了拨古哲手里的纸袋，确认之后，王贵接过了那个袋子，同时将六千元现金塞进古哲的口袋。

他拍拍古哲的肩膀，留下一句："你去 R 市先找个地方住下来，下一步我们电话联系。"

王贵连数钱的机会都没给古哲，他转身走了几步，拉开不远处一辆飞度的副驾驶车门。在他准备上车的一瞬间，他抓住车门的右手臂被包图卡上了手铐，并被顺势别到背后。王贵反应过来刚想挣扎，包图把他往后一拉，再猛地往前一推，王贵整个人都撞在飞度的车身上，就这样被上了手铐。

与此同时，驾驶室的车门被芒果左手捞开，右手从里面拖出了驾驶员。由于驾驶员出来时是横着的，芒果顺势把他按在地上，也上了手铐。

芒果和包图几乎是同时行动的，老狗熊和丁卓在旁边持枪警戒。整个抓捕过程只持续了十几秒钟，之后王贵和他的贵州同伙被塞进飞度车的后排座，包图驾驶飞度，迅速离开市区。

此时古哲也已经被陈排押上了罗 K 的车。

飞度到市区边上的时候，芒果下了车去驾驶另外一辆越野车。三辆车直接驶离昆明，去往部队营区。

王贵这种人是非常好对付的，没什么贩毒经验，或者说他以前的那点儿经验都是上不了台面的。所以一审起来，他很容易就和盘托出了。

给王贵送货的人就住在 R 市，叫刘夏勇，贵州人，是和王贵一起来接货的那个人给他们牵的线。可以说他们之间的交集不多，王贵等三人被抓的消息并没有扩散出去，这给抓捕刘夏勇留下了很大的机会。

王贵来接货的时候经过贵州，在贵州找了一个朋友，让这位朋友开车带他到昆明接货。这人叫马杰，和王贵一样，在贵州贩散货毒品，只是他做的时间比王贵长很多，在圈子里认识很多人，经常往返广东等地。王贵和马杰就是在广州认识的。

王贵和马杰这样的角色，一般是掌握不了什么有效信息的。除了一点，给他们供货的是刘夏勇。尤其是马杰，对刘夏勇很熟悉，他们认识得很早，互相都比较信任。

刘夏勇也是二手毒贩，他从缅甸买回毒品，卖往内地。刘夏勇极其小心，一般只卖给熟人，他所有的新客户都是老客户介绍的，否则再多的钱也不卖。这也是他作案很久而没有被注意的原因。

抓捕刘夏勇的行动并没有立即展开。按照惯例，王贵拿到货至少要三天才能回到安徽，最快也要一个星期才能将那些货全部卖出去。如果王贵立即联系刘夏勇，按照时间推算，必然会引起刘夏勇的怀疑。刘夏勇不是王贵。

等了整整十大，这十天里，王贵和马杰都非常配合，两人的手机全天开机，他们被允许接听任何来电，以免有人怀疑他们被抓起来了。只是他们的通话内容会受到严格监督。

十天后，马杰在侦查组的授意下给刘夏勇打了电话。通话内容是提前设定好的，切入口是刘夏勇送给古哲的那几颗花生。

马杰说，刘夏勇送的麻古很好，王贵很满意，并且王贵想要再买一些。

有过一次交易成功的经验，刘夏勇没有犹豫地表示可以，问马杰要多少颗。

马杰问了价钱后说："五百颗。"

双方商定，三天后，在老地方取货。

因为古哲和王贵都已经归案，侦查组认为我可以参与抓捕刘夏勇的行动。丁卓询问了我的意见之后，又将想法报给了大队领导，大队领导也表示同意。

离约定的交货时间还有两天。凌晨两点，特勤大队的车库里亮起两只手电，灯光照着一辆帕杰罗和一辆猎豹，原先“WJ”开头、白底红黑字的武警车牌被换成了“云N”开头、蓝底白字的地方牌照。牌照换完后，戴着头罩的古哲被押上越野车。

夜已经深了，声音在这个安静的世界里被放大，导致外面的雨声比实际的雨点要大很多。

生活在城市里的人绝对没有听过这里午夜狂风掠过林海树梢的声音，像大地的呜咽，像黑暗世界的悲鸣，这是一种极其孤独的声音，像啸月的狼，能令人平白生出一股莫名其妙的情绪。但此时在我听来，它像百万雄师进攻的号角，有着踏平一切的力量。我抱紧怀里的步枪，前面的人像幽灵一样钻进车内，我最后一个上车。

夜间是特勤大队的管制时间，声音、灯火和行动都受到管制。车在驶出营房大门时没有开灯也没有鸣笛，丁卓将大队长和政委签过字的放行单交给营门卫兵，卫兵验明人数后，车子驶出营区。很快，两辆车开上国道，同时打开车灯，开始加速，沿着怒江的流水向盈江县开去。

我不知道自己该想些什么，丁卓专心地开车，赵向宁坐在副驾驶的位置上把自己的八一步枪拆成无数块，用通条清理枪管，同时嘴巴里不停地抱怨：“这他妈是谁擦的枪。”

我和芒果坐在后排座，中间坐着古哲。芒果左手扶着枪，右手拿着从后勤班偷来的馒头在啃。

我看了古哲一眼，突然想用家乡方言和他说几句话，但话到嘴边又咽了回去。在这里，只有两个人能听懂的方言就是密语。我只能叹口气，扭头看着车窗外的树影。我记得多年前，我还是个孩子，晚自习放学回家的路上，月光下的树影也是这样的。

车子从国道驶上省道，天亮之前到达盈江。

找了一家小宾馆，把车子停在停车场里，我们草草吃了点儿东西。丁卓带着我和罗K去往交货地点勘察，其他人留在宾馆里。罗K入伍前是学美术出身的，他看过的地方能大概画出来。

到达盈江县山中的目标村寨，村后有一条路，顺着路可以上山。我们走了大约四五百米，看到一根水泥电线杆，这就是古哲上次接货的地方。由于邻近村寨，路两边的松树林很干净，附近几乎都是松树和地面上的松树叶，连草坪都没长，只有几株矮树丛。树丛虽然可以藏人，但隐蔽在这样的绿色树丛里，必然要在头上插上绿色树叶，白天气温升高后，头上的树叶会迅速枯萎，非常容易暴露。

这样难以隐蔽的地形给设伏带来极大的困难。刘夏勇一旦发现我们，理论上他可以朝任何方向逃跑。没路的地方也是路。刘夏勇选择了这里，说明他对周围的地形一定有相当程度的了解。

看完地形之后，回到宾馆，罗K拿出一张白纸和铅笔，对照摄像机留下的影像，很快就在纸上大致还原了现场。首先让古哲确认，然后根据现场制定了一套主要行动方案和两套处突预案。

交货前一天，古哲联系了刘夏勇，确定第二天交易的具体时间为下午三点。我们原先想让古哲争取把时间定在上午，但刘夏勇坚持要在下午交货，古哲只能答应。

为了避开当地人，我们当天晚上就要到达现场，提前设伏。这也是之前要争取上午交货的原因。四周虽然都是树林，但都是大树，与开阔地几乎没有区别。要想隐蔽，只能将掩体设在地面以下。我们要在前一天晚上挖好掩体，用松树叶将自己埋起来，等刘夏勇过来。他来得越早，我们的埋伏时间就越短。埋伏时间越长，就越容易出事。

出发前的准备其实并没有什么，我们该准备的都已经准备好了，到车上直接涂迷彩油就行。迷彩油不是像电视上那样，怎么好看怎么涂。这是个技术活，要考虑到光的分布以及面部的反光位置。还要注意芒果这样的双眼皮，眼皮上很容易漏掉一道肉色，鼻孔和耳朵等其他位置都要充分考虑到。

到现场之后，我打开夜视仪的红外开关，开始挖坑。旁边放着事先准备好的桶，桶下垫着塑料布，挖出的土都要运到远处，尽量不让挖出的新土掉到松树叶里，以防刘夏勇察觉。

在村子通往交货地点的路上，我们挖了两个掩体，这两个掩体是给陈排和老狗熊准备的。交货地点四周设了三个掩体，分别埋伏丁卓、包图、赵向宁。

罗 K 和芒果不参与设伏，他们负责在交货前看守古哲。古哲去接货之后，他们俩自动转为机动待命状态。本来赵向宁要求看守古哲的，但丁卓实在不放心他的脾气。

我也没有进入地面设伏，我的任务是持枪在树上，应对各种不测。现场抓捕一旦开始，刘夏勇发现抓捕人员从地面冒出来，所有的注意力都会放在地面下方。一般来说，除非战斗经验非常丰富，否则不会留意来自上方的攻击。

掩体挖好以后，大家开始各自进入掩体。芒果在车里看守古哲，罗 K 在现场，先用肩膀把我送上最合适的一棵大松树。松树皮脆，爬上去会使松树脱下很多皮，留下明显的痕迹。

我上树隐蔽好，罗K四周观察了一下，确认我的伪装完成度达标。他从远处运来松树叶，将其他人盖好之后，罗K在通话器里小声地说："我走了，祝你们好运。"

接下来是漫长的等待，这里除了老狗熊之外全都是烟民，要有至少十一个小时不能抽烟，每个人进去的时候手里都握着一小块压缩饼干和一小包水，那是接下来十一个小时的补给。只有我是例外，我的潜伏地点是树上的树叶里，动作受到的限制较小，不会引起怀疑，所以可以多带些补给。当抓捕开始后，我很可能是最后一个持枪人，到时候我要是饿得手抖，会出大事的。

等待的时间是漫长的，光是等待天亮的这段时间，我就假想了抓捕时可能出现的无数种可能。如果像古哲说的那样，刘夏勇只是一个人来送货的话，那可能要好办很多。

天亮以后，我微调望远镜，逐个检查地面人员的埋伏点。我们对埋伏点的要求是"没有埋伏点"，就是必须做到自己人都发现不了的地步，才算合格。

我确定了他们的隐蔽位置毫无痕迹，如果不拿出罗K交给我的字条，我无论如何也发现不了他们。罗K给我的字条上标记了所有埋伏点的具体位置。

整个上午，我都在感受树梢上的风。风一阵阵地吹来，带着丛林特有的味道，也带着一阵高过一阵的气温。我额头上开始出汗，汗水从脸上流下，整个面部开始痒了起来。我调整了一下位置，把出汗的脸暴露在风中，汗水很快被风干了，这种干湿交替使我的脸有种风干腊肉的感觉。

还没到中午，我手里的两小包水已经喝掉了一包，另一包最快也要等到下午一点才能喝，为了节约水，我没敢吃压缩饼干。事实上在接近四十摄氏度的温度下，一般是感觉不到饥饿的。

我看了看下面，毫无动静，但我知道地面上还趴着五个人，他们此时肯定比我难受多了。虽然紧贴地面，开始会有一段时间的低温，但用不了多久掩体就成了火炉。我很清楚那种喘不过气来的感觉，但我也帮不了他们。

中午十二点，太阳在头顶放肆地释放热量。

下午一点，我又喝了一包水。

下午两点，我猜所有人都在祈祷刘夏勇快点儿来。

下午三点，气氛越来越紧张了。

我瞪着眼，仔细听着通话器里的风吹草动，同时警惕地看着四周。毕竟这里只有我一个哨兵，其他人虽然在掩体里也能看到外面，但视野狭窄，几乎起不到什么作用。

下午三点十分，通话器里响起罗K的天籁之音："所有人注意，五分钟后，古哲与刘夏勇在预定地点交货。"

通话器里接连响起应答声，我跟在包图后面回答了一句"收到"。还好，其他人的声音听起来还算正常。

下午三点十三分，我看到古哲从山下的路上缓缓走来。我慢慢地扭过头，同时看到一个如古哲描述一般的干瘦中年男子背着一个布袋正在下山。

我舔了舔嘴唇，这是此时唯一能释放我心中兴奋的动作。没有什么比眼看着猎物慢慢走进自己辛苦织下的网里更令人兴奋的了。刘夏勇的脚步很快，似乎与我的心跳都同步了。

终于，刘夏勇和古哲在电线杆旁边碰面了。两人没有寒暄，刘夏勇直接说了一句令所有人在四十摄氏度高温下如坠冰窟的话："没货了，要不你等几天？"

没货了！

这意味着我们将因为缺少关键的物证而不能抓人，功亏一篑啊！

古哲明显也傻了，站在那里不知道说什么。

刘夏勇笑笑，拍拍古哲的肩膀说："小弟，你紧张什么，我跟你开个玩笑。"

说着，刘夏勇从肩膀上取下布袋递给古哲说："五百颗花生，都是好的，先拿回去试试，不好卖我退钱给你。"

古哲没说话，从刘夏勇手里接过布袋，手伸进口袋里准备掏钱。

这时，通话器里响起了叩击声，下面要动手了。

"一、二、三、四、五。"我在心里数着，五声。

地面上五个掩体里的人同时端枪站了起来，朝刘夏勇跑去。

古哲心里有数，先刘夏勇一步反应过来，掉头就跑。刘夏勇的速度也很快，看到古哲想跑，伸手就把他拉了回来。古哲常年吸毒的身体根本不是刘夏勇的对手，很轻易地便被刘夏勇用手枪顶在了太阳穴上。

刘夏勇的动作之快令我感到非常惊讶。不但在地面的丁卓等人没能及时阻止，连我也没来得及开枪。

丁卓举着手枪，站在距离刘夏勇五米左右的地方说："你们是同伙，互相劫持恐怕没用吧？"

刘夏勇紧抱着古哲说："少跟我绕，这小王八羔子是第二次接货了，比第一次还紧张，肯定是你们的人。"

丁卓知道骗不过刘夏勇，开始缓慢地移动，试图找到射击位置："你放开他，跟我们回去配合调查，你还有机会。"

“我不信这一套，我也是军人，虽然不是在中国当的兵，但你也别想拿这套来糊弄我。”刘夏勇拖着古哲退到一棵树后面，用古哲的身子和树将自己完全遮掩起来，避开了地面上所有人的射击线：“都别动了，再动我就毙了他。”

通话器里传来两声短促的“嗒嗒”声，这是丁卓给我发来的指令。我深吸一口气，再慢慢地吐出来，现在的情况，只有在我的位置可以从上到下一枪打爆刘夏勇的脑袋。

丁卓接着说：“好，我不动，你有什么条件？”

刘夏勇的条件不用想也知道，就是放他走，让他出境。不过，现在最重要的是拖时间，其他的都不重要。

我的双脚各踩在一根树干上，双腿绷紧，持枪瞄准，八一杠的护木前端搭在一根树枝上。此刻，树、人、枪完全一体。可是风很大，树随着风摇摆，八一杠准星里的弹着点不停地摇摆。我瞪着眼看着枪身的准星和缺口，试图找到它摇摆的规律。

我的右手食指缓缓下压，我在还是新兵的时候不知道把扳机压到什么位置枪才会响，只知道瞄准目标后慢慢扣动扳机。而现在，我知道，扳机已经被我压到极限了，只要我再用一点儿力，子弹就会冲出去。

随着树的摇摆，准星在刘夏勇的头上来来回回，甚至有时风不稳定，还会扫到古哲头上。

我没有时间了，多犹豫一会儿，古哲就多一分危险。

“乒！”回声很响！我一夜没睡的耳朵被震得暂时失聪了。枪响之后，丁卓一个前扑，左手抓住刘夏勇的手枪，摁住枪身，使枪口对地，右手抓住刘夏勇持枪的手腕，一拧。刘夏勇自动放开了手枪，倒了下去。古哲也倒了下去。

古哲是被吓的，刘夏勇是死了。

这一切都落到我的眼里，我突然觉得很累，分不清是身体还是精神，总之我就是很累，瞬间好像对一切都失去了兴趣。虽然我知道这一切只是暂时的，睡一觉就没事了，但我还是觉得疲倦，甚至不想从树上下来。

我是抱着树干从树上滑下来的，落地之后就坐在地上靠着树。看着他们给活着的古哲戴上手铐，看着他们给死去的刘夏勇戴上头套，然后把一人一尸都塞进罗 K 开来的车里。

我坐的是芒果开来的另一辆车，车里还有丁卓和包图。车刚启动，丁卓递给芒果一张字条，这是从刘夏勇的尸体上搜出来的，是他在盈江县城租的房子的地址。我们要去一趟。

刘夏勇租的是一楼的房子，窗户很矮，没有装防盗窗，房门紧锁。

我们没有进去，只是在附近看看有没有其他人来找刘夏勇。一直等到部队派的人过来，也没人过来。丁卓身上装着刘夏勇的手机，也一直没响。

后来，我们在刘夏勇租的房子的地板革下搜出海洛因五千多克、麻古一千多颗，自制手枪一把，没有子弹。

图书在版编目（CIP）数据

无夜边境 / 田浩著 .—长沙：湖南文艺出版社，2015.8
ISBN 978-7-5404-7224-5

Ⅰ. ①无… Ⅱ. ①田… Ⅲ. ①长篇小说 - 中国 - 当代 Ⅳ. ① I247.5

中国版本图书馆 CIP 数据核字（2015）第 148843 号

上架建议：畅销・小说集

无夜边境

作　　者：田　浩
出 版 人：刘清华
责任编辑：薛　健　刘诗哲
监　　制：毛闽峰　李　娜
特约策划：刘　霁　李　颖
特约编辑：王　静
营销编辑：张　璐
装帧设计：主语设计
版式设计：张丽娜
出版发行：湖南文艺出版社
（长沙市雨花区东二环一段 508 号　邮编：410014）
网　　址：www.hnwy.net
印　　刷：三河市鑫金马印装有限公司
经　　销：新华书店
开　　本：787mm × 1092mm　1/16
字　　数：214 千字
印　　张：18
版　　次：2015 年 8 月第 1 版
印　　次：2015 年 8 月第 1 次印刷
书　　号：ISBN 978-7-5404-7224-5
定　　价：38.00 元

质量监督电话：010-59096394
团购电话：010-59320018